名家散文自选集

散文就是同亲人谈心

屐痕碎影

陈喜儒／著

民主与建设出版社

① 作者与巴金。
② 作者与莫言。
③ 作者与佛光山高僧。
④ 巴金会见山崎丰子（左巴金、山崎丰子、作者）。
⑤ 作者与铁凝、辻井乔。
⑥ 作者与井上靖。
⑦ 作者与南非作家。

作者在叙利亚巴尔夏明神庙前。

自序

我在中国作协对外联络部工作期间，主管与亚洲非洲的文学交流，主要工作有两项，一是邀请外国作家来访，二是组织作家出访，因工作需要，国内国外，跑了不少地方，同时也应报纸杂志之约，写了些名家剪影、逸闻趣事、风土人情等文章。

本书之所以叫《屐痕碎影》，是想把历年所写的纪行文，分国内国外两部分，编成一册，考虑今后不会再东跑西颠，想就此划个句号，但归拢起来一看，竟有四十多万字，严重"超标"。因为这套丛书要求每本十六万字，倘若有多有少，有胖有瘦，有厚有薄，确实有碍观瞻，所以只好"忍痛割爱"，国内部分只留《台湾掠影》一篇，其余全部删掉。但还多，无奈，又将《埃及笔记》《印度行色》《老挝纪事》《感受越南》《缅甸四题》《西亚四国杂记》《新加坡日记》等拿下，删得我手脚发麻，心烦意乱。不是说我的文章好，删不得，而是有一种丑八怪也是儿女的心情，下不去手。我想外科医生迫不得已对自己动刀子时，大概就是这种感觉吧？

这次整理旧作，有两点发现。一是退休前写的文章，大都是在节假日星期天。那时事情多，整天忙着迎来送往，拜会接见，宴请座谈，难得半日闲，想写东西，只能在法定休息日，利用人家访亲会友品茗休闲的时间，所以朋友戏称我为星期日作家。二是有些地方去过几十次，竟无一字，有的地方，只去一次，却洋洋万言。莫非这也像与人交往，有的共事几十年，却形同路人，有的只见一面，只谈一次，却终生难忘？

这些文字，都是我亲历亲见所思所想，不粉饰，不歪曲，有一说一，有二说二，如果对了解海内外文学状况，山川形胜，风俗传统，不无裨益，则感到荣幸。

在此，对柳萌兄的热情提携推荐，李继勇先生的厚爱，表示由衷感谢。

2017年2月18日

屐痕碎影

第2辑·怪味俄罗斯

第 1 辑 · 日本漫记

题　记

　　每次出国访问，我都随身带一个笔记本。这个习惯，是在工作中养成的。

　　其实，我是个懒人，上学时，就不愿笔记。尤其是语文课，要记的东西太多，实在懒得写。老师要检查了，临阵磨枪，借个笔记本抄一抄，也就对付过去了。事实上，那些语文笔记写得整整齐齐、背得滚瓜烂熟的同学，作文也未必就好。再者，提笔为文时，背了那么多主题思想，段落大意，咋就一条也想不起来呢？这不是纯属瞎耽误功夫吗——这就是我，为掩饰自己的懒惰而寻找的冠冕堂皇、似是而非的理由。

　　记得上初中时，语文老师提倡写日记。那天他高兴，口若悬河，讲雷锋日记，鲁迅日记，法国罗曼·罗兰日记，英国托马斯·哈代日记，日本紫式部日记。他说，好记性不如乱笔头，写日记不但能加强记忆，而且是练笔的好方法，可以提高表达能力。在他的热情忽悠下，大家都写起日记来。学完课文鲁迅先生的《一件小事》时，老师叫大家以日记形式写篇作文。有一天，老师笑眯眯地抱着一大摞作文本走到讲台上，开始讲评。第一篇是老奶奶摔跟头，第二篇是老爷爷跌倒，第三篇是老大娘背着粮口袋滑进泥坑……念到这里，他笑了：我就纳闷，这几天老头老太太怎么都腿脚不灵，一个劲地摔跟头呢？又怎么那样巧，都叫你们看到了？讲到这里，他火了：日记，本来是最独特、最自由、最灵活、最真实、最有个性的文体，可你们却撒着欢胡编乱造，骗老师，骗同学，骗自己，这是个学风问题，也是道德问题……

我大概从那时起，开始写日记，但到了"文化大革命"，再也不敢写了，而且将以前写的日记，也付之一炬。当时大字报铺天盖地，人人口诛笔伐，处处打砸抢抄抓，全国乱成了一锅粥。夫妻反目，父子成仇，朋友相互陷害，人情信任消失。我亲眼看到一些人的日记被写成大字报，贴在墙上，成为大毒草、"反党反社会主义反毛泽东思想"的罪证，轻者，被"批倒批臭"，重者，家破人亡，妻离子散。大批判吹毛求疵，无孔不入，鸡蛋里挑骨头，美其名曰，灵魂深处闹革命，就连个人的兴趣爱好隐私，也成了批判的靶子。比如我校有个领导喜欢跳舞，在日记中写了几句顺口溜：客厅兼舞厅\响起音乐声\学步蹦喳喳\跳得腿酸疼——批曰：追求资产阶级腐朽的生活方式。

有一个同学，在日记中写了一首言志的顺口溜，也被贴在校门口：寿比萧伯纳\功追戈宝权\他年去东洋\定踏富士山——批曰：白专道路，资产阶级成名成家思想。

还有一位仁兄，看上了一位女同学，又不敢表白，害单相思，昼思夜想，神魂颠倒，日记中写了一些情诗，也被写成大字报，公之于世，害得他差点跳楼。其实，大家都是大学生，从生理心理来讲，已经到了谈情说爱的年龄，一个男孩爱慕一个女孩，本来是天经地义的，但却成为罪孽。我同情那个被批得灰头土脸的同学，但嘴上又不敢讲，和几个"哥们儿"，在月黑风高夜，当了一次侠客，将那张大字报"风吹雨打去"，救了他一条小命。另外，也有副产品，那就是使我"从理论到实践"，真正明白了什么叫情人眼里出西施。因为他喜欢的那个女生，绝非花容月貌，朱唇皓齿，惊鸿落雁，刻薄的男同学送她的外号是"大面板""扑棱蛾子"……

在人人自危的年代，连个人隐私都上了墙，谁还敢往枪口上撞，写什么鸟日记呢？

但也不尽然，有人从中看出了门道，投机取巧，沽名钓誉，仿照雷锋日记、王杰日记，编造怎样触及灵魂，斗私批修，脱胎换骨，满纸豪言壮语，而且想方设法叫别人发现他的先进事迹。更有甚者，心如蛇蝎，专记某人某时某地对某个问题的不合时宜的言论，一旦有个风吹草动，就揭发检举，投井下石，置人于死地，借以邀功请赏，加官晋爵……凡此种种，不一而足，实难备述。

我很长一段时间，不写日记、笔记，但当翻译之后，一个老翻译告诉我，随身必备笔和本，最好学会速记，这是工作需要。我速记没学会，但本和笔却不离身，一来二去，就成了习惯。

　　我的小本里，主要是翻译记录。有人讲话很长，单凭脑子记不全，写下几个字，以免翻译时漏掉。添油加醋，或丢三落四，不懂装懂，或滥竽充数，都是翻译大忌，关乎职业道德，不可掉以轻心。二是流水账。当时全团公杂费统一管理，何时买了一瓶水、一束花，发了多少小费，都要分门别类、一丝不苟，详细记录，差一分钱，财务科也不给报账。三是见闻。信笔记下印象、感触，有时是一句话，有时是几个字，回国后有空儿可写点小文章。我的几本散文集，大都是从笔记本上扒下来的。

　　这次应日本国际交流基金会邀请，以访问学者身份赴日研究野间宏，也带了一个黑色笔记本。住在热海，每天读野间宏的书，累了就翻翻闲书，或到海边散步，与天地对话，所以在我的笔记本上，除了正文——有关野间宏的资料外，还有些风土人情、鸡毛蒜皮、东鳞西爪，自以为有趣，整理出来，名为日本漫记。

门前风景

我应邀赴日研究日本战后作家野间宏时，老友池田建议我住在他位于热海市东海岸町的海景温泉公寓。他说那里适于读书写作，还可以天天洗温泉。开始时，我有些犹豫，因为热海是日本最大的海滨温泉乡和疗养旅游胜地，有温泉三百余处，连海水都是热的，故名热海。那里冬暖夏凉，风景秀丽，东京的许多富商大贾，达官显贵来此避暑过冬，所以到处是豪宅别墅，旅馆饭店，酒楼茶室，仅温泉旅舍就有数百家，倘若天天车水马龙，游人如织，人声鼎沸，搅得你心烦意乱，如何潜心向学？但到热海一看，发现与我的想象大相径庭，市内常住人口不到五万，除节假日或焰火晚会外，大街小巷，鲜见人影，一片宁静，尤其是东海岸町一带，清静如古寺山林，果真是个读书写作的好地方。

我住在公寓的最高层，坐在客厅的沙发上，透过落地玻璃窗，就可以看到碧海蓝天。风和日丽时，远处的初岛，甚至碧波中的大岛，都清晰可见。每天下午，可能是海鸟进食的时间吧，它们成群结队，像一片变幻不定的云，在海面上时卷时舒，时高时低，时起时伏。说来奇怪，我没见过它们早上打食。也许它们不吃早饭？或者跟我一样，晚上不睡，早上不起？港口有游船出海时，海鸟们跟在船后上下翻飞，但游船回港时，却不见海鸟相随，不知何故？这里的海鸟不怕人，飞累了，或有什么心事，就站在木栏上休息。你走到跟前，它也不飞。如果你挥手赶它，它才懒洋洋地飞起来，落在不远的木拦上，傻呆呆地瞪着眼睛看你，好像在说：我招你惹你了？

东海岸一带有十几只苍鹰，翅膀展开，大概有两米多长。它们借着气流，翅膀一动不动，在海湾上空盘旋滑翔，像威严的帝王，巡视领地。有时，它突然从你眼前掠过，翅膀几乎碰到你，吓你一激灵。那炯炯的目光，凶狠霸道，盛气凌人，不可一世。一天中午，我正在睡觉，突然被一阵尖厉的叫声惊醒。我问什么声音？妻子说鹰在打架！我急忙拿起望远镜，跑到阳台上，果然看到一群鹰，在海滩上升腾、俯冲、撕咬、尖叫、乱成一团。分不清它们谁与谁一伙，也不知道为什么大动干戈？冲突大概持续了二十多分钟，双方收兵，飞向山林，海湾才恢复平静。

晚上，相模湾烟波浩渺，过往船只，灯火点点。

出门过马路，就是海滨公园。环绕沙滩，是一排高大的棕榈树。据地质学家考证，伊豆半岛是五十万年前，从菲律宾一带海面飘移而来，所以有很多高大的热带植物，如椰子树、龙舌兰等，为这个海滨小城，平添了几分热带风光。

公园两侧，各有一个石雕。西侧是高约三米的喷水石柱，题名为《拳》，表现男人的雄壮、勇气和自信。东侧为两个大理石球状物，形态为两个妇女交头接耳，窃窃私语，题名为《絮语》。这两件雕塑都出自著名雕塑家富田真之手。

在靠近游艇码头的地方，有个心状广场伸入海中。主体雕塑是四根银光闪闪的立柱，上面站着一只展翅欲飞的青鸟。水从立柱顶端流下，造成一种动感，仿佛那鸟即将凌空而起，直上九霄。雕塑题名为《爱的圣地》，作者是中国人熟悉的桂由美。她把爱与美作为艺术理念，不仅设计雕塑，也设计婚纱礼服。1986年，她应中国对外友协邀请，在北京民族文化宫举办了中国改革开放后的第一次婚纱表演，当时一些政要的夫人观看了演出。如今，桂由美的婚纱遍布中国，每年不知有多少中国姑娘穿着桂由美婚纱，步入婚姻殿堂。在日本，桂由美的婚纱销售和婚礼服务营业额，长年保持第一。她在艺术和商业两方面，都是翘楚。

在爱情广场北面，有一组青铜雕塑，高者为义士釜鸣屋平七。他面容枯槁，衣服褴褛，步履蹒跚，弱不禁风。他身边，一个矮小的女人搀扶着他。碑文由时年80岁大作家武者小路实笃撰写：安政年间，釜鸣屋平七站在渔民暴动前列，被官府问罪，在押送八丈岛途中，死于大岛。他无私爱人的精神，永垂热海史册。

安政年间，即公元1854至1859年，江户幕府末期，热海渔民与船主发生冲突。船主以安政大地震江户市场不景气为由，不给渔民工钱。渔民说，不发工钱，就把渔网给我们。热海渔场是江户幕府领地，授权伊豆山别当寺般若院管理，每年由船主交租金。船主们协商后，有7户船主与别当寺般若院勾结，不接受渔民要求。渔民们为了活命，群起抗争，并到菲山代官所（江户时代地方官）控告，但代官与船主沆瀣一气，不予受理。釜鸣屋平七虽是船主，但同情渔民，认为渔民要求合理，于是代表6家船主，与240名渔民一起，抗议示威，喊冤叫屈，集体强行上告。官府将他逮捕，在江户马传町监禁5年后，把他流放到八丈岛。从灵岸岛出发后，他途中病危，在大岛元村下船，病故，时年34岁。这个案子拖到幕府垮台后渔民才胜诉。当地人为了纪念他，在海边塑了青铜像。他站在故乡的土地上，望着远方烟波浩渺中的终焉之地大岛，满目悲愤。每年在他的忌日——11月4日，他的子孙、当地官员、地方史家、义士釜鸣屋平七纪念会等团体，都要在他的塑像前举行仪式，献花、献歌、献辞，颂扬他不畏强暴，帮助弱者，为民请命的精神。在塑像后面约二百米处，有他的后代开的连锁店"釜鹤屋"，经营饭店酒馆和出售当地土特产、时鲜的店铺，生意兴隆。

在海滨公园的中心，有一组明治时代文豪尾崎红叶长篇小说《金色夜叉》主人公贯一与阿宫的青铜像。《金色夜叉》，讲的是金钱与爱情的悲剧。主人公间贯一，幼年失怙，被鸥泽家收养，与鸥泽爱女阿宫青梅竹马，相亲相爱。然而阿宫被偶然结识的银行家的儿子富山唯继的财富迷惑，毁弃婚约，背叛贯一，投入唯继的怀抱。贯一痛苦万分，在热海岸边，他对阿宫说："听见没有，这是1月17日啊。明年的今日此时，我一定用眼泪蒙住月亮给你看……你可以想到，一定是贯一在什么地方恨着你。"悲愤的贯一踢倒阿宫，扬长而去，从此离开鸥泽家，不再上学，成为唯利是图、不择手段、心狠手毒的高利贷者。小说没有写完，尾崎病故，其弟子小栗风叶根据其腹稿续写了《终篇金色夜叉》：阿宫婚后并不幸福，最后又回到了热海海岸，贯一原谅了已经疯癫的阿宫，抱着她，望着波涛间点点渔火说，"阿宫，两个人在一起就不会孤独寂寞了。"

小说于明治三十（1897）年一月一日至明治三十五（1902）年四月，在《读卖新闻》上连载。作品否定金钱万能论，颂扬爱情友情正义，批判拜金主义和奢侈之风，深受读者欢迎，一时间街谈巷议，洛阳纸贵。之后又多次被改编成戏剧、电影，由宫岛郁芳作词作曲的《金色夜叉之歌》，也红极一时，风靡日本。热海也因此名声大振，成为青年男女们的向往之地。

在贯一与阿宫的雕像旁，有一棵松树，名为阿宫松。《金色夜叉》本来是小说，其中关于热海的描写、场景，只是作家根据情节发展和人物性格的需要虚构想象的而已，但当地人仍觉得不过瘾，不满足，继续添油加醋，牵强附会，弄一棵风姿绰约的松树来应景。这棵树原由江户时代幕府高官手植，因树姿优美，叫羽衣松。《金色夜叉》流行后，烟草大王松井吉兵卫附庸风雅，在羽衣松旁边立了块碑，上刻小栗风叶的诗：春月啊，似阿宫的背影。碑是块细长的石条，川端康成很欣赏，说"那石头很像女人婀娜多姿的可爱的身影"。人们借机穿凿附会，把羽衣松改称为阿宫松。但因扩建马路、汽车尾气污染等原因，松树枯死。热海市号召市民，推选第二代阿宫松。在五十多棵松树中，选中一棵，并与石碑一起，移到海滨公园，供游人观赏。

有趣的是，《金色夜叉》为热海带来了滚滚财源，但尾崎红叶写这本小说时并不富裕。他身着学生装，脚穿草鞋，住不起高级的樋口旅馆，只能在价格低廉的小林旅店落脚。他喜欢热海，所以把小说的高潮，放在热海海滨：

"天空虽然飘着一层薄薄的云，但月色非常皎洁。微白的海面上烟雾缥缈，仿佛是天真的梦境。潮水拍岸的声音，也带有一些倦怠的气息。微风吹来，更使人熏熏欲醉。在这海滩散步的，这时只有贯一和阿宫两人……"

如今的热海海滨夜色，依然如故，如水的月光下，常有散步的青年男女。贯一和阿宫，变成了站在高台上的青铜雕塑，向人们倾诉痛苦、悲伤、绝望。

热海真应该感谢尾崎红叶，是他使这个海滨小城，变成了氤氲着浪漫气氛的旅游胜地。

双柿舍

在热海市水口町的小巷里，有一座幽雅的小院，叫双柿舍，是日本文豪坪内逍遥故居。

坪内逍遥（1859—1935），文学理论家、戏剧家、小说家、教育家、翻译家、莎士比亚研究家。他是早稻田大学的创立者之一，也是早稻田文学部、《早稻田文学》的创始人。他的《小说神髓》是日本近代第一部系统论述小说的理论著作，提出了以"人情"为中心的小说观，被誉为揭开了日本近代文学序幕的"破晓的钟声"。他为实践自己的小说理论，写了长篇小说《当代书生气质》，用写实主义手法，描写当代学生生活，在日本文学史上具有重要意义。他把易卜生、萧伯纳的作品介绍到日本，有戏剧理论《我国的历史剧》、《新乐剧论》和剧本《桐一叶》、《浦岛》、《义时的临终》等多种，是日本新剧运动的先驱。他把莎士比亚全部作品译成日文，出版莎翁全集四十卷。他努力在日本传统的基础上，积极吸收消化西欧文化，创立日本新文化，是明治时代承上启下、开拓新文化的重要人物，功勋卓著，连日本文学史上赫赫有名的二叶亭四迷、尾崎红叶、幸田露伴等作家，都深受他的影响。

逍遥特别喜欢位于伊逗半岛东岸的热海，那里离东京近，气候好，风景美，温泉多，远在学生时代，他就常来热海，成家立业后，在热海买地造屋定居，直至逝世，他的很多著作，都是在热海完成的。根据富士屋旅馆的记载，他第一次到热海，是1875年12月。当时他还是开成所（东京大学前身）的学生。那时，火车刚通到神奈川，从小田原坐人力车，再换乘肩舆才能到达热海。他回忆说："当时热海还没有开发，一切都因陋就简，连达官显贵、名士时贤们住的一流饭店富士屋，也只是出租房间和寝、食用具，饮食及其他事宜，均需自理。""那时的热海，还是原始状态，一切都很淳朴。住户很少，除旅馆外，都是茅草屋，森严豪华的别墅山庄极少。在最繁华的本町路一带，道路用大大小小的石块铺砌，崎岖蜿蜒，凸凹不平……"

1886年末，逍遥与新婚夫人来到热海，住在露木的香露馆。从1897年开始，他每年都来热海过冬。这里比东京暖和，气温高出三、四度，1月时，东京还寒气袭人，但热海的樱花已经开得很热闹了。1911年，他在荒宿买地建了个小别墅。但热海发展很快，没住几年，荒宿一带就变成了人声嘈杂的繁华区。1920年，他移居到山手的水口町。这里背靠青山，景色宜人，视野开阔，市区、海港，尽收眼底，又是山村野舍，人烟稀少，万籁俱静，适于读书写作。当时院子里有两棵二百多年的老柿树，所以他把新家命名为双柿舍，自号双柿叟。

　　我去日本研究野间宏时，住在热海，每天下午散步，常常不知不觉间就走到了双柿舍门前。推开柴门，进入小院，眼前豁然一亮：花树繁茂，流水叮咚，曲径奇石，朴素幽静。这里的园林、亭台、屋舍、茶室、书房，都是逍遥自己精心设计的，无不透出他的个性和情趣。比如那个逍遥书屋，是他的藏书楼，1928年建成，是日本、中国、西洋三种建筑风格相结合的产物。塔状二层小楼与屋檐是日式，围栏是中国式，屋顶的城堡和风向标是西洋式。据说翠鸟状的风向标，是他从莎翁诗中得到的灵感。

　　逍遥钟爱的两株柿树，一棵在1979年10月19日，被台风刮倒，于是又种了第二代。剩下的那棵，因年老多病，自然枯朽，只剩下残骸。1999年，逍遥出生地岐阜县美浓加茂市赠送一株蜂屋柿，栽在老树边。如今，这两棵接班树枝繁叶茂，生机勃勃。

　　柿树不远处，有座笔塚，是1937年，夫人为纪念他逝世三周年而建。碑是块一人多高的细瘦铁黑色筑波石，下面是用花岗岩雕琢的石函，里面装了他生前用的毛笔和钢笔。日本人依然保持古风，敬惜笔墨纸砚，从不乱扔，等到新年时，再把不想保存的信件和文稿等送寺庙焚化。大家名人的笔墨，更是格外珍重，常常特意建塚供奉，我在不少地方见过名家笔塚。

　　园内有一块巨大的根府石，上刻逍遥手书碑文。1928年，水口园主水口良雄开凿温泉成功，请逍遥题记赐名，勒石纪念。逍遥欣然命笔，记述了开凿过程，并名之为福之汤。石碑原来立在水口园温泉旅馆内，后因旅馆衰落破败，移置到逍遥故居中。

逍遥对莎士比亚情有独钟，从1884年翻译《尤利西斯·恺撒》开始，至1928年完成《莎士比亚全集》四十卷的翻译工作，但因翻译时间长达四十多年，译文格调芜杂，文字参差不齐，为了统一风格，他在古稀之年，闭门不出，夙兴夜寐，焚膏继晷，埋头校订，直至1935年2月28日逝世。他与夫人没有子女，在他逝世的前五（1930）年，就把土地房屋全部捐给财团法人国剧向上会。夫人1949年逝世后，国剧向上会把故居转赠给早稻田大学，现在周日和逍遥忌辰对外开放，自由参观，不收门票，由志愿者讲解，为热海一大名胜。

逍遥死后葬于离双柿舍不远的锦峰山海藏寺。这是临济宗（禅宗）妙心派寺院，创立于后土御门天皇明应年间（1492—1500），现已传至第十三代主持大风峰俊和尚。他约四十多岁，慈眉善目，说话慢条斯理，举止端庄。我问他寺庙的历史，他讲述一番之后，还特意回事务所为我拿来一份资料，并送我一袋寺院特制姜汤，说可招福开运，预防感冒。我双手合十，表示感谢。

寺内亭台楼榭，回廊幽径，曲沼流泉，兰畦药圃，与中国寺庙并无二致，唯一不同的是，在庭园中心有一幅用白砂和岩石构成的写意画式的枯山水，让观者在枯寂静谧中，参悟其中蕴藏的禅机。山门和佛殿都修缮一新，散发着桧木的香味。园内有一块黄色指示牌，上标逍遥墓地位置。沿着古松参天、花草葳蕤的崎岖小路，拾级而上，登上山岗，逍遥墓出现在眼前。墓碑是一块三角状巨石，上刻逍遥夫妇的名字。墓前有一对一人高的石灯，一对花瓶，花瓶中插着白色香水百合和白色蝴蝶兰，花还很精神，香味很浓，看样子刚刚有人来凭吊过。举目远眺，竹林幽幽，松柏青青，山风习习，流水淙淙，佛家净土，满目风光，一尘不染，诗人日野海音诗云：千尺岩边百尺松，飞流直下绿烟中，吾来欲问僧伽事，一片云霞倚古松。

　　走出海藏寺山门，回头遥望朦胧绿色中的逍遥墓，心想不知是那位高僧大德谥他的法号始终逍遥居士，还真贴切。

梅　园

热海天气温暖，梅花开得早，当地把每年1月9日至3月7日定为梅花节。

在中国，梅花是岁寒三友松竹梅之一，四君子梅兰竹菊之首，地位显赫。

其实，梅花是很普通常见的花。开花早，花期长，香味清逸，颜色繁多，枝干苍劲，傲雪凌霜，生命顽强，乐群共生，只是它的生物特征。但中国从汉、晋、南北朝起，梅花名声日隆。宋代范成大说"梅花韵胜格高"。千百年来，描绘梅花的诗文浩如烟海，文人骚客借花抒情，仁人志士托物言志，赋予它深刻的精神内涵，并将其升华为中华民族的道德、风骨、品格、神韵和价值观。

日本也有许多梅园，在樱花开放之前，梅花"一树独先天下春"，装点着春寒料峭的列岛河山，带来春天的喜悦。

据说，在七八世纪时，梅树传入日本，先是在寺院、王公贵族、武士家种植，盛开时，呼朋唤友，欣赏昂首怒放的梅花，举行梅花宴，饮酒赋诗，成为上流社会的时尚。到了中世纪，梅花渐渐传入寻常百姓家，普遍种植，蔚然成风。在日本最早的诗歌集《万叶集》中，吟咏梅花的诗，有一百多首，而樱花诗，仅有四十首，可见梅花当时在日本人心目中的地位。但《万叶集》中的咏梅诗，大多为思乡怀友，抒发感杯，并无深刻的思想意义。直到平安中期的学者诗人，被誉为"梅神"的菅原道真的咏梅诗，风骨峭峻，潇洒风流，有几分中国的梅花诗的神韵。

梅花节里的一天，风和日丽，我与妻子去游梅园。

热海梅园在一个山坳里，有梅树三千余株，百年老树454棵，几十个品种。进入梅园，满目冰心玉骨，红白粉绿，姹紫嫣红，美不胜收。妻子姓梅，一进梅园，就说真香。我仔细一闻，确实有淡淡幽幽的暗香浮动。我说，这是你本家的芬芳，你自然熟悉敏感。

热海梅园，由日本内务省第一任卫生局长长兴专斋建议，由横滨巨商茂木惣兵卫出资，于明治十九（1886）年建成。明治二十四（1891）年，园内立碑记述缘起，碑顶由第一任总理大臣伊藤博文用篆文书写"茂木氏梅园记"，碑文由长兴专斋撰写，书法家市川三兼书，宫龟年刻。原为汉文，但经百余年风雨剥蚀，模糊不清，难以辨认，只好由日文译出：

"温泉对疾病卓有疗效，但并非仅靠温泉中所含盐铁，还需适当运动。若整日闭门不出，即使洗温泉，亦会厌倦疲惫，不能养生。热海群山环绕，东南临海，以温泉而名。人们铲平斜坡，建造房舍，世代居住。此地距东京不远，气候温暖，冬春时节，许多都市人来此沐浴。我初来此时，沿迤逦山路西行，发现一处山势起伏有致、风景绝佳之地。溪流冲击乱石，声如风雨，时分时合，汹涌澎湃，穿芦苇竹丛，淙淙而下。溪流两侧山丘，松桧葱茏。登临小息，环顾四周，旖旎幽静秀丽，乐而忘返。明治十八（1885）年四月，遵岩仓具视大臣之命，建成嗡汽馆。我对诸君说：温泉疗效显著，疗养设施完备，但美中不足是，无修身养性之所，故建议在我发现之地造园。神奈川县议员中山保次郎热烈响应，与横滨茂木惣兵卫商议，茂木欣然应允，并与中山氏及当地日吉、小松、露木诸氏协商，决定造园。割草伐木，疏浚浊流，溪水愈加清澈，露出许多妙趣横生的奇石。高处建亭，溪流架桥，依起伏山势，植梅三千株及松、杉、枫、柳等树。至此，设施完备，山水花木，四季俊秀。人们汇集于此，饮酒吟诗，心旷神怡，宠辱皆忘，温泉养生效用，臻于完善。植梅最多，故名茂木氏梅园。茂木氏乃豪商，富甲一方，巨资建园，非为私用，而为大众开放，功德无量。园中花木泉石，巧夺天工，幽雅胜景，可供百姓游览，为国殚精竭虑者，亦可于此休养生息，运筹帷幄，再展鸿猷。

致来园者。是为记。

明治二十年内务省卫生局长兼元老院议官从四位勋三等长与专斋撰"

碑后文字为："茂木氏兴造园林时，横滨平沼专藏、浅田又七氏出资协助，东京园艺师小川九兵卫监工。原本天赐地利，完工后，更为精彩。不忘兴建者辛劳苦心，特刻名于碑后，以传后世。专斋又记"

长与专斋，于天保九（1838）年，生于肥前国彼杵郡大村。他是长与家第五代医生。16岁时，到大阪绪方洪庵塾学医，与福泽谕吉是终生挚友。明治元（1868）年，被任命为日本最初的医院长崎精得馆医师长。他改革学制，更名为长崎医校，引入西方医学，该校现为长崎医科大学。明治四（1871）年，被维新政府调到东京，随使节团访问欧美，归国后被任命为文部省第一任医务局长，内务省第一任卫生局长。他为官清廉，政声甚佳，终生致力于国民健康。

偶翻山田兼次的《热海风土记》，发现在梅园附近，有个《抚松庵》，以山菜料理闻名。庵中有抚松庵记匾额，由长与专斋撰写："出梅园南口，过小路，有丘陵草庵，乃看园人住所。东北方，可见梅园全景。南临沧海，云霭中，山峦时隐时现。老松如盖，遮檐蔽日，此乃煎茶煮酒绝佳之地，故名抚松庵。"

专斋之子长与善郎，是日本白桦派代表作家，主要作品有《青铜基督》、《竹泽先生其人》、《心灵历程》等。他回忆父亲时，也说到了梅园与抚松庵："（父亲）写汉诗，长书法，喜造园林，且乐此不疲。热海梅林，实为父亲所造。父亲提倡讲卫生，鼓励海水浴、温泉浴。温泉易使浴客放荡，为使之有游览场所，兴建了充满自然情趣的公园。他说只有运动，才能使人身心健康。但父亲没钱，故请横滨巨商茂木氏出资，建立梅园。在梅园左侧的山丘上，建了茶室抚松庵。从扇形山谷，可见远处的海。庵内有一棵巨松。父亲从陶渊明《归去来兮辞》中摘'抚孤松而盘桓'之句，名其为抚松庵。他手书横额，挂在庵中。有岛武郎对此匾赞不绝口。不知那块匾还在不在？也许早已糟朽，破烂不堪了吧？"

我按图索骥，寻觅抚松庵，梦想在那里饮茶食山菜料理，发思古之幽情，可惜竟无人知，怅然而归。

热海的樱花

每年一月，日本南部冲绳的樱花刚刚露头，关东地区还寒气袭人，热海的樱花就开了，比东京要早一两个月。

最早开的是热海樱，每年1—2月绽放。这种树是明治年间意大利人与柠檬、椰枣树一起带来的，经过几代人培育，花开得早，时间长，成为特殊品种，被热海市命名为热海樱，选为市花。

热海樱还没有谢，大寒樱就接上了。大寒樱高大茁壮，每年2—3月开花。这两种树，花都密而大，花瓣厚，颜色深，雍容华贵，不像一般的樱花，花瓣单薄，近乎白色，随时都可能随风飘零，一副薄命相。

流经市区的系川两畔，都是热海樱。远望，清凌凌的河水，在花丛中流淌。微风拂过，落英缤纷，飘落河面。小河像一个无忧无虑的孩子，唱着歌，满身锦绣，向大海奔去。我每天散步，都要在系川桥上伫立良久，看樱花，看夕阳，看晚霞，看赏花的人。

日本常来，经常赶上樱花时节，从九州到北海道，观樱无数，但独独这里的樱花特别。一般的樱花，大都是一起开放，一起凋谢，整齐划一，毫无个性。然而这里的樱花，一开就是一两个月，树下落花如雪，树上的花朵却不见少。仔细观察，恍然大悟，原来它的花蕾，散漫自由，有大有小，有先有后，前面的谢了，后面的刚开，而更小的还在长，一茬接一茬，所以树上总是繁花似锦。我为自己的发现兴奋不已，突然想起宋诗：万物静观皆自得，四时佳兴与人同。此刻，我的生活、心境与宋人程颢相似。

遗憾的是，市内的樱树太少。流经市内的系川、初川、和田川三条小河，只有系川两岸栽了热海樱。在海滨公园一带，热海樱没有几棵，只有一排大寒樱。如果热海市区、河边、海滨、后面的山上，都种上樱树，热海的春天，将多么热闹灿烂？

焰　火

　　每年4月到12月，热海都要举行多次焰火晚会。

　　焰火，本来是喜庆时燃放，但热海的焰火，却始于灾难。1937年8月31日，台风海啸，摧毁了热海140家房屋，街面一片狼藉，惨不忍睹。当地政府，为了安慰灾民，振作民心，举办了第一次焰火晚会。1945年，热海火车站一带发生火灾，吞噬大量民房。在人们惊魂未定，还没有缓过气来时，祸不单行，中心街一带又烈焰冲天，千余家民房，化为灰烬。灾民流离失所，啼饥号寒，悲痛欲绝。当地政府为了驱散愁云惨雾，鼓励重建家园，决定举办第二次焰火晚会。灾难过去了，但焰火晚会却保留下来，至今已经举办了58次，且成为热海的一大特色，吸引八方来客。

　　我住的公寓，与燃放焰火的海滨公园，只隔着一条马路，那隆隆的炮声，响在耳边，满天的彩霞，就在眼前，想不听不看都不行。时间一长，就有了经验，不用看海报和报纸，看一眼海滩，就知道是否有晚会。

　　这不，今天是星期日，天高云淡，海水湛蓝，一大早，海滩上人就很多，不用问，准有焰火晚会。

　　一群年轻人，在沙滩上搭起了凉棚，先是列队做广播体操，之后由四个大相扑力士表演。相扑比赛，都在硬土台上，在沙滩上角斗，没几个回合，就个个大汗淋漓，气喘吁吁，草草收兵。几个膘肥体壮的力士下海去游泳，只有那个最魁梧的力士，站在岸边，与年轻人聊天。很多人上前与他合影，他笑眯眯的，来者不拒。有个女孩，张开手臂，去搂他的腰，但只能搂一半。有个男孩，想试试他的力气，他抱住他，轻轻一举，就过了头顶。几个女孩围上来，叫他抱，他笑了笑，擦了擦汗，一次抱起两个女孩，吓得她们哇哇乱叫。这个力士，一身肥膘，走路时一颤一颤的，憨态可掬，十分可爱。平素，他们在严酷的训练场上，勤学苦练，难得有自由放松的机会，虽然个个威武雄壮，但从年龄来讲，毕竟还是孩子，天真活泼好奇的天性，溢于言表。

　　旁边还有两伙青年，打沙滩排球，不时响起一片欢笑声。港口停泊的游艇，纷纷出海，但都走得不远，停在初岛附近，可能是钓鱼或日光浴，吸一点海上的新鲜空气吧。

　　我觉得日本公园与中国公园的最大不同，不是设施、门票价格，而是游客。中国公园以老年为主，而日本公园，是青年人的天下。我家附近的地坛公园，园内也好，园外园也好，游客大多是老年人。唱歌、跳舞、拉琴、吹笛、舞剑、打拳、抖空竹、踢毽子、放风筝、下棋、打牌、撞大树、拍手、倒退着走……无奇不有，自得其乐。日本的公园，多是呼朋引类的年轻人，欢声笑语，朝气蓬勃，与职场、电车上的呆若木鸡大不相同。当然，也有情侣，在海边窃窃私语；有父母带着小孩，追逐浪花，垒沙造城；有遛狗的中老年人……日本是先进国家，有完善的生活、医疗保险制度，退休的老年人，温饱大概不成问题。他们有时间有精力，本应是公园的主力，但不知为什么，很少见到他们的踪影。他们在干什么，都闷在家里吗？我总觉得，他们没有中国老年人活得快活、滋润。

下午，人们开始在看台上占座，有的用几把椅子，有人用胶带纸把塑料布固定，有的摆一排坐垫，有的干脆在沙滩上拉几根绳，摆几块石头，算是临时领地。最忙的是摄影师们，他们选择最佳角度架设摄影器材，反复调试，生怕漏掉一个稍纵即逝的精彩画面。8点20分，天完全黑了，几条闪着警灯的巡逻艇已经回港，海滨的灯也全部关闭。四层看台上，坐满了人。还有一些穿着饭店的浴衣，酒足饭饱的游客，三三两两地走来。

焰火腾空而起，夜空变成了一个五彩缤纷、千姿百态、姹紫嫣红的大花园。一批花凋谢了，一批花灿然开放，把万紫千红、光辉灿烂、金碧辉煌、流光溢彩，尽情地描绘在黑色天幕。望着那火树银花、令人眼花缭乱的夜空，听着人们阵阵欢呼惊叫，我想，我们老祖宗发明的火药，为人类文明做出了伟大贡献，给人类带来了力量、美丽，但也带来了炮火连天血肉横飞的灾难。

热海利用它的美丽，带来了欢声笑语、滚滚财源，但也有弥漫在天空，不知飘往何处的浓烟。

伊豆半岛的狼烟

据说，古之烽火用狼烟，取其烟直而聚，虽风吹之不斜，于是烽火狼烟，就成了战争的符号。狼烟四起，即为四处报警，比喻战争、社会动荡不安。杜甫诗"烽火连三月，家书抵万金"，杜牧诗"何处吹箫薄暮天，塞垣高鸟没狼烟"，大概都是此意。但也有人说，狼粪烧不出浓烟，古代烽火，是用湿草木、牛羊狼粪怄起的浓烟。孰是孰非，暂且不管它。

如今，狼烟四起这个成语几近死语，虽偶然使用，但狼烟早已灰飞烟灭，成为历史的记忆。倘若真正爆发战争，也不会用古老的狼烟传递消息，信息时代，有个风吹草动，眨眼间就能家喻户晓，传遍世界。然而，在美丽的伊豆半岛，却真的升起了狼烟，而且不多不少，正好是"四起"。

2009年11月1日上午10时，在土肥的丸山城遗址、伊豆市天城汤地区的狩野城遗址、中伊豆地区的大见城遗址、修善寺地区的柏久城遗址，同时架上木材，盖上青杉树枝，点起了火，一时间四处浓烟滚滚，直冲云天。

这是静冈县第二十四届国民文化节的一个活动。不知是那个聪明的脑壳突发奇想，弄出个重现战国时代通讯的方式——狼烟四起，发思古之幽情。只是如今的狼烟，已是"假冒伪劣"，里面一点狼粪也没有。日本狼，早已绝迹，那有狼粪呢？只好用木材青树枝熰烟，冒充狼烟。

古代狼烟是战争的信号，灾难的前兆，血雨腥风的象征，如今成了文化活动、娱乐休闲的方式，发思古之幽情的道具，令人匪夷所思。

我想向主办方建议：狼狗同宗，而养狗者遍布日本，弄些狗屎来烧，说不定更像狼烟。但仔细一想，又觉不妥，因为狼茹毛饮血，而如今的狗们，娇贵如王孙公主，吃特制狗粮，那狗屎与狼粪不同，大概也冒不出直而聚、风吹不斜的烟了吧？

小药店老板

晚上十点，妻子为我熨烫明天去东京参加宴会的西服时，不小心烫了手指，起了水泡。她在水管上冲了一会儿，虽然疼痛轻些，但开始红肿。我说，去医院看看吧，感染就麻烦了。

我们到这里没几天，人生地不熟，不知医院在那里，是否有急诊？翻出热海市生活百科地图，发现附近有一家大学附属医院，想带她去那里看看，但妻子说，到药店买点烫伤药试试，不行再去看医生。我知道她是嫌麻烦。十年前，我们来日本，我胆囊炎急性发作，去看急诊，挂号候医，照相诊断处方拿药，程序跟中国差不多，费事费时，所以不是万不得已，实在不想去医院。

我说，那也行，先去找药店吧。

来日本前，我就为她办理了旅行保险，交了28570日元（约合人民币2400元），除原有老病及牙科外，其他病症，均可凭收据报销，但超过十万日元，需要医生签名，再寄到保险公司，办起来挺繁琐。日本医药费昂贵，花点钱办个保险，心里踏实。但俗话说，再好的刀口药，不如不拉口，最好不用。

外面风很大，穿上风衣，还觉得冷飕飕的。天气预报说，东京8℃，热海12℃，但在日本关东地区，这就算冷天了。街上静悄悄的，没有人影，大部分店铺都关了门，不时有几片枯叶随风飘起。路边有一棵树，寂寞地开着几朵小白花，似乎还有点香味。

走到最繁荣的清水町，那里的几家大药店都关了门。又找几家，都黑着灯，拉着帘子，锁着门。我对妻子说，热海大小也是个市，总不会没有卖药的地方。你先歇会儿，我去找找。大约走了几百米，看见一家临街的药店，里面坐着一个50岁左右的男子，低头看书。药店不大，但整洁明亮，看样子是一楼开店，二楼住家，日本随处可见的夫妻店。日本法治比较成熟，各行各业，都有严格的规章制度。比如理发师，要在专业学校学习两年，毕业后参加国家考试，合格后才能开业。卖药不同于卖菜，吃错药会出人命，想必没有一定的药剂知识，大概不能开店。

我和妻子走了进去，一股药店特有的气味扑面而来。我问他有没有治烫伤的药？他回头就从药架子上拿过来一盒，说这个就治烫伤烧伤。我看看价签，1500日元，约合人民币百余元，正准备付款时，他问怎么伤的，伤在什么地方？妻子伸出手，他看了看问，用冷水冲过没有？妻子说冲了十几分钟。他指着柜台上的药说，这种药，主要用于烫、烧伤溃烂，作用是杀菌消炎止痛，你的手指皮肤没有破，水泡会自然吸收，如果怕发炎，用创可贴就行了，用不着这种药，也不用上医院。

　　妻子说，创可贴家里就有，是前几天刚买的，不用买了。当我们向他表示感谢，转身向外走时，他低头从旁边的柜子里拿出几包创可贴，说这是日本红十字会向市民赠送的，挺好用，你们可以试试。

　　在回去的路上，我们默默地走着，谁也没说话。但我猜测，心里想的，可能差不多：人家送上门的生意都不做，坚守诚信，虽然失去了蝇头小利，但却赢得了信任和尊敬，这与中国那些卖假药，拿回扣，草菅人命者，简直是天壤之别！

疯狂的河野寿

1936年2月26日，日本陆军"皇道派"激进的少壮军官，率领东京驻军第1师第1、3步兵连及近卫师第3连等1400多名士兵，打着"昭和维新、尊皇讨奸"的旗号，占领首相官邸、陆军省、警视厅等要害部门，袭击政界要人，进行"兵谏"，3天后被平定，17名主谋及右翼分子领袖北一辉、西田税等被处死。

日军内部的"皇道派"与"统制派"，都是法西斯军事集团，但在对时局的认识、夺取最高权力所使用的手段等方面有所不同。这个事件，实际上是两派为争夺最高权力的内讧，但却是日本历史的重要转折点。事件发生后，以东条英机为首的"统制派"借机剪除敌对政治势力，巩固军国主义，进而建立以军部为主导的法西斯政权，使战争机器如脱缰野马，加速对外侵略扩张，翌年发动卢沟桥事变，全面发动侵华战争。

二·二六事件的主要舞台在首都东京，但在热海市汤河原，也上演了血腥一幕。

1936年2月26日清晨，两辆汽车悄悄开进汤河原，停在温泉饭店伊藤屋本馆旁边。8个人从车上下来，领头的是身着军装的河野寿大尉。他们站成一排，由河野训话后，各自进入指定位置。这天，难得下雪的热海，下了一场小雪，城市一片洁白。5时整，他们开始行动，绕开正门，堵住后面的厨房门。

"电报！电报！"咚咚的敲门声，在静谧的清晨显得格外响亮。

屋里的灯亮了，出现在厨房门口的是担任警卫的警察皆川。

"牧野的房间在哪里？"河野端着手枪问道。

牧野伸显伯爵，是明治功臣大久保利通之子，吉田茂岳父，曾任内务大臣、外交大臣，激进的少壮派军官视其为亲英美派，把他列入刺杀名单。当走到牧野房间附近时，皆川对河野胸口开火。河野惊叫一声，手枪对着皆川腹部也吐出火舌，两人同时倒在地上。河野挣扎着站起来，但胸部被打穿，无法行走。他挂着军刀，命令屋外机关枪扫射，同时在前、后门放火，逼迫牧野现身。在枪声中，火焰渐渐蔓延到整个旅馆，将汤河原上空照得通红。当地消防团员、岩本旅馆馆主岩本龟田要敲钟救火，但被突击队员阻止。突击队继续向火中射击，里面响起一片女人的惊慌惨叫声。岩本说，都是妇女，救救她们，但突击队不准他靠近。他奋不顾身，从围墙跳入旅馆，脚被子弹打伤。他忍痛背着身穿女人衣服的牧野，混在妇女中，逃进山中，救了牧野一命。

还有一个版本说，牧野由20岁的外孙女吉田和子帮助，爬到了岩石上，但再也爬不动了。不久，大火照亮了峭壁，就像探照灯一样，把牧野和和子照得一清二楚。山下突击队员举起了枪，就在这千钧一发之际，和子展开她的和服，挡在外公面前，突击队员看到她那样英勇无畏，放下了枪。我觉得这种说法，不太可信。丧心病狂的河野命令机枪扫射、放火，负伤的警察皆川被活活烧死，可以说无所不用其极，那里还会有怜悯之心，放过牧野呢？

天亮时，袭击结束，河野集合全体队员，对着仍在燃烧的旅馆默哀。这时，听到火警钟声的民众，从四面八方赶来。他们看到一队人抬着受伤的河野和突击队员宫田，从白雪皑皑的坡道上默默走下来。突击队将宫田送到汤河原医院，乘上汽车，呼啸而去。

热海伊豆山派出所的警察西乡得到"皇道派"袭击汤河原的报告，乘出租车赶往现场，在初逢桥处遇到两辆架着机关枪的汽车。出租车司机伊势井福松急中生智，把车横在路上，挡住了他们的去路。这时，突击队员们的机关枪嗒嗒响了，路上上学的孩子吓得哭叫着抱头鼠窜。突击队要求把受伤的河野送到医院，西乡同意，由伊势井带路，到了热海卫戍医院（现为国立医院），但他们架着机枪，不许警察靠近。

河野寿是二·二六事件的核心领导之一，但他没有完成刺杀任务，又身负重伤，不想再回东京，十时左右住进了医院。他伤势严重，医院马上为他做了紧急手术，手术成功，效果良好。

据松本清张《昭和史发掘11》记述，住在附近的退役的黑崎中将特意到医院慰问河野，鼓励他说干得好，并嘱咐医院院长，对他精心护理治疗。

河野寿生于1910年3月，是海军少将河野左金太的三儿子，军衔为航空兵大尉，当时正在所泽陆军飞行学校驾驶科学习。他没有兵权，由驻扎麻布的栗原中尉介绍了七个民间狂热分子，由宇野治军曹提供轻机枪二挺，步枪四支及子弹若干，组成突击队，到热海偷袭。

当天朝日新闻报道了东京政变的消息，说今晨五时，青年军官杀死首相、海军预备役大将冈田启介（实为其妹夫、首相秘书官、陆军预备役大佐松尾传藏，因其与冈田长相相似，受袭身亡。冈田藏在官邸，27日逃出）；内务大臣、原首相、海军预备役大将斋藤实，军事参议官兼教育总监、陆军大将渡边锭太郎；大藏相、原首相高桥是清；侍从长兼枢密顾问官、海军预备役大将铃木贯太郎身负重伤。

当天，陆军大臣发布告示，安抚军心，并未指责暴动官兵。

河野以为政变成功，欢欣鼓舞。

然而，天皇作为统治阶层最高代表，绝不可能容忍青年军官犯上作乱，杀死他身边信任的重臣，27日发布敕令，调集重兵，准备镇压。28日，舆论骤变，把"起义"说成"叛乱"。29日，公布天皇敕令，反复播送《告军官士兵书》，劝他们马上归队，抵抗者均为逆贼，格杀勿论。

这一天，河野寿的哥哥河野司来看望他，他流着热泪，咬着牙关说："我忠心赤胆，为国家、天皇而战，做梦也没想到成了逆贼。"他叫哥哥为他买毒药和水果刀。

河野苦苦思索如何自决。他希望像一个真正武士一样从容而去，但手枪和军刀都已被宪兵收走，没有自杀工具，且左手重伤，不能自由活动。3月5日下午3时30分，他穿上军装，离开病房，走进医院后面山坡的松林中，在一棵巨松下，面对东方而坐，遥拜皇宫和父母后，用水果刀按传统方式剖腹，但水果刀难以致命，他又割断颈动脉，血流如注。

据其兄河野司回忆，水果刀与亚砒酸是他带给弟弟的。河野寿自决前喝了毒药，倒下后，院长命令将他抬回病房，他呕吐不止。其实，河野寿的伤并不重，水果刀只割破了肚皮，脖颈处流血较多，如果及时抢救，根本死不了。最后因流血过多，于6日上午6时45分死亡。

河野寿26岁，正是风华正茂之时，却成为权力斗争的牺牲品。他自以为是为国为民，实际上是祸国殃民。他自以为是为理想而献身，实际上是充当军国主义的鹰犬。他狂热残忍，屠杀别人，也屠杀自己。

如果他有灵魂，会后悔吗？

狼群行动

在风景秀丽的伊豆半岛的鸣泽山腰，有一座兴亚观音院。没有人会想到，这处佛家净土，竟然是杀人如麻、罪大恶极的甲级战犯、陆军大将松井石根修建的。

松井石根生于武士世家，日本陆军士官学校、陆军大学的优秀毕业生，长期在日本军队任职，前后以日本使馆武官等身份驻华13年，参与策划并积极支持侵略中国的战争。他熟悉中国典籍，能作汉诗，与中国军政要人关系密切，是日本军界的"中国通"。

就是这个"中国通"，1937年8月15日，就任日本上海派遣军司令官，占领上海，攻陷南京，制造了惨绝人寰的南京大屠杀。1938年，松井复员，定居静冈县伊豆山。这个罪恶滔天、双手沾满中国人民鲜血的刽子手，可能内心惶恐不安，为了掩盖罪责，混淆视听，上演了一出放下屠刀，立地成佛的闹剧——建造兴亚观音像，并于1940年2月24日举行了隆重的开光仪式。他在《兴亚观音像缘起》中说："为建立大东亚共荣圈，拯救东亚各国人民，发动圣战，建立以慈悲为怀普度众生的观音像，为日中战死者招魂。"

观音像有两座，一座高三米，在佛堂外，一座高60公分，立在佛堂正中央，均用中国陶土烧制。在观音脚下的匣子里，装着松井部下23104名战死者名单。观音像两侧立着灵牌，分别为："支那事变日本战殁者灵位；支那事变中华战殁者灵位"。他用心险恶，假惺惺地把凶手与被害人合祭，以混淆黑白，推卸罪责。

松井石根大概做梦也不会想到，没过几年，他的骨灰，被秘密埋在这里，后被"狼群"炸飞，变成烟尘，消失在历史的天空，落了个死无葬身之地。

1948年11月12日下午3点50分，远东国际军事法庭判处甲级战犯东条英机、松井石根、土肥原贤二、广田弘毅、板垣征四郎、木村兵太郎、武藤章七人绞刑，并于12月23日0时20分执行。美军用两台卡车将战犯尸首从巢鸭监狱运到横滨市营久保山火葬场焚烧。远东盟军司令部发布公告说，已将骨灰抛入太平洋。

远东国际军事法庭的辩护律师三文字正平、林逸郎密谋，将战犯骨灰盗出。他们知道这些人处死后将送到久保山火葬场火化，于是联系火葬场场长飞田美善和与火葬场毗邻的兴禅寺主持市川伊雄，精心策划偷盗骨灰，秘密保存。但这是个十分敏感的问题，一旦被发现，舆论会鼓噪而起，闹不好有牢狱之灾。他们商量决定，将骨灰偷出后暂放兴禅寺保存，再从长计议，寻找埋葬地点。

尸首火化后，美军士兵对骨灰处理很马虎、草率，把剩下的中小骨、细骨、骨灰随手扔在一个水泥坑中。飞田美善发现后，报告了三文字等人。当时火葬场由美军管制，派兵把守。12月26日半夜，三文字、飞田、市川三人，披着黑色风衣，越过警戒线，悄悄进入火葬场，走到水泥坑边，用手电筒照亮，把骨头装在衣箱中运走，埋在兴禅寺。他们害怕败露，胆战心惊，又多次密谋，并与战犯家属取得联系，最后将骨灰移到热海，埋在兴亚观音院内。

1949年5月3日下午，东条英机的未亡人等战犯家属秘密访问兴亚观音院，并委托伊丹忍礼夫妇保存遗骨。1951年9月8日，日美和平条约在旧金山签字，美军对日本管制缓和松动，七个甲级战犯骨灰事被报纸披露。

1959年4月9日，树起了由吉田茂题写碑文的"七士碑"，碑后刻着七名战犯的绝笔签名。

1971年12月，"狼群行动"用炸药将"七士碑"炸毁。一声巨响，灰飞烟灭。

"狼群"到底是一个人，还是一个组织，至今是个谜，无人知晓。

如今，甲级战犯的牌位，依然摆在靖国神社，每年8月15日都是世界瞩目的焦点。如果"七士碑"保存下来，兴亚观音院，也许会成为靖国神社第二，很可能成为追随者顶礼膜拜的地方，进而激发军国主义的残渣余孽的复仇情绪，引发更多的叫嚣。

从长远看，随着中国的崛起，日本在亚洲主导地位的消退，日本外交会更重视与周边国家的关系，靖国神社的政治色彩也会逐渐淡化，但这取决于日本历史观的转变与日本国民缓慢的心理调整。中韩等国家之所以对靖国神社如此关注敏感，是因为它的兴衰代表日本对侵略历史的态度及日本政治右翼化的程度，可惜日本朝野对这个大是大非的历史问题，还未做出令人满意的回答。

日本军国主义的阴魂不散，不仅是日本，也是亚洲、甚至是全人类的耻辱和危险。

大岛悲剧

风和日丽时，在烟波浩渺的相模湾，可以看到伊豆大岛。夜晚，岛上灯火明亮，在黑沉沉的海面上，像一艘渐行渐远的巨轮。

大岛是伊豆诸岛中最大的岛屿，属富士火山带的火山岛，有名的观光地，现归东京管辖。岛上天高海蓝，山清水秀，植被繁茂，山茶花、杜鹃花漫山遍野。每天从东京、江之岛、热海、伊东，都有班船到达，东京机场也有飞大岛的航班。

岛上有历史遗址——为朝馆，面积达一万多平米，说明书上说，源为朝在此杀子后剖腹自尽。

俗话说，虎毒不吃子。源为朝何许人也？为何手刃亲生骨肉？语焉不详。翻了不少资料，总算搞清了这段历史。其实，日本的历史并不复杂，问题是那些人名，弄得你昏头涨脑，如进迷宫，不时乱码，理出个头绪，还真得费点功夫。

保元元年（1156）8月，发生了保元之乱。这是皇室与公卿、武士相勾结，争夺皇位的血腥厮杀。

崇德是鸟羽天皇的长子，5岁继位，成为天皇。他在位18

年，23岁时，太上皇鸟羽逼他退位，立其3岁的弟弟近卫为天皇。近卫在位14年驾崩，鸟羽又立四子为后白河天皇。崇德有个儿子重仁亲王，但鸟羽没让他继承皇位，崇德怀恨在心，伺机夺取皇位。

公卿藤原家，兄忠通任关白（相当于摄政），弟赖长任右大臣，虽都身居高位，但各持己见，互不相让。

后白河天皇与藤原忠通沆瀣一气，伺机剪除异己。

崇德与藤原赖长勾结，密谋起事，夺取皇位。

鸟羽太上皇驾崩后，崇德认为时机已到，招募武将源为义、源为朝父子、平忠正（平正盛之子、平清盛叔父），武装夺权。

后白河天皇招募武将平清盛、源义朝（源为义第八子、源为朝之弟），与崇德对决。

藤原赖长召集崇德方武将，讨论破敌之策，源为朝说："天皇人多势众，只有夜战方能取胜。今晚可偷袭敌阵大营，三面放火，一面攻击，必能大获全胜。"源为朝在九州有实战经验，主张夜战，但藤原赖长没有采纳他的建议。

当天夜里，天皇的兵马攻了上来。源为朝身材魁梧，力大如牛，强悍勇猛，善使硬弓，箭法超群。他看到平清盛的部将伊藤景纲和儿子忠直、忠清兄弟杀了过来，搭箭拉弓，一箭射穿忠直胸膛，又穿透忠清的头盔。平清盛大吃一惊，喝令退兵。

这时，其兄源义朝率领二百余兵马冲了上来。身先士卒的源义朝，看到他弟弟源为朝，高声喊道：你想对你的哥哥下毒手吗？源为朝毫无惧色，大声反问：你要弑父杀弟吗？义朝无言以对。为朝一箭，射翻了一个士兵。他还故意射穿了义朝的盔甲。义朝说：你徒有虚名，不过如此，只能射头盔而已。为朝大怒道：你是哥哥，我才手下留情，没取你性命，你反倒说我无能。我今天就叫你见识见识，什么叫箭无虚发，什么叫百发百中！他说着，抽出两支箭，嗖的一声，飞向义朝，同时怒吼看箭！义朝的部将深巢清国，知道大事不好，一个箭步蹿到义朝身前，双箭穿胸，应声倒地。义朝大惊，急令退兵。为朝挥军掩杀过去，当晚，两军未分胜负。

黎明时，义朝率兵在崇德军营放火。崇德军大乱，四散奔逃，崇德看大势已去，在乱军中逃走，最后向天皇投降。藤原赖长在混战中负伤，不日身亡。为朝劝他父亲为义隐姓埋名，以图东山再起，但为义不听，叫效忠于平清盛的长子义朝斡旋投降，恳求饶命。平清盛不准，下令斩首示众。为朝与父亲分手后，隐藏在近江轮田，不幸患病，在洗澡时被捕，押送到京都。在后白河天皇面前，他面不改色，从容镇定。先判他死刑，后改判流放到伊豆大岛。为使他今后不能再射箭，挑断了他的左手筋。

为朝从京都出发，沿东海道到沼津，乘船到大岛。在押解途中，为朝依然无法无天，我行我素，暴戾恣睢。他说：吾乃清河天皇后裔，八幡太郎曾孙，镇西八郎为朝是也。他到大岛后不久，就统治了全岛，修建官邸为朝馆，俨然土皇帝。为使左手恢复腕力，他天天搬重石锻炼。他不断扩张势力，征服了新岛、八丈岛等岛屿，娶了代官（当地官员）的女儿为妻，过着帝王般的生活。

有一次，为朝出海去征服未知的岛屿，漂到了鬼岛，占领后带回一个面目狰狞怪异的岛民。在为朝不在期间，岳父代官三郎太夫背着他向伊豆三岛的国府进贡（交了年租）。为朝怒火冲天，砍断了岳父的手指，收缴了岛上的所有武器。国府方面的地方官狩野茂光去京都报告，天皇敕令讨伐诛杀。狩野率官兵，分乘几条船逼近大岛。为朝决定拼个鱼死网破，顽抗到底。他站在大岛的乳崎山上，看到狩野的船队靠近大岛，手中的强弩瞄准了最前面的船，大喝一声，利箭呼啸着飞向敌船，穿透船腹，船漏水沉没，不少士兵溺水而亡。其他船一看这情景，不敢靠岸。为朝知道自己寡不敌众，难免一死，转身回家，手刃岛上生的儿子为赖，靠着柱子，剖腹自决，年仅32岁。传说他的后代，逃往琉球（冲绳），建立琉球王朝。

其兄源义朝，追随平清盛，保驾平叛有功，但因对平清盛奖惩不满，兴兵造反，史称平治之乱，事败后被谋杀。义朝之三子源赖朝，当年13岁，被擒后流放伊豆，软禁20余年。他韬光养晦，运筹帷幄，于1180年，利用地方武士对平氏家族的不满，联合部分皇族、旧贵族与僧侣，以镰仓为根据地，聚集力量，讨伐平氏。1183年，源义仲进犯京都，源赖朝派兵进京勤王，打败源义仲。1185年，击败平氏。1192年，源赖朝任征夷大将军，挟天子令诸侯，实行军阀专政，开创镰仓幕府。

拾落叶的老人

天渐渐凉了。早晚出门，需要穿一件薄毛衣。

路边的落叶，越来越多，有的金黄，有的红褐，有的黑紫，在秋风中，轻轻飘起，又慢慢落下。

昨天去"双柿舍"，看到路上一位老妇，弯着腰，捡拾落叶。她的衣服不知穿多少年了，已经很陈旧，但干净平整。她头发雪白，但一丝不乱。她动作缓慢，步履蹒跚，但神情专注，旁若无人。她弯着腰，身体几乎匍匐在路上，慢慢地、一片一片地捡起落叶，放进一个布袋里。我以为她有搜集落叶的雅兴，但不是，她装满一袋后，艰难地直起腰，颤颤巍巍地向远处的垃圾箱走去。

看样子，她可能是看见整洁的马路上有枯黄的叶子不顺眼，于是来捡拾。她已经风烛残年，快要走到生命的尽头了，但她要竭尽全力，使秋天的马路干净些。也许，这是她能为这个世界做的最后一件事了，但她要努力做好。

她家在那里？高寿几何？是子孙满堂，还是孑然一身？她有怎样的人生……

我远远地看着她，默默地站了许久。

借书证

在日本，借书很方便。日本人带着可以证明身份的证件，外国人用登陆证，两分钟就能办好借书证，马上可以借书。

1996年，我到日本研究纯文学时，住在东京杉并区，虽然也去过国会图书馆查找资料，但主要用的是杉并区中央图书馆。杉并区人口五十万，有九个图书馆和一个流动图书馆，中央图书馆是其中最大的，每次可借书5册，CD、唱片、录音带、录像带各2盘，时间为两星期。对残疾人，可免费邮寄图书、光盘录像带。在区内图书馆及区民中心、盲人会馆，残疾人预约，图书馆可派人去为他们义务读书，每次2至4小时。

这次来日本之前，我将手边野间宏先生送我的书以及国内的中译本、研究论文，读了一遍，计划到日本后，集中精力，读他的全集，收集他的研究资料，之后再写我的野间宏论。

我特意到东京神田神保町书店街去了两次，想买些他的书，用起来方便。但卖新书的书店，没有他的书，在旧书店找到了几本，标价却是原定价的2—3倍，相当于字典的价格，贵得令人咂舌。

朋友建议我用庆应大学图书馆，因为我是庆大的客座教授，有借书证和研究室，而且每次可借三十本，用三个月。但考虑从热海到东京三田太远，乘电车往返需要三个小时，书又重，来回搬不方便，所以最后决定，还是利用当地的图书馆。

热海市图书馆，建在陡峭的山坡上，每次可借书十本，用两周，如果没用完，还可电话再续两周。馆员们笑容可掬，服务周到，看你书多，会主动送你图书馆特制的黄布书袋。

这个图书馆的前身，是为庆祝大正天皇登基大典，于大正四（1915）年十一月十日，在热海普通高等小学贵宾室开设的热海町立图书馆。当时住在热海的文学家坪内逍遥捐书三千册，再加上当地人捐赠、购买的书籍两千册，总共有图书五千余册。近百年来，几经改址变迁，现名为热海市立图书馆

图书馆经常举办展览会、读书会、报告会，鼓励人们读书，普及文化科学知识，加强对本乡本土历史文化风土人情的了解，培养对故乡的自豪感。图书馆里，听不到说话声，不时有拉着小车来还书或借书的读者。阅览室里，大都是中老年人，有的看报，有的读书，也有趴在桌子上睡大觉的，但很安静，互不干扰。

有一次，我要看松本清张的《昭和史发掘》5卷、11卷，埴谷雄高主编的《青年之环论集》，他们图书馆没有，叫我填了张表，说可以帮助我到别的图书馆去找。大约过了一个星期，他们来电话说书到了，叫我方便时去取。这三本书，是分别从三岛市

立图书馆和富士市立图书馆为我借来的，不收任何费用。唯一的条件是，借阅时间为两周，不能延期。

　　在电脑上查书目，找到有这些书的图书馆，办理借阅手续，从书库提书邮寄到热海，通知读者取书，再还回去……不知要经过多少人，办多少次手续，花多少邮费，这种真诚为读者服务的精神令人感动。

　　热海市立图书馆的借书证是个硬塑料卡片，上面有条码、我的签名、图书馆电话号码及每周开馆时间，用起来很方便。

　　很多年没去中国的图书馆了，听说办借书证要交纳押金，不能按时取书或还书还要罚款，不知真假？

寻找日本人的差错

　　昨天，海滨浴场有一个人，用一个类似探雷器的装置，在海滩上搜索。他从西侧开始，每次约一米宽，依次向东，发现仪器上有反应，就蹲下来，从沙土中，将碎铁片、玻璃片等杂物找出，放在垃圾袋里。这个浴场并不大，但他从早到晚，整整干了一天，就像梳头一样，把整个浴场彻底篦了一遍。夕阳西下时，西侧海滩上的脚印，大都已被风抚平，看不出清扫的痕迹。东侧海滩上的脚印，还比较清晰，离他越近，脚印越深，越密，越有规律。

　　天气凉了，游泳的人日渐稀少，可能管理机构想乘这个机会，清扫海滩，不仅要把表面的烟头、树枝、海草等垃圾捡干净，还要把埋在沙土中可能伤人的杂物挖出来，保证光脚在海滩上行走、游戏、游泳的安全。他独自一人，没有伙伴和监督，完全是个良心活，干与不干，干多干少，干细干粗，只有他自己知道。但他除中午吃饭盒休息一小时外，一直举着仪器，目不斜视，专心致志，一丝不苟，不停地来回走。不要说在沙滩上，就是在平地上走一天，劳动量也够大的，更何况手里还要举着仪器呢？我多次站在凉台上，望着他在空阔无人的海滩上，独自默默地工作，心生几分感动。

日本人的认真，是世界有名的。比如防火设施检查，他们挨门挨户，用仪器探测房间中每一个烟雾报警器是否灵敏。凉台上的安全梯，他们不是看一看是否锈蚀就得，而是放下来，顺着安全梯，下到下一层，确认一旦发现险情，随时可逃生，才贴上一张"检查完毕"的标签。

记得鲁迅先生在批判中国人的国民性时，对内山完造说过，"中国即使把日本全盘否定，也决不能忽视一件事，那就是日本人的长处——认真。无论发生什么事，这一点，作为中国人不可不学。"中国人办事马马虎虎，差不多就行了，甚至差很多糊弄糊弄也将就了，但日本人对任何工作，不管多么简单卑微，绝不敷衍了事，甚至可以说，都怀着一种宗教般的虔诚和神圣，追求完美，精益求精，竭力达到无可挑剔的极致。认真不仅是一种态度，而且是一种道德，一种信仰。比如同一品牌的电气产品，日本国内组装的就比国外组装的贵，而且贵许多，但日本人大多喜欢买本国产品，是出于爱国吗？我想不是，他们买的是认真，放心和信任。

日本人这种认真敬业的精神，渗入骨髓，表现在方方面面，俯首皆是，不胜枚举。我就想，难道他们就没有粗心大意疏漏错误？俗话说，老虎也有打盹儿的时候，林子大了什么鸟都有。他们都是一个模子里刻出来的，连个盹儿也不打，没有一只粗心大意的鸟？我不信，于是我反其道而行之，以日本人的认真精神，寻找日本人不认真的差错。正如一位大人物所说，世界怕就怕认真二字，果不其然，还真叫我逮住了几个确凿无疑的差错。

读渡边广士编《野间宏研究》（1976年3月25日出版、筑摩书房）时，书中有本多秋五的论文《野间宏》，但目录中却没有。我简直不敢相信自己的眼睛，难道向来以精细著称的日本人，会犯如此低级且重大的编辑错误？看了好几遍，千真万确，确实漏编了。究其原因，是目录中有著名评论家平野谦的同名文章《野间宏》，而本多秋五的《野间宏》，排在其后，编目时疏忽漏掉了。到图书馆还书时，我说了这件事，馆员们目瞪口呆，确认后，做了详细笔录，贴在书上，以方便后面的读者，同时感谢我读书认真精细，发现了错误。我也被日本人夸了一次。

我住在东海岸町一栋海景公寓，前几天电梯旁贴出一纸通知：定于11月6日下午13点30至上午14点，检修电路，届时停电，电梯、冰箱、电脑均不能用，为大家带来不便，敬请原谅。我看后莫名其妙。什么叫上午14点？上午有14点吗？莫非是第二天下午的14点？检修个电路需要整整一天，冰箱里的东西还不臭了？我想，肯定写错了。我看不懂，别人肯定也不明白，楼里住户们发现后会更正的。

过了几天，通知一字没动，还贴在那里。那天东京的几个朋友来玩，送她们下楼时，又看见了那张通知。我开玩笑说，你们看看这个天书，说什么？她们琢磨了半天，摇头说，不知所云。

这时，我发现管理室亮着灯，知道有人在，就按了一下柜台上的银色按铃。管理人匆匆跑来，我指着那张通知说，我看不懂。他看了看，急忙鞠躬道歉说，是电气公司写错了，应该是下午13点30至14点，半个小时就足够了，那用得了一天。我说，这不关你的事，是电气公司马虎。他郑重地说："不，我也有责任，没有认真看，就贴上去了。请您原谅。"

送客回来时，通知已经改正。楼里看到这份通知的，肯定不止我一个，但没有一个人指出问题，日本人事不关己，高高挂起，与己关系不大，也置之不理，这一点，可不够认真。偏偏遇到我这么个认真的主儿，发现错误，毫不客气。

有一天，妻子买菜回来，在塑料袋里发现一张收据。她拿起看了看说，她们算错了。我说，收款机打出来的，能错吗？她说："确实错了。黄瓜有两种，一种是袋装四根，售价198，一种是自选，每根50（人民币3.50元）。我看自选的比较新鲜，买了4根，应收200日元，但她按照每根198，收了792，多收了592。我也不开饭馆，买那么多黄瓜干什么？"

在国内时，到饭店吃饭，或到商店买东西，一般都要看一眼收据，怕那些不良商贩捣鬼，添油加醋。其实，马上能算出数额的人，大概没有几个，而是"兵不厌诈"，虚张声势，告诉商家，你别蒙我，我精着呢！到日本后，从不看收据，觉得日本人精细，不会出错。看来，以后还真得看看！

我这次来日本，没带电脑，全用笔写，一个月至少要用两支圆珠笔。正好笔用完了，下午要去买几支。妻子说，我跟你一起去，把钱找回来。按说592日元，只能买一碗面条，犯不上也不值当去找，但我有点"幸灾乐祸"，想看看彬彬有礼的日本人怎么办，于是说："好，把黄瓜带上，免得她说你买四袋，而不是四根。如果态度好，咱就息事宁人。如果态度不好，那就好好理论一番！"

我退休后，天天到菜市场买菜，不时见到南腔北调的局部常规口水战。原因无非是缺斤少两、菜捆中夹杂烂菜、死鱼当活鱼卖、多收钱等，双方相互指责，气势汹汹，甚至大打出手。在日本，还真没过这种唇枪舌剑的市井战。

我们走到市民商店收款台旁，对那个大眼睛的中年妇女收款员说明情况。我声音很小，用语柔和，给她面子，以免别人听到影响对她工作的评价。看样子她年纪也不小了，出来打工，养家糊口，也不容易。她什么也没说，脸一下子就红到了脖子跟，急忙鞠躬道歉，马上重打一张收据，退回592日元。事情就这样结束了，什么也没发生，我甚至有点"失望"。

不过，平心而论，大多数日本人办事是认真的，发现错误时，改正也是认真的。

高雅的团伊玖磨

团伊玖磨先生是日本著名作曲家、指挥家、社会活动家。

他热爱中国，先后访华六十余次，曾任中央音乐学院、上海音乐学院客座教授，指挥过中央乐团、上海交响乐团、辽宁交响乐团，在中国音乐界有广泛影响。由于他为发展中日友好和中日文化交流做出了杰出贡献，1993年，中日友好协会授予他《中日友好使者》称号，1995年，中国人民对外友好协会授予他《人民友好使者》称号，1997年，中国文化部授予他《文化交流贡献奖》。

我虽然久仰大名，看过他的歌剧《夕鹤》，听过他的音乐会，读过他的文章，在不同的场合，也见过几次，但毕竟隔行如隔山，并不熟悉。井上靖先生逝世以后，他继任日中文化交流协会会长，中国作家团访日时，他出面接待，见面的机会多了起来。

他个子很高，在日本人中，可谓鹤立鸡群。他头发很长，有些斑白，指挥台上，用力一甩，飘逸潇洒，如雪飞扬。一身笔挺考究的深色条纹西装，一只不离手的精美烟斗，一举一动，一言一行，都透出高贵典雅。他的文质彬彬，风度翩翩，与纨绔子弟的自命不凡，新贵们的做作卖弄，暴发户们的挺胸凸肚，有本质的不同，是从骨子里自然渗透出来的，是腹有诗书气自华。我想，即使他鹑衣百结，走在乡间的草莽中，也无法掩盖他那非凡的气度和魅力。

团先生生于1924年。其父团伊能，是研究西洋美术史专家（有随笔集《鹰番町记》留世），希望子承父业，埋头学问，著书立说，但他自幼喜爱音乐，从小学时开始练钢琴。他觉得整天循规蹈矩地弹外国的曲子，枯燥无味，于是就天马行空，随心所欲，在琴键上尽情抒发自己的情感。老师发现他有音乐天赋，鼓励他作曲。父亲虽然也喜欢音乐，但反对他学作曲，因为当时日本正穷兵黩武，学音乐没有前途，而且会遭到世人耻笑。父亲心生一计，打电话给他的朋友、被誉为日本作曲家之父的山田耕筰，请他劝说、打消儿子的念头。团伊玖磨去见山田之前，彻夜未眠，精心写了志愿书。但山田把他的志愿书扔在一边，看也不看，突然用两手夹住他的脸，凝视着他的双眼说："你搞作曲吧！"团伊玖磨大吃一惊，他怎么不看我的材料就让我作曲？事后他问山田，山田说："我看到你那双痴迷的眼睛，就知道，如果我不同意，你就会去死！"

他进入东京音乐学校，师从下总皖一、桥本国彦。1950年，他创作的《E调交响曲》获日本广播协会管弦乐大赛特别奖。1951年创作歌剧《夕鹤》，次年获每日新闻特别奖、山田耕筰奖和伊庭歌剧奖。他说："《夕鹤》的主题有普世意义——金钱会腐蚀人的灵魂。"他以多产优质而著称,有歌曲、交响乐、合唱、歌剧及电影、戏剧的配乐等几百部作品。代表作有歌剧《杨贵妃》、《苔光》,管弦乐《丝绸之路》、《朝之国、夜之国》、《阿拉伯纪行》,交响幻想曲《万里长城》等。他还是随笔家,在《朝日画报》开专栏《烟斗之烟》,每周一篇,连续写了三十六年,谈世态、人情、音乐、历史、民族、文化、见闻,文字平实、淡雅、宁静、幽默,结集出版了几十本随笔集。他说:"音符没有具象性,不能表现狗、鹰的具体形象,所以我用文字来写。"

团家是贵族。祖父团琢磨是福冈武士之子,留学美国,专攻矿山学,为三井财团的创始人,曾任日本工业俱乐部理事长、日本经济联盟会长,获男爵爵位。在俄国十月革命前,他去访问时,牙疼得要命,找了当时给沙皇看牙的最著名的牙医诊治。十月革命后,他又到俄国,牙疼复发,但来的还是那个医生!他问牙医,俄国发生了天翻地覆的巨变,你还在给大人物看病吗?牙医很骄傲地说,是的,包括斯大林阁下。他想,今后日本的命运如何,迷雾重重,看不清楚,说不定会一败涂地,变成一片焦土。但不管世界发生什么变故,牙医总能有口饭吃,可以生存,所以他极力主张钟爱的孙子团伊玖磨,将来当个牙医。这位日本经济界自由主义的领袖,看到狂热的国粹主义抬头,预见到国家的危险,开始担心子孙的未来。不幸的是,他死于非命,被右翼暗杀。

东京原宿一带，原本是团家土地，但随着家道中落，一点点让出，最后搬到六本木附近的宫村町。在美军空袭中，团伊能看到自己的家变成一片火海，只小声嘟囔了一句：过去的一切，都已经化为灰烬。之后掏出香烟，有滋有味地吸了起来。团家人那种"阅尽人间兴废事，不曾富贵不能穷"的豁达、宽容、随遇而安，由此也可见一斑。

辻井家与团家是世交。有一次，团伊玖磨与辻井乔约好在银座见面，但当时辻井为其担任众议院议长的父亲当秘书，因国会会议延长，辻井无法脱身，结果迟到了一个多小时，团伊玖磨一直在寒风中等待，既无怨言，也无愠色，这种涵养和品格，使辻井深为感动。

团先生在逗子的家，与天皇叶山"御用邸"很近，天皇和皇后常到他家欣赏音乐，品尝他夫人的中国菜。他说："他们很喜欢中国菜，皇后尤其喜欢。我与他们相识是通过音乐。天皇会拉大提琴，皇后会弹钢琴和竖琴。他们不是一般地会弹会拉，而是能演奏得很好。"天皇和皇后到中国访问前，曾到团家咨询，到中国如何做，注意什么……

团先生是性情中人，赤子童心，我行我素。他爱吃辛辣食物，甚至包括韭菜、洋葱、长葱、山蒜，而且嗜蒜成癖，每顿饭不喀哧喀哧吃上一头大蒜，就不算吃饭。大蒜气味浓烈，食者自己闻不到，但熏得周围的人喘不上气来，但他照吃不误。他喜欢用菜拌饭吃，但高级餐馆的规矩，都是最后上饭，他一坐下就要求上饭，自然要遭到鄙夷的白眼、无言的拒绝，但他直言不讳，照要不误。他讨厌醋，闻到醋味，就惶恐不安，逃之夭夭，甚至连略有醋味的寿司也不吃。他喜欢大碗喝酒，大碗吃肉。爱喝茶，尤爱中国茶，与中国人一样，从早到晚，咕嘟咕嘟牛饮不停……

他对中国菜一往情深，甚至可以说达到痴迷的程度。他在文章中说："日本人靠着材料新鲜，只知道生吃，顶多烤一下，煮一煮，其实还是材料，即料而已。刺身就是最好的例子。而西餐因为材料根本不新鲜，所以又是葡萄酒煮，又是奶酪调味，他们讲得头头是道，其实全是为了掩饰材料的先天不足。那不能叫料理，只能叫理。中国人说了，只有好材料与烹饪结合的中国料理才是地道的料理！我认为这是至理名言。日本料理的可怜，让我跟着难为情。…每次被请去吃日本料理，我就不寒而栗。"

他对中国的历史文化，更是情有独钟。他说："当我第一次接触到汉字，并得知它来自中国时，为之惊叹。尚在孩提时代，在我模糊的记忆中，中国、中国文化就已深深根植于我的心中。不久，我又知晓，日本历史的源流中有中国文明，日本的音乐、乐器等亦源于中国。……自此迄今，我访华已逾五十次，中国一直滋润着我的心灵，给我以新的力量。"

他认为，日本在文字、宗教、哲学、学术、艺术、医药等方面，都得到中国的巨大恩惠，但却"以怨报德，回报以军国主义的侵略"，使日本打上背信弃义的烙印，而"日本作为国家，对于过去犯下严重罪行的亚洲各国，根本没有或没想严肃、诚恳地对待。至今仍残留在中国的旧日军毒气弹，以武力为背景强掳的劳工，慰安妇问题，战败后一文不值的军票等等，有待解决但仍草率搁置的问题堆积如山。"

2001年春天，他率领日中文化交流协会代表团来华访问，不幸猝发心脏病，抢救无效，5月17日病逝在苏州。半年前，他在《烟斗之烟》专栏的最后一篇随笔中说："再见了！我不会再回到这里了。老人是要离开的。能够看到的只有他渐渐远去的背影。老人哼着久远的时调走远了……"谁也没想到，竟然一语成谶。

他本来要在半个月后、即5月31日再来北京，亲自指挥为纪念日中文化交流协会成立45周年举办的"团伊玖磨作品音乐会"，但却驾鹤西去，使这个如期在北京中山公园音乐堂举行的音乐会，变成了纪念和悼念。在音乐堂里，我仿佛看到了他飞扬的白发，高高的身影、谦和的笑容……

先生走了，但他那古典的高贵，美妙的音乐和文章，艺术家的执着和天真，将永远留在人世，滋润着人们的心灵。

走近辻井乔

在我的心目中，辻井乔（堤清二）先生是"云中的神雾中的仙"，遥不可及，深不可测。他的身世、生活、事业、人生，都神秘而古怪。但最近几年，有机会与他多次促膝长谈，又读了他的十几本书，尤其是他的几本回忆录和自传体小说，使我对他的内心世界和人生轨迹，有所了解，他的形象，也变得清晰而亲切。

他出生在一个特殊、复杂、专制的家庭。

父亲堤康次郎，落拓不羁，放浪恣肆，有妻妾五人，子女7人。据说，他情人无数，有多少子女，连他自己也说不清楚。在家庭生活中，他是个专制的暴君，唯我独尊，出门回府，都要全家，包括佣人，正座迎送。他不许男人在家里听音乐，说"经商不需要学问"，"写诗不如种田"，谁有不满，则拳脚相向。他开发箱根，贩卖土地，修铁路公路，创建西武集团。他是国会议员，当过众议院议长。无论在政界，还是在企业界，他都是大名鼎鼎、呼风唤雨的风云人物。

母亲青山操，笔名大伴道子，作家、诗人，有《大伴道子文藻集成》六卷留世，原为妾，后入籍为夫人。

辻井乔在这样的家庭生活、成长，养成了内向、自尊、倔强、叛逆的性格。他厌恶父亲，喜爱文学，也热衷于政治运动。1947年，他在成城高中读书时，由于校长不承认战争中的领导责任，引起进步学生与教师的反感，掀起了驱逐校长运动。他是急先锋，同时又是组织者领导者，任斗争委员会副委员长。

考入东京大学后，由同学介绍，他化名横濑郁夫加入日本共产党。化名的姓，取自诗人横濑夜雨，名取自在同人杂志第一次发表作品的笔名中田郁夫。他想与父亲、家庭决裂，脱胎换骨，开始新的人生，全身心地投入革命运动之中。他深入大街小巷，向工人、市民、职员、学生散发党报、小册子、政治传单，组织报告会、学习会，积极开展宣传活动。

他是东京大学民主主义文化团体协议会负责人。为了声援东北大学自治会反对开除左翼教授的运动，他率领同学去CIE（占领军负责文化教育机关）抗议。在唇枪舌剑中，他发觉四周突然安静下来，远处十几名身着笔挺制服、挎着手枪的MP（宪兵）正悄悄围上来。危急时刻，他喊道："这就是你们美国的言论自由吗？这就是你们美国的民主吗？"CIE的人犹豫了一下，举起右手，命令宪兵退却，他们躲过一劫。

朝鲜战争爆发后，日共分裂，东京大学的党员均属国际派。当时日共赤旗报发表了标题为"潜入东大细胞内的间谍"的报道，说"受原黑龙会干部父亲之命，化名横濑郁夫的男子，在大学党组织内大搞宗派分裂活动。"党的喉舌说他是钻入党内搞破坏的反动分子，这不啻于晴天霹雳，当头一棒。但他心里明白，父亲并不是右翼组织黑龙会的成员，也不知道他入党，什么指使云云更是无稽之谈。经过客观冷静地分析，他认识到，某些人望风捕影造谣诬陷，目的是排斥异己，解散东大、早稻田大学、全国学联书记局的党组织，巩固扩大在党内的势力，自己不过是党内宗派斗争的牺牲品而已。这篇无中生有的报道虽然把他推上了风口浪尖，使他在学生运动中的处境极为尴尬，但他没有灰心丧气，怨天尤人，而是毫不气馁，决心用实际行动证明自己的清白与忠诚。

在全学联反对当局清共总罢课的当天，东京大学周围布满了军警，阻挡早稻田大学的学生进入校园。在双方虎视眈眈的对峙中，他偷偷用铁锤敲开了东大校门的锁头，让外面的学生冲了进来，与东大的学生会师。他的机智果敢赢得了同志们的信任。

1950年10月17日，早稻田大学学生与警察发生大规模冲突，被捕140多人。当天，早大学联与学校当局谈判。为了向早稻田学校当局施加压力，各校学生，汇集早大校园，静坐示威声援。他是从东京大学直接去的，口袋里揣着东大经济学部党员交纳党费的名单。黄昏时，他发现远处有黑压压的警察队伍，想起了去CIE抗议时的情况，估计天黑时警察就要开始镇压。为了保守党的机密，他急中生智，拼命爬上了一棵枝繁叶茂的高大银杏树。果然不出所料，他刚刚在树杈处坐下，警察们就冲了过来，幸好他没被发现。人群散去后，他从树上下来，溜进礼堂下面的厕所，锁上门，将党员名单撕碎，点火烧毁。他刚处理完，就响起了敲门声："你在干什么？开门！"他吓得心惊胆战，以为凶多吉少，但出来一看，是个上了年纪的保安，可能闻到了异味，过来检查，一颗悬在半空的心，才算落了地。

从东大毕业后，他成为职业革命家，与父亲断绝了关系，放弃了继承家产的权力，专心从事党的活动。他参加反战集会，发表了"我们决不能成为麦克阿瑟的雇佣兵"的演说，有违反禁止批判占领政策的325政令之嫌，为免遭逮捕，转入地下……

在颠沛流离的地下生活中，他积劳成疾，高烧咯血，患了肺结核。在卧床静养期间，发生了1952年5月1日流血事件，警察与反对美国"对日媾和条约"的游行队伍发生冲突，两人丧生，1500人受伤，1232人被捕。他想，我的同志在流血牺牲，而我却躺在床上，无能为力。他认为自己是落伍者，自责、绝望、愤怒、悲伤，使他痛不欲生。在病榻上，他读了许多政治、文学、历史等书籍，用诗来倾诉自己的心情，同时也开始思考审视自己的人生道路。

治疗休养一年多后痊愈。这时，他父亲复出，再任国会众议院议长，需要配备秘书。他正好无所事事，于是毛遂自荐，对母亲说："我什么事也没有，如果可以，我去帮忙。"就这样，他当了父亲的秘书，在政治巨头间穿梭往来。虽然他依然关注国际形势的风云变幻，日本的政治、经济、文化的发展动态，但并没燃起他从政的兴趣。

日本政治家，都有自己的地盘，俗称"票田"。1964年，他父亲病故。为使他父亲在故乡滋贺县的票田不至于荒芜流失，堤康次郎后援会的干部、家族兄弟、企业同人，都劝他继承父业，竞选国会议员。池田勇人首相曾当面问他："清二君，你不想继承父业吗？"他说："我虽然当过秘书，但自己根本不想当政治家。"他厌恶政治家的翻云覆雨，信口雌黄，朝秦暮楚，寡廉鲜耻。为了脱身，他征得池田勇人、佐藤荣作的同意后，推荐并支持别人利用其父的地盘，出马竞选国会议员。

他本人早在1954年，就进入西武百货，学习经商。西武百货隶属于他父亲创建的西武集团，由他的舅父经营，但连年亏损，在集团中声名狼藉，成为笑柄。母亲想叫他助舅舅一臂之力，争一口气，但看他兴味索然，就劝说道："百货店无非是衣服、家具，你熟悉这些，对将来写小说也有好处。"

他是个好强的人，一旦投入，就要干出点名堂。为了改善经营状况，把西武百货变成一流企业，他深入调查研究，听取员工们的意见，拜有丰富经营经验的企业家为师，大量阅读有关现代经营管理的理论著作，锐意进取，进行大刀阔斧的改革。没用几年，生意就搞得风生水起，不仅开办了多家分店，还创办了西友超市连锁店，开辟了信用卡、饭店、保险、广告等业务，创设西武剧场广场文化、建立西武美术馆，形成了多元的季节企业集团。他不仅在经营企业方面成就辉煌，而且写了《消费社会批判》《流通产业论》《变革的透视图》等多部经济学著作，并亲自到大学授课。这一切，使他脱颖而出，成为日本企业界、经济界一颗耀眼的新星，媒体关注追逐的目标。

在繁忙的商务活动中，他心中的文学梦一直没有泯灭。1955年，他用辻井乔的笔名出版了处女诗集《不确定的早晨》。以后又陆续出版了诗集《异邦人》《没有收信人的信》，长篇小说《在彷徨的季节》、短篇小说集《野兽的路是灰暗的》、随笔集《诗·毒·遍历》等多种。

1980年，他退出商界，专心写作，现在已出版诗集20部，长短篇小说集21部，随笔集14部，获奖无数。他今年已经83岁，但精神矍铄，思想活跃，笔耕不辍，不断有新书问世，在日本或国际文化舞台上，也不时见到他的身影。

他是日中文化交流协会的会长，每年都要亲自率团多次访华。应邀到北京参加庆祝建国六十周年庆典回国后，他撰文说："建国六十周年，中国成就令世界惊叹。尤其是改革开放三十年，中国经济飞速增长，创造了经济史上的奇迹。中国的辉煌成就，改变了世界格局，美国独霸世界的局面已经结束，美、EU、中国的三极世界已经形成。所以，中国建国六十周年，不仅是中国的节日，对日本、亚洲乃至世界，都有重要意义。"

第二，他是季节文化财团的理事长。1987年，由他个人出资，经文化厅批准，创办季节文化财团，为前卫的实验性的戏剧、美术事业，提供资金、排练演出场所、到国外留学、开展国际交流的机会。他说："文化艺术是时代的镜子。镜子是丰富自我的利器。但产业社会不愿看到自己的真实面貌，只希望看到用彩虹梦想等糖衣包裹的现实。我们财团是为援助在困难中奋斗的个人和团体而成立的。也就是说，我们的作用是把预感到历史变化的艺术与现实联系起来。对于追求眼前利益、直接效果的人们来说，这也许过于缥缈遥远。但我们认为，这种事业，只有得到现实社会的认可和支持，才能维持和发展。"

第三，他是九条会（保卫日本宪法第九条）的成员，经常参加集会，发表讲演，反对修宪。2008年，新日本出版社，出版了他的讲演集《让宪法活下去——思想的语言》……

纵观他的人生，可谓波澜壮阔，丰富多彩。学生运动领袖、职业革命家、企业家、经济学家、作家、诗人、社会活动家……不同社会角色的变换演绎，都有不俗的业绩，难怪有人称他是日本现代社会的一个奇迹，一个神话。他与一般作家不同，他眼中有政治、有经济、有先锋艺术，有别人不知道、难以描写的生活经历。如今，他已是耄耋老人，但依然温文尔雅，风度翩翩，充满活力。尤其是他那"曾经沧海"的平静、睿智、亲切，更有迷人的魅力。

横川健一家

横川健先生今年75岁，早应该含饴弄孙，悠哉游哉，颐养天年了，但他每天仍然要按时上班，参加各种会议，主持日本中国文化交流协会（简称日中文交）的日常工作。他高度近视，做过白内障手术，一只眼睛视力衰退，还有青光眼，眼压一高，头就晕，无法根治，只能靠药物减压维持。他原本打算与几位老同事一起退休，但协会考虑后继者有个熟悉的过程，要扶上马送一程，所以挽留他担任专务理事，他只好遵命，继续工作。

日中文交成立于1956年，是以著名评论家中岛健藏、戏剧家千田是也、作家井上靖、音乐家团伊玖磨为中心，以促进两国文化交流和友谊为宗旨的民间文化团体。协会成立时，日本与中国尚未建交，日本政府敌视中国，环境险恶，困难重重，举步维艰。但在半个多世纪的风雨中，不管日本、中国发生什么变化，他们都坚如磐石，稳如泰山，矢志不渝，组织文学、戏剧、美术、书法、音乐、舞蹈、电影、摄影、出版、印刷、新闻、宗教、体育等各界人士与中国交流。

在这些有远见卓识的文化精英的感召下，一些热爱中国的青年，加入了日中文化交流的行列。协会靠会费运营，经费拮据，他们工作繁重辛苦，工资却低于日本一般工薪族的平均水平，但他们安贫乐道，孜孜以求，兢兢业业，把推动日中友好，视为终生事业，几十年如一日，无怨无悔。横川健先生就是这个团队中杰出的代表之一。

他1937年4月20日生于中国大连，1962年，毕业于四川大学政治经济系，1974年参加日中文化交流协会工作。他中文好，是日本翻译界的佼佼者。访问日本的中国作家，对他的翻译无不交口称赞，而日本作家来中国访问，也都希望与他同行。日本作家司马辽太郎在1982年3月16日的《朝日周刊》上发表了《中国蜀道》一文，其中说："阿健是日中文化交流协会的秘书。他一表人才，性格温和，中国人对他评价很高。正因为这样，他总是非常忙。这次访问中国时，我特意找了秘书长白土吾夫先生，请他允许阿健跟我同行，幸得同意。……据我了解，不管在中国还是在日本，日本人中能说一口流利的中国话、词汇丰富、翻译流畅的人很少有人能超过他。他居然还会说外省人很不好懂的四川话。"

俗话说，外行看热闹，内行看门道。我与他是同行，但只要他在场，我就"噤若寒蝉"，不是懒，也不是怕丢人现眼，而是想学点本事。他在日中两种语言中，对接转换，准确得体，自由往来，畅行无阻。听他翻译，是一种学习，甚至可以说是一种享受。但我很快发现，他的本事，我学不来——因为流畅传神，虽然有熟能生巧的因素，但更重要的是源于对两种文化的深厚修养和感情。

他的弟弟横川伸，更是了得。在北京时，他在华北小学、101中学上学，中文就讲得很好。到成都第四中学高中部学习时，和中国学生一起住校，没人知道他是日本人。当时中国推广普通话，每天早晨上课前，学校用普通话广播，阿伸的普通话出类拔萃，鹤立鸡群。《四川日报》记者闻讯赶来采访，但他们万万没有想到，全校普通话讲得最好的，竟然是个日本人。

他们兄弟与同学关系好，思想要求进步，都入了共青团。阿伸考入四川大学中文系后，还担任过团组织的宣传部长。同学们很信任他，生活中有什么困难，思想上有什么疙瘩，甚至恋爱中的苦恼，都找他倾诉。如今阿伸在东洋大学当教授，教授中文，同时也是著名翻译家，如日本大相扑团访华时，他是比赛现场翻译；一些来中国上演的日本歌剧、话剧的脚本，也很多是出自他手。

他们兄弟，受父母影响很深。父亲横川次郎、母亲辰子，都是知识分子，长期在中国工作，按中国说法，都是"老革命"、"离休干部"。

横川次郎先生1901年生于日本福岛县，1924年毕业于东京帝国大学法律系，后在宇都宫高等农林学校任教授。在大学时代，他接受了马克思主义理论，并坚信这是真理。1929年，因"赤化教授"罪名被解职。失业后从事翻译，参加日本第一部日文版

《马克思恩格斯全集》的翻译工作。在翻译德国共产党人维特弗格尔（K·A·Wittfogel）的《解体过程中的中国经济与社会》等著作时，对中国产生了兴趣。1936年来到中国东北，在"南满铁道株式会社"调查部任职，又因"宣传共产主义，违反治安维持法"被逮捕，由日本宪兵队关押近三年。1945年日本投降后留在东北，参加"日本人民主同盟"，受中国共产党委托，曾到鹤岗煤矿教育和组织日籍矿工提高煤炭产量，支援解放战争。新中国成立后，先后在东北统计局、四川省农业厅、《人民中国》、《人民画报》杂志社工作。

横川先生在外文局当专家时，主要工作是把中国人译的日文，加工润色，使之变成地道优美的日文。先生是学者，在翻译和改稿的实践中，不断总结经验，写成论文，对直译与意译的关系，如何克服中译日译文的翻译味，真正做到"日本化"等，提出了许多精辟的见解。他还经常通过口头和书面，对外文局系统的日文报刊，从题材、内容到编排、设计、印刷、发行等，坦率真诚地提出意见。

横川先生是位热烈的爱国主义者，从青年时代开始，就追求真理，寻求救国救民的道路。后来虽然长期在中国工作，但也时刻关心日本的前途和命运。同时，他也是个国际主义者，研究中国问题，发表过多篇关于中国农业的论文，后汇编成《关于中国社会主义建设中农业问题的研究》一书，在日本出版发行。1980年5月，他在日本《中国研究月报》发表了题为《布哈林与刘少奇》的论文。邓颖超看到了外文局内部刊物《编译参考》1981年1月号的中译文，建议中央领导阅读。胡耀邦总书记在同年1月30日批示："本文是邓大姐提议让政治局、书记处阅读的论文"，指示印发。2月，中宣部办公厅也发文，推荐给宣传部门领导阅读。邓颖超在同年2月中央纪律检查委员会第三次大会上，又一次提到这篇文章说："这篇论文写得很好，我一口气就读完了。"

横川先生有深厚的马克思主义理论修养，又亲身参加了中国革命实践，他联系中国的革命历史和国际共产主义运动史，以科学的态度，研究探索中国产生"左倾"错误的历史根源，因而受到中央领导的重视。横川先生与中国人民同甘共苦，为新中国的诞生和建设，为日中友好事业，呕心沥血，鞠躬尽瘁，得到中国人民的尊敬。在1981年7月1日庆祝中国共产党成立六十周年的大会上，他是被邀请坐在主席台上的唯一的日本人。他在华生活52年，1989年病逝，安葬在八宝山革命公墓。

横川健先生的母亲辰子女士在外文出版社工作。横川健来北京时，我曾多次随他去友谊宾馆看望老人家。那时辰子女士已是耄耋之年，白发如雪，但精神矍铄。他们夫妇虽是长期在中国生活工作的外国专家，但家里朴素简单整洁，与中国干部的家完全一样。老人家年轻时专攻英国文学，结婚后，与丈夫一起过着颠沛流离的生活。丈夫被捕入狱后，她在世人的白眼中，含辛茹苦，独自支撑门庭，养育儿子，同时还要为狱中的丈夫送衣物食品，帮助丈夫度过冰冷的铁窗岁月。她慈眉善目，语调柔和，是位和蔼可亲的老妈妈，但面对强权的迫害与社会的动荡，她却坚强、从容、果断、勇敢。后来，我为翻译上的问题，几次登门求教，老人家认真耐心，谆谆教诲，为我释疑解惑。

老人家病重住院时，横川健夫妇从东京赶来，每天照顾她的生活起居，与中国的孝子一样，陪伴在病榻旁，养老送终。如今，老妈妈与丈夫一起，安睡在北京八宝山革命公墓。

回想起来，我与横川健先生认识已经三十多年了，我把他视为可亲可敬的兄长。他不仅中文好，性格温和，为人厚道，而且热情周到。中国作家团访日时，他不仅亲自翻译陪同，而且车前马后，事必躬亲。我个人赴日研究采访时，他也热心地帮我收集资料，安排住所，联系我要采访的作家，而且每次都要亲自来看一看我居住的条件和周围的环境，才能放心。记得有一次去参加一位病故作家朋友的追悼会，他来电话说："按日本习惯，应该穿黑色礼服，但你是外国人，穿深色西服就行了。黑色礼服很贵，你带回去也没用，白花钱。黑领带也别买，我给你带一条。另外，估计去的人很多，我已经打电话告诉他们你要去，请他们留座位……"

有一段时间，我工作不顺心，想调到学术机关，遁入书斋，但他斩钉截铁地说："不行！我们都在干，你不能走！"其实，我没有那么重要，在与不在，都无所谓，但他不计名利，献身于日中文化交流事业的精神和品格，使我自惭形秽，最终打消了改换门庭的念头。

　　横川先生的夫人，原在日中贸易促进会，后到专售中国图书的书店工作，直至退休。他们来热海看我时，夫人抱怨，说他早该退休，安度晚年。横川先生闭着眼睛，笑眯眯的，不解释，不分辨，不反驳，不附和，夫人毫无办法。我在旁边看着，忍不住想笑。他们的言传身教，自然会影响儿女。女儿大学毕业后，来中国学习一年中文，现在一家日本商社任职，常驻上海。儿子大学毕业后，也来中国，现在黑龙江一家中日合资的乐器厂工作。

　　一家三代，尽管所处的时代不同，工作内容不同，人生追求不同，但都与中国结下了不解之缘。这种世代相传，连绵不断的友谊，弥足珍贵，令人感动。

陈舜臣，一个奇迹

最近几年，国内相继出版、再版了陈舜臣先生的《风云儿郑成功》《鸦片战争》《甲午战争》《太平天国》《大唐帝国》《儒教三千年》《日本人与中国人》《西域余文》《鸦片战争实录》等二十余部作品，掀起了一股陈舜臣热。

陈先生是日籍华裔，作品近二百部，销售二千多万册，获奖无数，是日本家喻户晓，尽人皆知的学者型作家。他钻研经典古籍，实地勘察采访，用冷静理性的目光，在世界的框架中审视中国历史中的风云人物。他的作品与枯燥的历史专著与国内风行的戏说完全不同，闪烁着迷人的光彩。他是日本艺术院唯一的华裔。在中国历史小说这个领域，日本文坛无出其右者。正如他的同窗挚友、著名历史小说家司马辽太郎所说，以外族折服日本的只有陈舜臣，他的存在，本身就是一个奇迹。

20世纪七八十年代，陈先生经常率全家回国采风，我曾多次陪他们旅行。他博览群书，学养深厚，谦逊朴实，平易近人。他讷于言，喜欢沉思默想，目光和思想，总是遨游在历史的天空。在世俗的交际寒暄中，他呆若木鸡，但与学者作家交流时，他会旁征博引，条分缕析，滔滔不绝。大概是1979年秋天，陈先生为写《三藏法师之路》，率全家及两个日本助手，应中国作协邀请，回国采访。我们沿着玄奘取经学法的足迹，访问了吐鲁番、库车、阿克苏、喀什，最后到达塔什库尔干。

塔什库尔干位于帕米尔高原东部，西北与塔吉克斯坦、西南与阿富汗、南部与巴基斯坦相连，平均海拔四千米，途中要翻越几座高山。听司机说，中巴公路中国段，全部是砂石路，而且沿途都是丛山峻岭，悬崖峭壁，很多地段被泥石流冲毁，轿车上不去，只能用吉普车，单程就要十几个小时。当地外事部门规定，高血压、心脏病者不宜上去，所以行前要在喀什检查身体。三名中国陪同，只有我顺利通过，其余两人必须留在喀什等待。陈先生带了两名日本助手，一为女画家，为其新作画插图；一为朝日新闻记者、小说家伴野朗，写纪行报道。别人都顺利通过，偏偏伴野朗血压过高，医生怕出事，不同意他上山。伴野朗激动万分，红头涨脸，不依不饶，一下子变成了"野狼"，逮谁跟谁嚷。他说，那是丝绸之路中国境内最南端，我不去怎么写报道？我写生死状，万一死在路上，与你们无关，我自己负责！我心想你可别逞能，这地方天高皇帝远，真要出了事，呼天唤地都没用，不是要我的命吗？

当地医生不同意他去，而他又非去不可，双方各持己见，僵持不下，陈先生夹在中间，左右为难，不知如何是好。明天就要出发，这样对立下去也不是办法，我向领队的老林与新疆侨办的老段建议，请示北京，由作协领导定夺。当时通讯落后，联系极为不便，电话打到乌鲁木齐，再转北京，直到深夜，总算找到了主持工作的冯牧。冯牧先生在云南当过兵，有丰富的高原旅行经验。他考虑了一下说，我看问题不大，为防万一，要有医生随行，带上氧气。有了尚方宝剑，我心里有了底，于是与"野狼"约法三章：不准喝酒（他是酒篓子，心脏也不好）；不准跑动；感觉不适马上报告，不准隐瞒。

就这样，临时又增加了一辆北京吉普，三辆车，带着医生和氧气，由喀什出发，颠簸十六个小时，到达塔什库尔干。我们住在县招待所，每人一件军大衣，和衣而卧。蓝天白云，空气清新，雪山皑皑，绿草如茵，水草丰美，民风淳厚。在那一尘不染的蔚蓝中，仿佛人的身体、思想、灵魂也变得纯净透明。怪不得伴野朗死活要来，这壮丽风光，值得赌上身家性命。记得当地人喜食雪鸡，说是大补。陈先生说，这是雷鸟，生活在雪线以上，在日本是珍稀动物，万万吃不得……

1984年秋天，陈先生和日本著名评论家加藤周一率《敦煌之会》访华团来访。一路上，常有日本游客认出他，过来施礼问候，合影留念。在敦煌宾馆，有几个日本青年，是先生的粉丝，找到了先生的房间，高兴地说："我们就是读了您的《敦煌之旅》，才结伴来的。在这里遇到先生，并请先生签字，非常荣幸。"一位日本朋友对我说，《敦煌之旅》这种游记类书，在日本一般也就发行二、三千册，但陈先生这本书，史料翔实，文字优美，笔调亲切流畅，知识性、趣味性都很强，印了二十多版，发行二十多万册，简直是个奇迹。

那时候陈先生年年回国，有时一年就回来几次，常常见面。中国作家团到神户时，先生盛情款待，在"第一楼"中餐馆，请大家吃一顿丰盛地道的中华料理。

1994年8月，先生在讲演中，突然昏迷，失去知觉，到医院抢救，诊断为脑左侧基部出血。几天后，恢复知觉，但右半身麻痹，右手不能握笔。一个作家，失去了笔，无法写作，是莫大的痛苦。他坐卧不宁，焦躁不安。周围的人劝他用左手在电脑上打字，但他用手写了一辈子，怎么也不能适应，只好放弃。这时，早就答应的新闻连载小说交稿日期迫在眉睫，他觉得自己还能写，就在上小学二年级孙子的练习本上，试着用左手握铅笔写字。连载每次要写四百字的稿纸三张。开始时，一张稿纸写三个多小时，前二十一回都是用左手写的。从第二十二回开始，他用不能动的右手垫着左手写，出院时，一共写了125张稿纸。他说："我怕编辑看不懂我用左手写的铅笔字，请熟悉我笔迹的编辑来看，他说不要紧，能看懂。这样我才有了信心。"

他住院半年，出院回家的第三天，即1995年1月17日，发生了阪神大地震。面对手足无措的人群，他爱莫能助，无能为力，于是主动为《神户新闻》写了一篇文章《神户没有毁灭》，给那些流离失所、失去亲人的人们，送去一点关心、温暖、鼓励。

当他离开一片瓦砾废墟的神户，去冲绳疗养时，心想，我的身体也许永远不能自由活动了，但我不能安于现状，无所事事，必须尽快恢复体力，把几件尚未着手的工作完成。早晨，他到海边，光着脚，练习走路，海滩上留下几行歪歪斜斜的脚印。妻子责备他不遵守静养的医嘱，但他置若罔闻，坚持练习。在寂静的海滩上，他看着僵直的手脚，想起自己的种种计划，地震中死去的人们，焦急悲伤，潸然泪下。在冲绳休养了两个月，虽然在郁闷中度过，但蔚蓝的大海，亲人的关怀，朋友们的鼓励，给了他勇气和信心，离开时，身体恢复得很好，有时甚至忘了手杖。

从那以后，他努力寻找机会回归社会，积极参加各种社会活动。他为当地的万人音乐会，写了《安魂曲——跨越劫火》，当场朗诵。同时，他又开始了忘我的创作，并且到中国、美国、英国、西班牙、葡萄牙、古巴等地采访，出版《成吉思汗一族》、《曹操——魏曹一族》、《桃源乡》、《青山一发》、《曹操残梦》、《龙凤之国——追寻中国兴衰源流》、《六甲山随笔》、《论语抄》等新作。

2008年1月5日晚上，他第二次脑出血。这次是脑右侧，左手麻木，不能握笔，话语不清，而且出现吞咽障碍，只能用鼻饲维持生命。治疗三个月后，吞咽障碍消失，终于可以像正常人一样进食了。这时，《大众读物》请他写卷末随笔，妻子劝他拒绝，但他坚持言必信，行必果，试着口述，由妻子、女儿笔录。他的日程表上贴满了密密麻麻的纸条，上面写着报纸杂志的截稿日期。他担心写了一半的《李白》连载中断，在康复训练中坚持创作。他说："回忆我的创作，在收集查阅资料写笔记时，就完成了一半。这次倒下，最害怕的就是丧失记忆。但过了三个月后，我打开记忆的抽屉，发现东西还在，兴奋极了。虽然我说不出来，但那些人物，如李白、白居易、陶渊明、波斯的乌马鲁·哈依牙母（1040—1127伊朗天文学家、数学家、哲学家、诗人）等还活在我心里，央求我写他们。我能写的人物还有很多，他们一直在我身边，没有离开。"

2010年，我去日本研究野间宏时，他的夫人告诉我，陈先生仍在专门的康复医院中治疗，虽然已经85岁，但依然自强不息，壮心不已，天天练习写字，练习起坐，希望有朝一日，重新拿起笔。

2015年1月21日，陈先生走了，他心中那些还没有来得及写出的人物和故事，也随他而远去，但他高洁的人品文品，将永远活在读者心中。

渡边淳一与心脏移植手术

最早知道渡边淳一的名字，是1981年。应北海道新闻社邀请，我与韶华、何为去北海道采访。那次访问，与以往不同，一是时间长，两个多月，绕北海道走了一圈；二是深入，尽量争取住在普通日本人家里，体验日本生活，目的是了解真实的日本。

北海道原本是日本惟一的少数民族——阿依努人繁衍生息之地，日本明治维新之后，开始移民开拓，至今不过百余年。这里山高水长，地域辽阔，人烟稀少，民风淳厚，颇似我的故乡东北。可能是爱屋及乌吧，我对北海道文学也产生了兴趣，买了三浦绫子、渡边淳一、高桥揆一郎等北海道作家的书，边走边看。回国后，开始陆续翻译介绍他们的作品。1983年，我翻译了渡边淳一的短篇小说《乳癌手术》和《猴子的反抗》，发在上海的《外国文艺》。1984年，我译了他的成名作、获直木奖的中篇小说《光和影》，发在《日本文学》。1988年，我译了他的长篇小说《花葬》，由作家出版社出版。一位编辑说，我是中国介绍渡边文学的第一人，我没查过资料，不知他有何依据，但我注意渡边较早，对他的早期作品感兴趣，甚至喜欢，却是真的。

渡边1933年生于北海道，父亲是教师，母亲毕业于札幌市立女校，家境殷实。从中学时代开始，他就钟情文学。考入札幌医大后，加入文艺部，在校友杂志《动脉》、同人杂志《冻樯》发表作品。大学毕业取得医生资格后，专攻整形外科，取得博士学位，任札幌整肤学院医疗课长、札幌医大整形外科讲师。他边行医，边教学，边创作。他用外科医生的眼光，从解剖学的角度，来观察人、事和纷繁人生。小说《死化妆》获第十二届新潮同人杂志奖，第五十七届芥川奖候选作品。《雨夹雪》《拜访》等为直木奖候选作品。他在《文学界》《新潮》《文艺》《大众读物》《小说宝石》等刊物发表了多篇有影响的作品。但他的本职工作是医生和教师，创作只是业余爱好，将来是否会继续写下去，连他自己也不知道。倘若没有遇上心脏移植事件，他也许不会成为专业作家。

札幌医大首例心脏移植手术是1968年8月7日实施的，执刀者是胸外科教授和田寿太郎。开始时，渡边虽然认为这种手术多少有些实验性质，但为了拯救一个患者的生命，也是好事。但一些医生认为，这是把还有生之可能的心脏提供者置于死地。渡边出于对母校声誉的维护，自己也是医生的立场，辩解说，医生没有对死亡判断过早的错误。但过了一段时间，他听到了许多议论，对手术的合理性也产生了怀疑——被摘除心脏的患者并没判定真正脑死亡！这犹如晴天霹雳，使他心目中根深蒂固的救死扶伤的神圣信念彻底崩溃，在相当一段时间里，他什么都不敢相信了。

当然，他可以沉默不语，装聋作哑，继续在学校混下去，但出于医生的良心，他通过各种关系，了解手术的内幕，并决定将调查结果公布于世。最初他想以调查报告的形式发表，但考虑自己在学校工作，于是写成了小说《心脏移植》。实际上，没有人把它当作纯粹的虚构的小说来读，于是有人攻击他吃里爬外，家丑外扬，暴露母校的黑暗，为母校抹黑。在等级森严、人际关系错综复杂的学府，他无法继续工作，只好愤而辞职，另谋出路。

在日本，医生是高收入的职业。医学院，学费昂贵，家境贫寒者，读不起，甚至有人说，日本医生是"近亲繁殖"，医生的儿女，才上得起医学院，所以医生，几乎是有钱人的代名词。他离开札幌前，几位作家朋友为他饯行，对他说，医生是个很好的职业，但当作家，写小说，一个月挣二十万日元糊口都难，你可要好好想一想，现在后悔还来得及……

此处不留爷，自有留爷处。他决心已定，但仅靠一支笔能否打拼出一片新天地，他心里也没底。到东京后，他每周到一个小医院工作三天，赚取生活费，余下时间，拼命写作。从1970年他的中篇《光与影》获直木奖开始，奋斗十年，平均每年出四本书，终于奠定了他流行作家的地位，在文坛有了一席之地。

如今想起来，倘若没有那个偶然发生的心脏移植事件，也许就没有今天的渡边淳一，对他来讲，是祸，但更是福。

近年来，渡边淳一在中国红得发紫，原因有三：一是中国出版了他大量作品；二是他多次来中国讲演、签名售书；三是他与中国一些出版社的版权纠纷，告到官府，获得巨额赔款；四是一些学者、批评家对他莫名其妙的拔高和吹捧。这四件事凑在一起，形成合力，使他名声大振，如雷贯耳。

《失乐园》《瞬息即失》《一片雪花》，都是他写性爱的代表作。渡边不喜欢把他的作品叫爱情小说，而称之为男女小说，我觉得称之为男女情爱小说似乎更准确些。

2003年9月，渡边到北京访问，出版社和《外国文学动态》编辑部，邀请十几位中国作家，评论家和日本文学翻译家，在社科院外文所召开渡边作品讨论会，我也去滥竽充数。

那天下午两点，渡边准时来到会场。他已经70岁，头发稀薄灰白，但眉毛油黑，说话时，不断眨眼。他很坦率，有问必答，讲他的理念、思考和追求。他说，我写小说，是为了读者，不是为了批评家，批评家们说什么，我并不在意。日本有不少医生出身的作家，如森鸥外、加贺乙彦，但他们是精神科，我与他们不同，是外科，手里拿着手术刀。面对患者，虽然想尽了一切办法，但最后还是死亡。宗教、哲学，对死亡有种种解释，但从医学角度看，死亡就是毁灭。如何对抗死亡，只有爱。一个癌症晚期患者，受到痛苦折磨时，只有爱人握着他的手，才能支持他战胜痛苦，也就是说，只有爱才能对抗死亡。

有人说，他的小说与日本传统的好色文学有关联，但他并不认同，他说好色文学都以男性为主，玩弄女性，缺乏对人性本质的探索，只是男人时髦的游戏。这些作品的情节，大体是门第地位贫富相差悬殊，最后或私奔或殉情或背叛。但现在日本社会，已经没有了这些障碍。我写的是包括性爱在内的高龄者的爱情，探索精神世界更深邃的层次，以及爱的各种形式。人有许多用道理无法说明的感觉，是非理性的，但却是现实的存在。

谈及文学与医学的异同，他说医生和作家的工作对象都是人，都需要对人的爱和关怀，但医生用逻辑推理来观察病人，通过身体探求人的本质，而作家是非逻辑的，探求的是逻辑企及不到的领域，从精神上探求人的本质。

他明确表示怀疑一夫一妻制。他说这种制度不符合人性，并且预言，今后一百年，将逐渐崩溃。理由是：相爱的男女，一旦结为夫妇，整天生活在一起，就会迅速失去恋爱时的热情，再不可能产生轰轰烈烈的爱。他说：当然我不是反对一夫一妻制，家庭的稳定和平，但性爱消失了，爱情衰退了，死亡了，只是生活在一起的伙伴而已。移情别恋，不能简单地用好与坏来判断，作为小说家，我只想写出人的本性。写作过程中我追求人的本质与真相，从不考虑这是否符合道德规范。

谈及《失乐园》，这部在日本发行260万册，继而拍成电影电视剧，在日本掀起中年情感危机热的恋爱故事时，他说，我把男女主人公设计为有一定社会地位和经济条件，企图摆脱世俗生活的困扰，追求一种纯粹的贵族似的爱情。主人公在性爱的高潮中饮毒酒相拥而死，这是爱的顶峰极致，非如此定格，爱则无法继续。

在《失乐园》风靡日本列岛时，我正在日本进行《中日纯文学之比较研究》。这样一个并无新意的殉情故事，何以如此轰动？颇为不解。后来去看电影，当电影散场时，我看观众都是四五十岁的中年妇女，似乎明白了原因。这些中年妇女，孩子已大，有钱也有闲，回忆大半生，庸庸碌碌，在感情生活中，她们没有机会、没有条件或没有胆量浪漫，而《失乐园》恰好满足了她们的这种精神欲望。一些事业已达顶峰开始走下坡路的中年男人，在审视自己的情感世界时，也会产生同样的遗憾。也许正是这种潜在的社会心理，造成了《失乐园》的巨大商机。

我的看法也许大煞风景，但还是忍不住当面对他说了。记得我从日本回来时，有人知道我译过他的作品，约我翻译《失乐园》，说肯定畅销，我也知道会畅销，但我坦率地说，较之他的这类作品，我更喜欢他的《光和影》《花葬》《冬天的焰火》《你是虞美草》《女优》《远方的落日》等，写人生、写命运、写人性的作品……

他鼓吹情爱，风流韵事不断，甚至被称为"情爱大师"。那么，他对日本文学的最大贡献是什么呢？记得日本作家水上勉曾说，《失乐园》继承了谷崎润一郎文学中的男女性爱描写，华丽而奢侈，同时也创造了近松门左卫门私奔的现代版，并且还有川端康成式对男女之间视觉、嗅觉、味觉、触觉的全方位描写，可以说，在性爱描写方面，渡边淳一独树一帜。

我曾问过一位日本艺术院院士，渡边淳一读者甚众，名噪一时，能否进艺术院？他斩钉截铁道：绝无可能。

2014年4月30日，渡边淳一逝世，享年80岁。用他的话说：顶点的死，是最幸福的境界。

特立独行的出版家

　　前几天，收到一本黑色封皮银色封腰的书，名为《文学的再生——从野间宏开始读现代》。这是为纪念日本战后文学巨匠野间宏百年诞辰，由学者红野谦介、富冈幸一郎编辑，《野间宏之会》协助，藤原书店出版的纪念文集。书中收入历年来世界各国研究纪念野间宏的论文、讲演、谈话等百余篇，长达779页，又厚又重，拿在手里沉甸甸的，俨然一块黑砖头。虽然装帧肃穆，版式考究，并附野间宏不同时期的珍贵照片及著作目录年谱等，堪称是目前研究野间宏文学最全面最权威的资料集，但也贵得令人咋舌，定价8200日元，再加8％的消费税，实际价格为8856日元，约合人民币580元，与买本大辞典的价钱差不多。因为书中收入了我的文章《执著的探索者——访野间宏》，所以藤原书店的老板藤原良雄寄我一册，既是纪念，也是稿酬。

　　认识藤原良雄多年了，但来往不多。他是日本出版界的一个神话。在日本经济不景气，出版业每况愈下的形势下，他特立独行，独辟蹊径，专出高难度、高品质、高定价的书，而且营业额每年以10％的高速增长，因而被称为出版界的"狮子王"。

那年他随野间宏先生来华访问时，我就发现他与众不同，对出版、文学、学术，政治、经济、国际形势，都有独特看法。野间宏先生逝世后，日本文学界成立了一个学术性的纪念团体《野间宏之会》，事务局设在藤原书店。他是事务局长，出版会刊，组织纪念活动，召开研讨会，尽心尽力，任劳任怨。我虽是发起人之一，但身在中国，无法参加活动，心里过意不去，所以应邀访日时，特意去拜访他，表示歉意。那时，我正在写《野间宏论》，也想听听他的意见，顺便探讨一下在中国出版野间宏全集的可能性。

藤原书店在早稻田大学附近鹤卷町的一片民房中，不太好找。我去那天，问了好几个人，都不知道。后来走到一个街心花园旁边的消防署，问一个年轻的警官，他查了半天地图，告诉我怎么走，可我左拐右拐，还是没找到。日本人历来循规蹈矩，遵守时面，眼看约定的时间已到，我给藤原打电话表示歉意，他叫我原地别动，他派职员来接。

书店接待室兼会议室很大，可能有三四十平米，中间摆着会议桌和沙发，四周是书架，陈列着他们出版的图书，印刷装帧，都很精美讲究。在沙发上，坐着一位瘦削的老人。虽多年不见，但我一眼就认出了她是野间宏先生的遗孀——光子夫人。那年到野间先生家里拜访时，受到她热情款待。光子夫人已经年逾90，头发花白，但耳聪目明，精神矍铄。藤原把夫人请来，可能考虑，倘若涉及版权等问题，可以当面商量。

　　我与光子夫人聊天时，藤原良雄走了进来。他似乎变化不大，只是比以前更胖些，脸如满月，目光炯炯，神采奕奕。他对光子夫人，毕恭毕敬，执礼甚恭，扶着她在会议桌前坐稳后，再回到自己的座位。

　　他极力赞成我研究野间宏，建议我组织翻译野间宏的长篇小说《青年之环》，说这部书最能体现先生的全体小说（肉体、精神、社会）思想。我说："最早提出'全体小说'概念的是萨特，但他一闪而过，没有深入展开，是野间宏先生在理论和实践上充实并完成了这一思想，代表作就是'大河小说'《青年之环》。先生曾签名送给我一套，我知道这部小说在文学史上的价值和意义，但五部六卷，五千多页，译成中文，大概有三百多万字，这样一部大书，我不知道在中国出版界，有没有'狮子王'？"

　　他哈哈大笑，说会有的，一定会有的……

　　藤原1949年生在大阪一个普通职员家庭。远在高中时代，他就尝试自力更生，经济独立。当同学们都在为高考冲刺时，他却每天下午去教儿童打算盘，赚取生活费，结果名落孙山。1969年，他考入大阪市立大学经济学部，专攻马克思主义经济学，但他基本不去上课，而是博览群书，自学为主。为了加强对社会现实的认识和了解，他特意住在受歧视的部落民中，体验他们的喜怒哀乐。他白天读书，晚上到中学当保安，勤工俭学。当时学生运动风起云涌，他虽然没参加任何党派，却热衷于游行、示威、辩论，是个无党派激进分子。他对声名赫赫的理论家们不感兴趣，而潜心研读野间宏的作品。他不喜欢凑热闹、人云亦云，更不愿随波逐流、追赶时尚，他的人生信条是：独立思考，自行其是。

大学毕业时，他想继续学习，但又不想考研究生，希望找一个既可自食其力，又能学习的工作。他的恩师介绍他到出版社时，有两个选择：一是《主妇之友》社，杂志畅销，发行量大，工资高；一是《新评论》社，主要是为大学编写教材，工资较低。他毫不犹豫地选择了《新评论》，在东京租了间仓库，住了下来，一边工作学习，一边策划出版自己认为有价值的书。1975年，他出版了自己编辑的处女作——今村仁司的《历史与认识——读阿尔杜赛（1918—1990法国哲学家、用解构主义解释马克思主义）》，印了2000册，但只卖了600册，剩下的1400册堆放在他住的仓库的门口，这使他懂得靠出版糊口多么艰难。1981年他升任总编辑，时年32岁，是全国最年轻的总编。1989年，新评论会长逝世，他为了实现自己的理想——出版自己想出的书，毅然辞职，成立了藤原书店。

日本出版界与中国一样，各家拼命抢夺畅销书，经过商业性的策划炒作包装已经打开市场的书，名家书，浅显易懂、价格低廉、发行量大的书，而藤原良雄却反其道而行之，专出别人不愿出、也不敢出的学术价值高、装帧精美、定价高的书。他的丛书系列《妇女史》《地中海》等已成品牌，打出了一片新天地。他毫不客气地批评同行说："日本出版界的思想，目前还停留在经济高速发展时期，奉行的是发行量至上主义、以量取胜，这是错误的。出版社要有自己的特色，出版有独特风格、高质量的书。"他还说："我不想出畅销书，我的基本方针是出版经得起时间考验、过个三五十年还能卖的长销书。"

他说："什么书畅销，卖了多少本，只有新闻价值，但对我的经营没有意义。定价一千日元的书卖一万本，与定价一万日元的书卖一千本，销售额相同，但加上流通成本，后者利润更高。"藤原书店的新书第一版只印1500册，定价从4000到7000日元不等，比一本大辞典还贵。但他认为，对于需要这本书的人来说，只相当于买一件T恤衫或喝杯小酒的钱，并不算贵。而对于那些用不着这本书的人来说，多便宜，人家也不要。他在第一版销售差不多时，每次加印500册，这样既可保证读者、书店需求，又节省了仓库费。

藤原书店的书，再版率大约为三成，有些书，已经连续加印十几次，还供不应求。他说："藤原书店只出版自己的特色书。印数少，价格自然就会高，但你读了这本书，能开阔视野，放眼世界。老实说，我并不特别在意定价，把它放在一个可以接受的价位上就行了。奇怪的是，我们的书，贵的反比便宜的卖得好。"他还说："藤原不是专业的学术书店，也不是专为社会作贡献的慈善福利书店，当然要考虑赢利、生存。但我只出版自认为有价值的书，或者有必要的书。面对21世纪，日本人在思考未来时，需要更深刻的思想，更广博的知识，更宽阔的视野，但报纸杂志不能满足他们的需求，而我出版的书，对他们能有所帮助。"

　　日本全国有近二万家书店，采取寄售制，平均退货率为百分之四十，这其中包括退货率为零的畅销书。业内人士说，新书退货率高达百分之六十甚至八十。但藤原书店退货率为百分之二十至三十。他们限定三百至五百家书店销售，根据书店订数发货。

　　藤原在出版界赢得声誉，是因出版法国年鉴派历史学家布罗代尔的《地中海考古——史前史和古代史》。这本书从地理时间、社会时间、个人时间三个层次探讨历史，是当今欧美历史学家必读书。日本没有法文译本，学者们只能从英文本了解其方法论。虽然人们期望翻译出版这套书，但成本太高，出版社都望而却步。藤原1991年11月组织翻译出版了第一卷，600页，定价8800日元，高得吓人。他印了2000册，计划三年卖完，但出乎意料的是，很快售罄，以后每月加印1000册，累计销售5万多册。以后每年出一卷，至1995年出齐，五卷一套，售价35000日元。这本书的成功，不仅奠定了他书店的经济基础，而且坚定了他编辑出版的信念。藤原书店共十人，年营业额二亿五千万，年终奖金发四个月工资。他说："编辑必须出版自己想看的书。这样，怀有同样兴趣的人也会爱读。读者知道什么是真正的好书。卖不出去，说明编辑没有眼光，没发现好书，是编辑笨。"他强调说："一本书，卖出两、三千到一万册也就行了。出版家必须是创造者，必须为想出版的书而激动、兴奋、忘我工作。书是作者与编者密切协作的产物，而没有明确出版目的所编的书，效果不佳是理所当然的。"

他喜欢把编辑称为精益求精的手艺人、工匠，鼓吹近乎古典的职业伦理观：编辑必须绞尽脑汁想方设法使作者无限接近自己预期的目标；编辑必须呕心沥血，废寝忘食，忘记时间和成本，有一种强烈的社会使命感；编辑必须抛弃多捞加班费、晋升出名等杂念，一心扑在工作上，这样才可能编出理想的书。他身体力行，每一本书，从策划、组稿、编辑、封面设计到印刷、出版、发行，都精益求精。他认为目前日本的出版危机，是编辑缺乏热情和决心："同样的素材，看你怎样加工。如厨师烹调，同样的材料，不同人做出的菜，却有天壤之别。加工需要时间和经费，大出版社不屑做这种事，但我愿意干。"

野间宏《狭山裁判》刊行委员会编的《完本·狭山裁判（全三卷）》，由藤原书店1997年7月出版。当时评论家丸山照雄坚决反对，认为这套书肯定无人问津，非砸在手里不可，但藤原力排众议，一意孤行，坚持出版，结果成了常销书。

藤原书店以翻译外国历史、思想类图书为中心，兼顾女性史、女性论、环境问题、中东问题、经济学、宗教学等方面的图书，同时热心举办学术研讨会、学习会、出版纪念会、新年会等活动，与作家、学者、翻译家、学术团体等保持密切联系。他认为，参加各种社会活动，广结人脉，收集信息，也是藤原书店的经营手段之一。他说："编辑应该爱书、读书、懂书，应该有思想、有追求、有人格、有感情，而不是浑身散发着铜臭味、唯利是图的商人。"

《蟹工船》和“新穷人”

到书店寻找野间宏的书，一无所获，却意外发现小林多喜二的《蟹工船》和《党的生活者》。小林的《蟹工船》，2008年火爆日本，销售百余万册，如今过了一年多，仍堂而皇之地摆在书店的显著位置，可见还有读者，否则精明的老板不会给它一席之地。

我这次来日本，研究野间宏，与小林无关，而且家里有多种小林的作品，本不该再买，徒为回国增加重量，但不知为什么，情不自禁，又买了两本。好在是文库本，书小，不重。

最早见到《蟹工船》，是在故乡的书店，好像是楼适夷先生的译本。当时我对日本文学毫无兴趣，只是看了看，没有买，后来学日语，才陆续读了小林多喜二的《防雪林》《沼尾村》《转型期的人们》等作品。

《蟹工船》是八十年前，日本无产阶级文学的经典，讲述在社会底层苦苦挣扎的失业工人、破产农民、贫苦学生和十四五岁的少年，被骗上《蟹工船》，受尽欺压剥削，榨干血汗，最后团结起来，罢工反抗的故事。

所谓《蟹工船》，就是把捕捞上来的螃蟹在船上直接加工制成罐头的工厂。这种在海上移动的罐头工厂，被称为北洋渔业的地狱，劳动条件极为恶劣，渔工如奴隶一样没有人身自由，劳资纠纷不断。小林为写这部作品，从1928年3月开始收集素材。他到船上看劳动生活的环境；与蟹工们交谈，听他们讲述出海时的情景；到渔业工会，了解工人在船内生活和工作的情况。1929年3月30日，他完成了长篇小说《蟹工船》，试图通过描写这些海上劳动者的非人生活，揭露资本家如何压榨劳动者，敲骨吸髓，攫取利润，积累资本，并对整个剥削体制的构造原理和运行机制进行剖析批判。

《蟹工船》的可贵之处，是使人们懂得了什么是真正的无产阶级（普罗）文学。当时，虽然有普罗文学理论，但没有相应的文学作品支撑，文坛实际上并不承认普罗文学的存在。此前的普罗文学，正如藏原惟人所说，只是观念的、空洞的、抽象的、把工人活动家当英雄来描写的小说，严格地讲，这样的作品还不能叫文学，所以人们对所谓普罗文学，一半是不以为然，一半是失望。小林的《1928年3月15日》和《蟹工船》，使普罗文学得到文坛的普遍关注重视和承认。《中央公论》《新潮》《改造》等刊物也纷纷向小林约稿，使普罗文学有了一席之地。

当时，中日两国革命文学界关系密切。1930年初春，陈望道主持的大江书铺就出版了潘念之译的《蟹工船》，但不久即为国民党当局密令查禁。潘曾去日本留学，与小林有书信往来。小林把中国人民视为志同道合的同志，在为这部译本写的序文中说：“日本无产阶级在遭受的极其悲惨的原始剥削和从事囚犯般的劳动，难道不正是和在帝国主义铁蹄践踏下、被迫从事牛马般劳动的中国无产阶级一样吗？……中国无产阶级的英勇奋起，对紧邻的日本无产阶级是一股多么巨大的鼓舞力量啊！"差不多在同时，俄、法、英译本也相继出版，小林一举成为世界级作家。鲁迅主编的《文艺研究》评介说："日本普罗列塔利亚文学迄今最大的收获，谁都承认是这部小林多喜二的《蟹工船》。"夏衍说："《蟹工船》是普罗列塔利亚文学杰作。"

在日本20世纪20年代兴起的无产阶级文学活动中，小林以对党的文化事业的忠诚，以文学创作上的不断探索创新，以鲜血和生命，在日本现代文学史上，留下了光辉但惨痛的一页。

我曾三次到小林学习、生活、工作的北海道小樽市访问，在小林纪念碑前默哀。然而，冷酷的现实是，在书店里，找不到小林的作品，年轻人，甚至连小樽的年轻人，都不知道他的名字，实在令人心寒。在他的祖国，他的名声，还没有在中国响亮。他用心血写就的文字，他描绘的历史画卷，他为理想而献身的精神，他被法西斯法虐杀的年轻生命，已经成为历史的化石，只能在文学馆和文学史中找到。

然而，在《蟹工船》发表八十多年后，在小林早已被人们忘记的今天，《蟹工船》突然又火爆起来，这是为什么呢？

在20世纪90年代中期，日本企业在全球化竞争中，为了降低成本，大力发展劳务公司，派遣"非正式员工"到企业劳动，至2008年，这种非正式员工，已超过正式员工。他们受到企业和派遭公司双重盘剥，不仅没有正式员工的福利保障，而且工作的强度和时间，常常超过正式员工，但生活极度贫困，难以糊口。当他们到地方政府申请救助时，又遭到鄙视刁难。这些弱势群体，羞于继续向社会求助，宁愿自杀、饿死。有的人，在网吧中泡一星期，仅靠免费饮料维持生命。有一个30岁的工人，与工厂发生纠纷，被迫辞职，搬出工厂宿舍，父母双亡，无家可归，流落街头，两周没吃饭，只靠喝水度日。他说，第一周最难受，胃搅在一起，过了这段时间，开始消耗体内脂肪，就好受多了……

据说，这种辗转于全国各地的自由打工者有百余万。他们可能不知道小林多喜二是谁，但发现自己的生活与《蟹工船》有许多相似之处，把《蟹工船》当作自己的故事来读，发出"让我们活下去"的呐喊！

《蟹工船》的畅销证明，在发达国家日本，"新穷人"阶层正在为生存而挣扎，但他们的精神诉求，还没有在文学上的得到充分的反映，因为当代作家只是描写他们的艰辛、内疚、自责、无奈，还没有达到小林的思想高度——尖锐批判造成新穷人的政治和社会原因。

《蟹工船》的火爆证明，文学是可以超越时代的，忠实于时代，忠实于生活，是文学的生命。

不知小林的在天之灵，听到《蟹工船》风靡日本，震撼世界，是喜是忧？我想，他身为无产阶级的革命作家，可能高兴不起来，甚至会更加忧虑和失望。

小林多喜二之死

每次乘电车经过东京筑地时，我常常会想起日本作家小林多喜二，他，还不到30岁，就在筑地警察署被活活打死。

小林多喜二1903年生于日本东北秋田县贫苦农民家庭，4岁时全家投奔在北海道小樽开面包房的伯父。他一边在面包房干活，一边由伯父资助读书，最后从小樽高等商校毕业，进入北海道拓殖银行就职。

小林爱好文学，读书时，就不断投稿，在同人杂志或公开发行的杂志上发表诗歌小说。面对残酷的现实，他感到焦灼和困惑，开始积极探索社会的出路，从批判现实主义，逐渐转向马克思主义，成为一个无产阶级革命作家。

1928年，在一个不到十五万人口的小城，有近二百个工人、学生、职员被捕，遭到残酷的刑讯逼供。他根据这个事件，写成了小说《1928年3月15日》，在无产阶级文学刊物《战旗》11、12月号发表。这两期杂志虽然被当局禁止，但通过《战旗》的发行网，有八千多册，流入读者手中，引起巨大反响。

评论家藏原惟人说："这是一部无产阶级文艺划时代的作

品"（1928年12月17日《都新闻》）。又说："此作以北海道逮捕共产党事件为中心，描写了斗士的种种类型及其生活。这些形象不是概念，也不是英雄，而是有种种优、缺点的活生生的人。这一点，是这类作品的一大进步"（翌年1月《改造》）。

然而，作品中有关特高警察对革命者的严刑拷打的详尽描写，激怒了特高警察，甚至可以说，为小林的惨死，埋下了祸根。

1929年，小林在《战旗》5、6月号发表了《蟹工船》。这部作品比《1928年3月15日》影响更大，不仅受到左翼评论家平林初之辅、胜本清一郎、藏原惟人的激赏，而且受到文坛广泛赞誉，很多评论家发表文章，认为它是当之无愧的文学杰作。

1929年11月，小林在《中央公论》上发表了《不在地主》。这是根据1927年在矶野农场发生的农民与工人共同斗争的事件写成的。他没有直接参加斗争，但进行了详细调查采访，目的是"描写资本主义统治下的农村实态"。他认为，以前的农民文学，只描写佃农的悲惨生活，而他要写农村在社会结构中的位置，佃农为什么如此悲惨，在资本主义化的过程中，不在地主就像人鱼一样，上半身是地主，下半身是资本家的特殊形态。

小说发表后，小林被拓殖银行解雇。冠冕堂皇的理由是，矶野农场是银行的客户，不能得罪，但实际上是因为小林参加左翼文化活动，曾被小樽警察署查抄拘留，银行一直寻找机会开除他。他从此没有了稳定收入，只能靠稿费生活，但他不敢告诉母亲，每天仍装作出门上班。

12月，小林应《改造》杂志社之约，开始写反映北海道罐头厂工人生活的小说《工厂细胞》，于1930年2月完成，在《改造》4、5、6月号发表。同年3月，小林移居东京，住在中野区上町。5月中旬，他与江口涣、片冈铁兵、大宅壮一等左翼作家为保卫《战旗》巡回讲演，在大阪被突然逮捕，关在岛内署。当时只是怀疑他在经济上支持左翼运动。特高科的便衣警察恶狠狠地瞪着他说，你就是那个小林多喜二吗？你在《1928年3月15日》里把警察写得那么坏！好，那就照你小说里写的那样拷问吧。我叫你尝尝生不能生死不能死的滋味！

他受到严厉拷问，拘留16天后释放。

回到东京不久，即6月24日，他与左翼作家立野信之一起被逮捕。警视厅特高科的中川成夫，本来是来抓立野的，发现他与小林在一起，就顺手牵羊，一起带走，关在丰多摩监狱，以违犯治安维持法起诉，后又追加《蟹工船》中的描写对天皇不敬罪。他被单独关押，后来他根据这段生活经历，写成了小说《单身牢房》。1931年1月26日，他被保释出狱。

1931年3月末，藏原惟人从苏联回国，决定在文化团体内成立党组织。夏天，作家同盟召开第四次临时大会，选举江口涣为委员长，小林为书记长，常务委员有中野重治、川口浩、贵司山治、立野信之、中条（宫本）百合子、壶井繁治、德永直、鹿地亘等。

　　1931年九·一八事变后，日本当局对左翼文化团体残酷镇压，封杀刊物，逮捕作家。1931年10月，小林加入已成非法政党的日共，1932年4月下旬转入地下，成为职业革命家。当时的生活，他在《党的生活者》中有详细描述：住在麻布十番地，抽屉里放着草鞋，以备遭到袭击时从房顶逃跑；用个大皮箱，装手稿文件，紧急时可拎起就走。小说《党的生活者》生前没有发表，死后不久由《中央公论》删除一万三千余字，改名为《转换时代》发表，此前，他的中篇小说《地区的人们》，在《改造》3月号发表。当时很多杂志的编辑有骨气，有正义感，不怕危险，与作家秘密联系，索取稿件，发表已经转入地下遭到当局追捕的小林的作品。

　　1933年2月20日下午，他与诗人今村恒夫，与共产青年同盟的负责人三船留吉秘密接头。那天他特意化了妆，身着两层大岛铭仙和服，戴着墨镜、灰色呢帽，走进福井町附近的饮食店。但他没有看到三船，等待他们的是特高科的警察。实际上，三船在去年十月被捕后已经叛变，成为警察的走狗。小林与今村发觉情况不对，转身就跑，跑到胡同尽头，发现是死胡同，没有出口，只好向车站奔去。追赶他们的警察，边跑边大声喊"抓小偷"。他们虽然已经跑到车站，但被附近的人抓住。

　　小林与今村马上被带到筑地警察署。小林没说真名，但认识他的特高科主任把照片摆在他面前，他只好承认自己是小林多喜二。警视厅特高科股长中川成夫带着他的部下须田、山口很快赶来，开始审讯。小林对今村说："事已至此，没有办法了，我们要咬牙挺住。"中川指挥扒光他的衣服，须田、山口开始用棍棒殴打。筑地警察署的水野、小泽、芦田等四五个特高科的人轮番拳打脚踢。残酷拷打了三个多小时，小林昏死过去。《小林多喜二之死》的作者手塚英孝写道："这不仅仅是拷问，而是有明显的杀意。"

天黑时，水野、小泽、芦田把小林拖到第三牢房，扔在地上。他的鼻孔凝着鲜红的血，呼吸急促，痛苦地扭动身体，站不起来，呻吟着说："难受，难受，上不来气……"狱友为他敞开胸口，握着他的手，竭力减轻他的痛苦。过了一会儿，小林说要上厕所，两个人搀扶他走进厕所，刚走进去，他就惨叫一声，腹部绞痛，根本蹲不下去。狱友们看他奄奄一息，危在旦夕，征得看守同意后，把他抱到保护室，为他铺上毯子，枕上枕头。狱友卷起他的衣服一看，惊叫一声，连旁边的看守也倒吸一口冷气。那简直不是人的身体。膝盖以上，乌黑一片，像涂了一层黑漆。天气这样冷，竟然没有内裤。从臀部到腹部，全都是紫褐色。狱友对看守说，冷敷一下，也许好些。杂工们拿来水桶毛巾，狱友为他冷敷。小林终于不再呻吟，闭着眼，像睡着了。但他稍稍安静了一会，又突然开始倒气，被送到警察署后面的前田医院，不久气绝而亡。时间是下午7点45分。

警察为掩盖罪证，为小林穿上了衬衣内裤，与检察机关商议后，于第二天，即21日下午3时，广播说小林猝死，直接原因是心脏麻痹，各报均按这一口径报道。警视厅毛利科长发表讲话，说绝对不是拷打致死，他本来身体就不好，拼命奔逃，心脏突然发生变化。筑地警察署长市川说，他是长期追捕的重要嫌疑犯，当局尽力抢救，对他的死，深感遗憾。

检察机关为了拖延时间，故意将认领尸体的通知，发给小林住在北海道小樽的妹夫幸田，而不通知住在东京马桥的小林的母亲和弟弟。小林母亲听到了消息，当天傍晚就背着外孙，与秋田来东京的亲戚小林市司一起去了筑地警察署。警察把他们领进特高科后，门就紧紧关上，不许任何人靠近。当晚9点40分，一辆汽车将用白布包着的遗体运到马桥小林家。这时，作家中条（宫本）百和子、佐多稻子也赶来了。母亲脱下小林的衬衣，看到遍体鳞伤的儿子，嚎啕大哭。在场的人，看到青紫色的遗体，都大吃一惊，无不动容。

由医学博士安田德太郎指挥，开始尸检。脖子上有一道深深的勒痕，脸侧太阳穴处有两个铜钱大的打击伤，周围有四、五块伤痕。解开腰带，脱下衣裤，下腹到左右膝，全部像用墨和赭红涂抹一遍，多处内出血。腿肿得有一般人的两倍粗，皮肤好像要爆裂。阴茎、睾丸充血，肿胀高大。仔细观察，黑红肿胀的大腿上，还有十五六个钉子或锥子扎的洞，皮肤裂开，露出了里面的肉……

安田德太郎说："打成这样，肠子可能被打碎，膀胱也许破了，如果解剖，腹腔里肯定都是血。"作家同盟、美术家同盟等三十多个同志都赶来了。将近12点时，筑地小剧场的千田是也、佐土哲二为小林做了面模。同志们与东京帝大医院、庆应大学医院联系，要求解剖，但由于当局干涉，均遭拒绝。本来慈惠医大已经同意解剖，但由于当局施压，又突然变卦，大家只好把运出的尸体又运回家。

23日一早就戒严。当局如临大敌，戒备森严，小林家周围，三步一岗，五步一哨，布满警察，吊丧者一律不准走近。下午三时许，遗体送到杉并区堀之内火葬场火化。

小林葬礼，定于3月15日在筑地小剧场举行全国工农葬，江口涣任委员长。当时筑地小剧场已被警察占领，周围五百米，到处是警察便衣，盘查行人，稍有疑问，当即拘留。当局逮捕了江口涣及列队准备参加葬礼的民众，工农葬被破坏镇压。但在札幌、小樽、函馆、新潟、青森、兵库、大阪和神奈川等地，有人散发标语传单，组织举行了追悼会。

当时在日本留学的胡风，曾在江口涣家里见过小林，听到小林牺牲的消息极为震惊愤怒，写了抗议诗《时间开始了！》：小林暴死\一声雷\震动了全东京\震动了全日本\传到了全东方人民革命的战列\传到了全世界无产阶级的阵营……

在中国，最早公开小林牺牲消息的是张天翼。他在1933年3月12日《申报·自由谈》上写了《小林多喜二之死》，文中说："这就告诉我们，不但中国民族被迫害，被残杀，他们国内也有人，为了反对侵略中国，为了反对帝国主义之故，被迫害，被残杀。"

中国左翼作家联盟在美国友人伊罗生办的中英对照半月刊《中国论坛》第二卷第四期（1933年4月13日）发表了《小林同志事件抗议书》：

"日本无产大众战士，作家小林多喜二，在1933年2月20日被日本警察逮捕之际活活打死——这件事，已经引起中国左翼作家的非常愤慨。日本帝国主义此种空前的暴行，就证明了它在侵略中国的过程中，同时更加紧地压迫它本国的反帝国主义的革命者！

"中国的统治阶级，一方投降帝国主义，对侵略的日本帝国主义不抵抗，一方早已用了极残酷的野蛮手段压迫本国的革命民众。小林同志之横死，不但是日本革命民众永远记得，将以更猛烈的革命来回答。中国的革命民众也永远记得，也将以更顽强的努力来索取小林同志牺牲的代价。帝国主义国家内被压迫阶级和殖民地国家内被压迫阶级的战线是统一的。"

鲁迅对小林被害十分悲痛，用日文写了《闻小林同志之死》的唁函，发表在江口涣主编的《无产阶级文学》1933年4、5期合刊号上：

"日中两国人民亲如兄弟，资产阶级欺骗人民，用血在我们中间制造鸿沟，并且继续在制造。但无产阶级和它的先锋队，正用自己的血来消灭这道鸿沟。小林多喜二同志的死就是明证。这一切我们是知道的，我们不会忘记。我们正在坚强地沿着小林多喜二同志的血路携手前进。"

从1921年创办左翼文学杂志《播种人》起，到1933年小林之死，在短短的十余年间，日本无产阶级文学，在严峻的环境中，蓬勃兴起，硕果累累，震撼文坛。但随着日本侵略战争的不断扩大，遭到当局残酷镇压而夭折。

小林多喜二的生命和鲜血，在日本无产阶级文学史上，留下了惨烈壮丽的篇章。

为立松和平送行

一

2009年10月，我到日本热海不久，就收到了立松和平用特快专递寄来的最新小说《在人生最美好的地方》。

那时，我已经开始研究野间宏，埋头读野间宏的书，心无旁骛，满脑子都是野间宏，很少读与研究无关的闲杂书刊。本来只想在入睡前随便翻翻，但没想到，拿起来就放不下了，直到一口气读完。

小说的情节很简单：主人公奥井是某公司中层干部，在他精心策划的商务计划顺利施行胜利在望时，妻子突然患阿耳茨海默病，瘫痪在床，生活不能自理，需要专人照顾。这时，他才意识到，结婚几十年，自己为工作早出晚归，废寝忘食，把家庭当成了旅馆，与妻子说话的时间都很少，更不要说关心妻子的喜怒哀乐、生理和心理的变化了。他良心发现，幡然改悔，毅然决定，放弃唾手可得的名利地位，提前退休，照料妻子的饮食起居，与她相依为命，开始"执子之手与子偕老"的生活。

在现代社会中，男人们为了理想、事业、家庭，整天忙忙碌碌，当他们陶醉在野心勃勃的梦想中，或沉浸在成功的喜悦时，可曾想过，相濡以沫的妻子，每天是怎么过的，有什么愿望或遗憾？自己在人生的道路上拼搏，究竟是为了什么？

我读这本书时，就深深自责。几十年来，为了工作，国内国外，四处奔波，妻子要上班，还要带孩子。如果没有岳父母帮忙，真不知日子怎么过。她累吗？她寂寞吗？她后悔吗？我从来没想过，也没问过。反正大家都这么过，也就认为是天经地义，理所当然。好不容易有个节假日，又忙着写东西，很少带孩子去公园，陪妻子逛商店，或帮她买菜做饭洗衣服。幸亏孩子聪明、朴实、忠厚，身体健康，成绩优良，考入清华，皆大欢喜。记得儿子上高三时，正赶上我有空儿，去参加了一次家长会。中小学12年，这是我唯一一次参加家长会，但却没搞清儿子的班级，进错了教室，什么也没听到，成为笑柄。细想起来，我的所谓事业果真那么重要吗？与儿子的成长、妻子的健康相比，又算得了什么呢？记得二姐在世时，曾苦口婆心地对我说，你要了解女人的心，有空多带孩子老婆出去玩玩，别光顾你自己那点事儿。我不以为然，认为努力做出成绩，才是一个男人对家庭妻子儿女的最大负责。现在看来，这种观点很片面。

立松写这本书，可能有他的自省和自责。他是个事业型的汉子，而且是拼命三郎，家中的一切，从不过问，满世界跑，不断地写。如今他也年过花甲，在反思人生时，可能有所觉悟，所以才写了这本书。我觉得，这部作品，提出了一个现实的社会问题，一个事业型男人，应该如何对待家庭妻子儿女？

当然，这部小说也有不足，即书中前半部出现的一对夫妇——高山与绿子，他们盖了新房，买了旅行车，准备安度晚年，但绿子在海外旅行中不幸身亡，美丽的计划化为泡影，从此这条线就断了，再无下文。如果复线发展，写写高山的孤独、无奈、悲痛、悔恨，是否会更好？

二

立松在书中夹一封短信："喜儒先生，寄来的《中国作家》收到，祝贺你的研究取得成果。我的小说全集即将发行，现在正忙这件事。"

2007年秋天，立松由日本文化厅派遣，以文化特使身份到中国访问，我陪他一个月。回国前，他问我是否有什么选题需要到日本去作？我说很久以前就想写一篇1934至35年，巴金到日本留学的文章，但需到日本实地考察、采访、查找资料，一直没写。他说文化厅有个交流计划，由文化特使推荐一名中国研究日本文化的学者，到日本访问一周，费用由日方负担。我说一周太短，刚安顿下来就得往回走，干不了什么，没有多大意思。这事说说也就过去了，我没放在心上。但他很认真，回国后不久就打电话说："文化厅已经决定邀请你，但根据规定，只能请一周。我怕你时间不够，又与辻井先生商量，由季节财团再请一周，这样有半个月的时间，估计你的计划能完成。"

2008年10月，应日本文化厅邀请，我赴日访问。当我和妻子到达成田机场时，立松包了一辆车来接我。到了租借的公寓，他的夫人美千惠等在那里，交给我们房门钥匙，告诉我们信箱密码，连乘车的IC卡都为我们买好了。他是大忙人，写作、采访、讲演、旅行、出镜、入山修行，每天日程都安排得满满的，让他花费大半天时间来接，我心里很过意不去，后悔告诉他我到达的航班。

那天晚上，老友池田夫妇来看我。他们是立松的读者，热情邀请立松夫妇一起为我接风，吃寿司，喝清酒，相谈甚欢。他对池田夫妇说："我把他交给你们了，请多关照。"

过了许久，我才知道，立松去机场接我时，还遇到了点麻烦。成田机场在千叶县，当地人反对建机场，冲突一直没有平息，所以机场戒备森严，入口处有警察手提警棍盾牌把守，外国人查护照，本国人查证件。立松接我那天，什么都没带。他是名人，旅行都有人安排接送，大概好多年没有亲自去机场接人了，忘了规矩。机场警官不让他进，他说我来接朋友，飞机快要到了，回去取证件已经来不及。但那个警官铁面无私，死活不同意。这时，一个高职衔的警官认出了立松，立马放行。因为他经常在电视中露面，对各种问题发表意见，很多人认识他。这件不愉快的事，他一直没跟我说，我是在他的文章中偶然发现的，急忙打电话道歉，他用那独特的栃木县口音说，我们是朋友，应该的……

我回国后写了《巴金日本留学记》，发表在2009年第10期《中国作家》上，还得了郭沫若诗歌散文优秀奖。前几天，我给他寄去一份刊物，请他转寄文化厅，有个交待。

他给我回信寄书时，附寄了一份《立松和平小说全集》广告。他创作四十余年，写长篇、中篇、短篇小说共225篇，出单行本73册，勉诚社决定出版立松小说全集三十卷，每卷500页。小说在立松的们作品中，大概不到三分之一，如果出全集，编入散文、游记、评论、戏剧、报告文学、儿童文学等作品，可能有近百卷。他是如何玩命的，由此可见一斑。

立松文学的最大特点是与时代同步，与现实零距离。他用真挚的目光注视着生活，捕捉细微的变化，不断地追问，现代是什么？人是什么？我们应该怎样生活？

日本作家五木宽之说："他在大学时代就老成持重，现在依然如此。他是个腼腆的人，但却有惊人的胆量和吃苦耐劳的毅力。他是个困惑苦恼的青年，但也是个行动的、放浪的冒险家。这种个性，鲜明地投射在他的作品中。可以说，他作品中的所有人物，都有他的影子。他为少年写故事，探索道元的宗教世界，揭露时代的阴暗，小说题材广泛得令人震惊。他既有果戈里的幽默，也有陀思妥耶夫斯基的深刻，两者最终形成了立松和平的独特风格。"

作家北方谦三说："最早，我是从新闻广告中知道了立松小说将要出版的消息，上面登着他的照片。他留着胡子，穿着和式棉袍，怀里抱着孩子，的确是'走投无路'（小说名）的样子。他忘记了自己还没有成名，笑着。从那以后，他不知走过多么漫长的路，才有了今天。他在'走投无路'时，依然坚持着向前走，开始一本又一本地出书，留下了一串令人钦佩的坚定的脚印。他执著地，专心致志地向着地平线前进。可是，无论他走到那里，都有地平线，永无止境。但他毫不犹豫，勇往直前，无怨无悔。如果说没有尽头的旅行是文学的本质，那么足迹本身就是文学。难得的例证就是立松。他坚韧不拔地向前走着，他的所有足迹都是一致的——向前，而这些足迹正是优秀文学的不断尝试，不断进取，不断对现代的拷问。"

作家高井有一说："第一次见到立松和平，是在早稻田的一个小剧场看戏。那是1970年，小剧场最兴盛的时期。在年轻人聚集的黑暗的剧场里，我听他低声说，我是立松。从那以后，已经过去四十多年了，他虽然比我小15岁，但他用他的行动和作品不断使我感受到时代的脉搏。尤其是他描写战后不久的民众精神、欲望、幻想的长篇小说《欢喜之市》，印象深刻，至今记忆犹新。从他近年来的大作《道元禅师》，可以看出，他对佛教的兴趣愈发浓厚。十几年前，我曾与他一起去中国访问，在高大的佛像面前，他说，佛教是伟大的。当我拿起他的书时，不由得想起了当时的情景。"

　　法隆寺管长大野玄妙法师说："立松在早稻田上学时，就写了《自行车》，获得新人奖，显露出文学才华。他生于1947年，属于所谓的团块时代，在战后度过儿童青年时代，在急剧变化的潮流中，他感到苦闷烦恼焦躁不安，但他直面人生，勇敢前进。他率直的性格有时会被误解，甚至使自己陷入困境，但他自强不息，写下了大量作品，从中可以看到他的真诚。丰富的人生经验和独特而敏锐的宗教感觉。在他博大的世界中，跳动着宗教心，且打动了很多人，引起了广泛的共鸣。"

　　文艺评论家、立松小说全集主编黑古一夫说："从早稻田大学时代的习作《唉声叹气的死者》（1968年2月）至成名作《走投无路》（1970年），到最新长篇小说《人生最美好的地方》（2009年），全部编入全集，计划出三十卷，每卷附评论和创作手记。这些作品，反映了立松小说的全貌，同时也是日本现代文学以及日本高速成长到泡沫经济破碎的现代日本社会的真实生动的写照。"

　　我看完新书广告后给立松打电话说："我觉得《在人生最美好的地方》，有警世意义。在现代社会中，男人们一心扑在工作上，忽略了家庭、儿女、妻子的身心健康。这一点，全世界的事业型男人，包括我在内，都应该反省。"他说："我更应该反省！"我说："在日本出版不景气的情况下，勉诚社推出三十卷小说全集，真不容易，我表示祝贺。但这是个大工程，你每卷都要看，还要写创作回忆录，够累的，要悠着点。"当时他正在和朋友们喝酒，听声音很高兴，但说着说着，不知为什么，他突然冒出一句："这个全集，也许是我生命的结束。"我说："你别乱讲。不是结束，而是新的开始。我还等着看你写你父亲的小说呢。"

上次他到中国采访，主要就是为写这部小说做准备。他说："我已经构思好了，明年先在杂志上连载，之后再出书。"

我万万没想到，一语成谶，我永远也看不到他已经酝酿十年的这部小说了。

三

2010年春节，儿子儿媳从北京来探亲，老友池田先生计划在2月7日晚在荻洼大鱼苑为他们接风，并邀请立松夫妇参加。

我知道他是大忙人，社会活动多，所以提前一个月给他打电话，他很高兴，但说那一带我不熟，最好给我发一个地图。按理说，日本人守信，同意的事，一般不会爽约，但不知为什么，2月2日那天，我突然冒出个念头，立松能不能来？打他的手机，没人接，给他的事务所打电话，秘书说，他已经住院，是重感冒，不知届时能否前往？5号那天，他的秘书来电话说，病情较重，不能来了。2月8号傍晚，我心情烦躁，坐立不安，六神无主，仔细想一想，又没有什么不顺心的事，真是奇怪！（现在想起来，莫非是心理感应？）

2月9日晚，同学谭作成君请我们在新桥地鱼屋吃饭时，我连续接到四位朋友的电话，告诉我立松于8日下午5点37分因多脏器衰竭而逝世。我再无心吃饭，心想他才62岁，身体那么好，满世界跑，怎么说走就走了呢？

回热海时，在东京买了晚报《富士》，上面有关于立松逝世的报道，当晚NHK电视新闻也播了消息，之后《朝日新闻》《读卖新闻》《产经新闻》《东京新闻》《每日新闻》《北海道新闻》等各大报刊，都陆续报道并发表了悼念文章。

那几天，我心情沮丧，茶饭无心，情绪低落，他的影子，总是在我眼前晃来晃去，挥之不去。

立松啊，我的好兄弟，你是活活累死的啊！

你就像个手不时闲的农民，倒在金色的田野上。这片地太大了，一望无际。这是你几十年如一日，不辞辛劳，一镐一镐地开垦出来，并种上了瓜果梨桃，五谷杂粮。如今是收获的季节，稻浪滚滚，硕果累累，一派五彩缤纷、流光溢彩的丰收景象，但你却一手握着镰刀，一手攥着金黄的稻谷，倒在你热爱的土地上。我知道，你心里还有许多美丽的计划，还有很多要开垦的土地，但你太累了，睡着了，永远睡着了。

四

3月27日，立松和平追悼会在东京青山灵园举行。我从热海到东京，与横川健先生会合，一起去为立松送行。

青山灵园院子里站满了人，但听不到说话声，一片肃穆安静。追悼大厅入口处，摆着一溜长桌，负责接待的工作人员与前来吊唁的男女，一律黑衣黑裙。追悼厅很宽敞，摆着黑色椅子，大概可坐千余人。我们进去时，大厅已经坐满。幸亏横川先生事前电话报过名单，所以日本笔会事务局的宫本庆子把我们领到预定的座位。吊唁者多为文学、出版、新闻、电视、电影、佛教、演艺等各界人士。在人群中，见到了黑井千次、辻井乔、高井有一、浅川次郎、吉冈忍等著名作家。

灵堂正中挂着黑框的巨幅立松照片。他身着深色条绒西服，粉色衬衫，灰色领带，面带微笑。我知道他平时衣着随便，特别不喜欢西服，看样子这张照片，可能是在讲演或接受采访时拍的，微笑中，还有几分腼腆。照片下面是骨灰盒，再下面是碑状木牌，上书法号：遥云院和平日心居士。四周是白玫瑰、白色香水百合、白色绣球花，香气袭人。花丛后面有几株长满嫩叶的小树。

追悼会开始时，十几位大和尚身穿华丽的法衣、戴着高高的帽子，从场内穿过，到祭坛就座，焚香，击磬，诵经。作家北方谦三主祭，作家黑井千次、辻井乔、三田诚广，评论家黑古一夫，电影导演高桥伴明致悼词。

主持人宣读来自世界各国、日本各地、包括日本总理大臣鸠山由纪夫、文化厅长官等政要的唁电后，由著名陶笛演奏家宗次郎献奏镇魂曲。清越哀婉的笛声在大厅回荡。立松的儿子林心平代表丧主致谢之后，开始焚香祭奠。我与横川先生走到祭坛前，抓一点檀香沫，放入香炉中，双手合十，心中默念：立松，我的好兄弟，安息。

夫人美千绘和儿子林心平、女儿女婿站在祭坛右面。我与横川过去表示慰问并告别时，美千绘说：谢谢您特意赶来为他送行，请向你的夫人问好。他们的儿子我是第一次见面，看样子也是个厚道人。他的笔名叫林心平，我猜测是由本姓横松各取一个木字，组成林字，所以称林心平吧？女儿桃子是画家，怀里抱着刚出生不久的婴儿。她的丈夫是个演员，高高的，仪表堂堂。这个外孙，刚出生没几天，没见过立松。我对桃子说，我是你爸爸的中国朋友，我很想念他，他会永远活在我的心里！桃子用力点了点头，眼里含着泪。

出口的走廊上，摆着几百本立松的著作，记者们忙着拍照采访。

灵园的院子里，大约还有几百人，排着长队，在寒风中等待进入追悼大厅，与立松告别。

在灵园东侧，有一排木架，上面按日语五十音序，整齐地排列着吊唁者木制名牌。几个木架，几乎挂满了，少说也有上千人。

立松随和、热心、朴实、真诚、人缘好，几千人来为送他行。

立松，我的好兄弟，你的音容笑貌，会永远留在我的心中。

读井上靖的《中国行军日记》

　　听朋友说，在井上靖夫人的遗物中，发现了井上靖的《中国行军日记》，并在《新潮》杂志2009年12月号全文发表，想买一本看看。但前几天去东京，顺便问过沿途多家书店，都没有《新潮》。回到热海市后，我几乎找遍了所有书店，依然不见踪影。

　　《新潮》杂志创刊于1904年，至今已经一百多年，是历史最悠久的纯文学杂志。但找一本却如大海捞针，真是奇怪！我问热海书店的老板，为何没有《新潮》？他说，这种杂志，绝对没人买。我说，我不就是来买的吗，怎么能说绝对？他笑着说，实不相瞒，我开书店这么多年，还是头一次遇到来买《新潮》的！

　　纯文学哟，在日本也这么惨吗？这样不招人待见吗？

　　打电话问热海市图书馆，他们说有，但只订了一份，新刊当月不外借，只能在馆内阅读。那天我去还书，顺便走进了四楼阅览室，远远就看到那本《新潮》孤零零地站立在书架的最顶端，无人问津。我拿下杂志，坐在靠窗的书桌前翻阅。杂志很新，看样子没人动过，我可能是第一个读者。

　　在安静的阅览室里，用了半天时间，读完了井上靖的《中国行军日记》。

日记写在《每日新闻社》记者用的笔记本上，详细记录了昭和12（1937）年8月25日至昭和13（1938）年3月7日的从军生活、沿途见闻、所思所想，其中还有抄录的抗日标语，如华北乃华北人之华北、华北人之华北万岁等等。

井上靖应征入伍时，30岁，在《每日新闻》大阪总社学艺部《每日周刊》编辑部工作，当时已经发表一些小说、诗歌，是小有名气的青年作家。他加入名古屋野炮部队，乘船到朝鲜釜山，之后到中国华北，辗转于丰台、保定、良乡、长辛店、涿县、石家庄、徐水等地，因患严重的脚气等多种疾病，不能正常行军，离队到天津住院治疗，最后回国治疗并退伍。看他的日记，他似乎在负责辎重的后勤部门，没有参加过与中国抗日军民面对面的厮杀。

日记中，未见对侵略战争的狂热赞颂，也没有对战争的批判反省，但厌战之情却处处可见。他水土不服，不断拉肚子，发烧、便血，脚上长满了水泡，痒得要命。病痛中，他思念家乡，牵挂父母妻儿朋友，只能用信，倾诉内心的彷徨。他在1937年10月19日的日记中写道：神啊，让我尽快回去吧。23日写道：人成了消耗品，战争极为悲惨！24日写道：丰台以后的生活，完全是地狱。这种地狱般的生活不知何时是尽头？10月30日写道：掠夺的物品堆积如山，难道这些东西都想带回内地吗……

这段军队生活，在井上靖的作品中反映不多。最早的一篇是

1949年4月，用笔名井上承也发表的小说《一个士兵之死》，讲述为脚气苦恼的小杉一等兵，送走部队后，独自在雪中走到元氏车站，企图逃跑，又想自杀的故事。井上靖掉队后，曾独自在元氏车站等火车。很明显，这篇小说，是他根据这段体验写的。

井上靖最后的短篇小说《生》，是他作品中难得一见的纯文学作品。他患食道癌后，到奈良办事，路上累了，坐在草地上休息。当他想站起来时，却两腿摇晃，站不起来。幻觉中，他被隐藏在草丛中的古代士兵抱住了。他怒喝放开，甩开士兵的手，向前走去，同时获得了活下去的自信。除小说外，他的散文诗《戎衣》《分别》《落日》《茶花》《远去的昭和》等，也写了从军时的生活。

日本著名作家野间宏是井上终生挚友，他回忆说，战争期间，曾多次与井上见面，从未听井上对那场战争说过一句肯定的话。野间宏因思想左倾，被逮捕关进陆军监狱，出狱后，被监视管制。1944年结婚时，亲戚朋友都怕受牵连，不敢来参加婚礼。野间去找井上，他二话没说马上答应，并且在婚礼上代表亲友讲话。

在"文革"中，他风闻老舍先生含冤溺水身亡，心中悲愤，于1970年12月，写了怀念文章《壶》。井上靖先生写这篇文章时，正是中国的"文革"如火如荼时期，身为友好人士，不能不有所顾忌。他写完后，曾对日中文交的白土吾夫说，这篇文章发表，很可能引起四人帮的反感，厌恶，这样我就再也不能去中国了。如里不发表，无法寄托我的哀思，我还算什么作家呢？即使我将来去不了中国，我也要发表这篇文章。井上先生不仅发表了这篇文章，还收入文集《桃李记》中，广泛流传。其侠肝义胆，由此也可见一斑。

有一位编辑回忆说，井上先生是大家，但从不摆架子，平易近人。报纸杂志得到他一篇文章不容易，都是派编辑到家里坐等。这个年轻编辑常到一些著名作家家里去取稿，一般都是坐在玄关等待，夏天闷热如煮，冬天寒冷难耐，苦不堪言，视为畏途。但到井上家取稿，都被让进客厅，有茶点招待，先生写好了，从书房出来，交给他带走，苦役变成了美差。

先生为人豪爽，讲义气，重友情，德高望重，深受敬重，生前曾任日中文化交流协会会长，日本笔会会长，日本文艺家协会理事长等多种社会职务。如今在日本各地，有井上靖文学馆、文学碑二十余处，不时举办井上靖手稿展览会、作品朗诵会、专题研讨会。井上文学的深沉、细腻、悲天悯人、娓娓动人的风格，依然吸引着广大读者。

先生对中国历史情有独钟，写了《异域人》《苍狼》《楼兰》《敦煌》《洪水》《杨贵妃》《孔子》等历史小说，《西域之旅》《西域物语》等随笔游记诗歌，年逾古稀，还与NHK采访组多次到敦煌、酒泉、武威等地采访，掀起了世界性的丝绸之路热潮，作家、学者、旅游者纷至沓来，使丝路研究成为显学，丝路之旅成为黄金线路。

　　他的长篇历史小说《天平之甍》，讴歌鉴真大师为弘扬佛法、传播华夏文化而百折不回的崇高精神，使中国几乎无人知道的鉴真大师家喻户晓，成为一种精神的象征。诚如赵朴初先生所说，给鉴真和尚光辉的不是中国人，而是井上靖先生，我们应该感谢井上靖先生。

　　他不仅用手中的笔，挖掘中国历史、文化，而且身体力行，克服重重困难，作为民间的友好使者，来中国访问。他第一次来中国，是1957年，此后30年，几乎年年来访，总计来访27次。他率领来访的日本作家、戏剧家、艺术家、学者，大概有几百人次。同时，中国作家到日本访问时，他也亲自主持宴请、座谈、讲演会，热情款待。他的家，也成为文化交流的场所，我就曾随巴金、张光年、严文井、蒋子龙等作家多次到他家拜访做客。

　　他不仅发现了鉴真，讴歌赞美鉴真的精神，而且继承发扬了鉴真的精神思想，为日中文化交流事业做出了巨大贡献，从这个意义来说，称之为当代"鉴真"，当不为过。

奇　缘

人生中的巧遇，有时比小说家的想象还神奇。

那是2005年夏天，中国作协邀请日本研究、翻译中国当代文学的著名学者教授来华访问。团中有位庆应大学教授，姓关根，名谦，是日本中国学会会员，著作有《中国教科书中的日本和日本人》《自然与文学——从环境论的视角》，译作有梅志的回忆录《回忆胡风》、阿垅的小说《南京血祭》、史铁生的小说《边缘》、格非的小说《相遇》、《打秋千》等等。

他个子不高，爱穿一件短袖唐装，讲话慢条斯理，温文尔雅，和颜悦色，天生是个当老师的料儿。他汉语流畅，表达思想，彰善瘅恶，描述场面，臧否人物，都很准确。一个外国人，能学到这个份儿上，着实不易。我与他聊天时发觉，他说话时，隐约有一点大连口音。我在大连读过书，对此特别敏感，只是刚见面，不熟，没好意思问。

有一天，他突然问我，你认识大连外语学院的徐院长吗？我随口说，认识，他是我的学长，高我一年。说完，我感到奇怪，他怎么认识我的同学呀？他看我满脸狐疑，慢悠悠地说，读了你送我的《关东杂煮》，知道你是在大连学的日语。噢，原来如此。他所说的《关东杂煮》，是我新出的一本散文集，主要是历年到日本访问时写的随笔杂记，但也有几篇如《海滩上的脚印》、《相见时难别亦难》等回忆母校、农场、同学的文章。没想到，他很快就看了，而且看得很仔细。

他下面的话，更使我吃惊："那时，我的父母，就在你读书的那所学校教书，而我，在大连八中上初三。"

"那…你……""我是关根庄一的长子。"

怎么这么巧？我瞠目结舌，一时竟说不出话来。

20世纪60年代，中央有关领导预见到中日关系将发生重大变化，未雨绸缪，在大连创办了一所专门培养日语翻译的学校，以应急需。办学需要大批日语教员，一是在东北三省普考，选拔了一批中国教师，二是与日本有关组织协商，招聘一批外教。学校重视口语训练，强调听说领先，强化语音语调的模仿，所用教材，也全部自己编写。就这样，一座专修日语的学校，在大连南山脚下，拔地而起。据说，中央原本计划在数年内，培养出三千名日语翻译，充实外事单位，所以每个年级二十几个班、五、六百名学生。每天早晨，校门口熙熙攘攘，人流如潮，车水马龙，热气腾腾。一个刚建设几天、名不见经传的外语学校，有这么多学生，这么多老师，这么多外教，这么多电化教学设备，在全国高校中，可能是独一无二的。建校之快，规模之大，投入之巨，显示出泱泱大国政治家的雄才大略、远见卓识和雷厉风行、大刀阔斧的风采。

当时的日本老师，有刚毕业的大学生，也有拖儿带女的中年，还有功成名就的文化人。那时中日间还没有恢复外交关系，他们辞去国内的工作，放弃安逸的生活，冒着政治风险，毅然决然来到中国，一切从零开始，这需要多大的勇气和决心啊！倘若没有坚定的信念，崇高的理想，是无法做出这种抉择的。

关根庄一老师夫妇，是第一批来中国的教员。先生编写教材，但也授课，琉璃老师教口语，虽然他们没有直接教过我，但我认识他们，至今仍记得他们的样子：庄一老师瘦瘦的，戴黑框眼镜，一派学者风度；琉璃老师胖乎乎的，穿一套深色套裙，和蔼可亲。可惜好景不长，1966年下半年，中国开始文化大革命，学校乱成一锅粥，日本老师无书可教，全部回国，从此音信杳然。

那时，我18岁，关根谦14岁，虽同在大连读书，但彼此并不认识。40年后，我们都已步入中年，在上海邂逅。更有趣的是，他学中文，翻译研究教授中国文学。我学日语，研究翻译日本当代文学，主持中日作家交流。他年年来中国，我也年年去日本。他有许多中国作家朋友，我也有许多日本作家知己。我们都在为同一件事奔忙：在中日之间架起文学交流的桥梁。不知是命运，还是缘分，使我们意外相遇，但我们却像久别重逢而又志同道合的兄弟，沉浸在惊奇、兴奋、激动、回忆中……

他告诉我，当年的老师们，从红色中国回到日本，重新就业，非常困难。关根庄一老师来中国前，在福冈县当高中国文教员，回国后，先在某机关报任职，担任某一部门的负责人，后来专门研究教育，成为教育评论家。中国改革开放后，关根庄一老师1991年第二次来华，到西安外语学院教书，前几年病故。琉璃老师原在医院工作，回国后重操旧业，直到退休。如今，他继承父亲的遗志，不但在日本教授中文，还不时来中国讲学、交流。更可喜的是，他的大女儿，受父亲和祖父的影响，也学中文，专攻中国现代文学，曾到中国深圳工作，目前正在日本攻读博士，将来也想从事日中文化交流工作。

我万万没有想到，在中国短短的两年生活，会对关根老师的人生、家庭、子孙产生如此深远的影响！使一家三代，与中国结下了不解之缘。这种超越国境民族，世代相传的友情，弥足珍贵，令人感动。

我问他，你选择中文，是否与在大连的生活有关？他点了点头说，1966年秋，我与父母一起回到了日本，先是半工半读上夜校，但不久，打工的那家公司倒闭了，没有办法，我又上高中读了两年，后考入庆应大学。因为英、法、德文不行，只会点中文，就选了中国文学。在庆应大学读完研究生后，到琦玉县教书，当了十年中学教员。日本的教师，属公务员，有稳定收入，有寒暑假，应该说是不错的职业。但在教书时，特别是教夜校那几年，学生厌学，教起来很费力。这时候，我对工作、甚至对人生都产生了疑问：教和学，本来是相辅相成的，只是一方苦口婆心，呕心沥血，有什么用？我生命的价值何在？想来想去，没想出个头绪，索性辞职不干了。当时日中关系已经发生了很大变化，两国来往的人很多，我在中国生活过，对中国有感情，也想去看看。正好庆应大学的老师问我愿不愿去中国教书，我当然求之不得，于是在1988年至1990年，到西安外语学院教日语。

他说，中国的学生，与日本的学生不太一样，他们勤奋、刻苦、努力、朴实，我与他们关系很融洽。当时我的月薪相当高，就请他们去吃羊肉泡馍、看电影。有一次我请全班同学看电影《黑太阳——731细菌部队》，回来讨论。大家很激动，发言踊跃。有的学生说，日本兵太凶残了，简直是禽兽。有的说，用活人做实验，惨绝人寰。有的说，看完电影，再也不想学日语了……我对大家说，日本侵略中国时，我还没有出生，但我身为日本人，有责任和义务了解正视历史，思考为什么会有这场战争，发动战争的罪魁祸首是谁，真正受害牺牲的是谁？怎样才能阻止战争？我认为，这是当时的日本统治者和日本的社会制度造成的罪孽。只有对那场战争的责任有一个清醒的认识，才会有两国人民真正的友好。

他说，随着中国经济的飞速发展，世界出现了中文热，日本也不例外，学中文的人很多，大约有百分之四十的大学生选中文为第二外国语。过去，只有左翼人士才看中国的文学作品，现在情况发生了很大变化，大学生也看，他们想通过文学，了解中国社会，中国人的生活，中国人的心情。20世纪80年代，中国文学反映社会生活有力度。90年代以后，中国文学多元化，异彩纷呈，但也有脱离社会，脱离生活，绝对个人化的倾向。几年前，我去英国牛津大学讲学，明显感到在全球化的今天，无论伦敦、东京、还是北京，文学的国家性越来越淡，人们的价值观越来越接近，个性和欲望愈发明显强烈。有人对文学的前途悲观，但我认为语言艺术的魅力是不可替代的，永远也不会消失。

临别前，他送我一本译作《南京血祭》（日译名为《南京恸哭》）。书的封面是暗黄色，上下是两道黑色的铁丝网，中间散落着殷红的血滴。他说在研究胡风时，发现了这本书。作者阿垅，本名陈守梅，1907年生于杭州，小说家、文艺理论家，胡风七月诗派的著名诗人，作品有诗集《无弦琴》、报告文学集《第一击》、诗论《人与诗》、《诗与现实》等数百万字。他为了抗日，投笔从戎，考入中央陆军军官学校，毕业后任陆军少尉，参加"八·一三"淞沪会战，负伤后离队治疗。1939年，他投奔延安抗日军政大学，但在演习中眼睛受伤，导致旧伤复发。在西安治病时，他忍着伤痛，以诗人的激情和军人的敏锐，于1939年10月，即南京沦陷一年零十个月后，写出了纪实小说《南京》。小说手稿荣获"中华全国文艺界抗敌协会"长篇小说一等奖，但因为揭露了国民党军事当局在南京保卫战中的战略失误，未能出版。1955年，阿垅因胡风冤案被捕判刑，1976年病死狱中。平反昭雪后，人们从退还的查抄物品中，发现了这部手稿，经人民文学出版社整理，更名为《南京血祭》，于1987年出版。小说描写了南京失陷全过程和南京大屠杀，同时也讴歌了下级军官和士兵同仇敌忾，用生命和鲜血捍卫民族尊严，与日寇血战到底的无畏精神。

说句老实话，在此之前，我没读过阿垅的作品。是关根谦，使我认识了一位在民族危亡时，用鲜血和笔与日本侵略者英勇搏杀的中国作家。我也佩服关根的良知和勇气，在某些别有用心的人竭力否认南京大屠杀，不断参拜靖国神社，修改教科书，篡改历史的时候，他毅然翻译出版这本书，告诉人们历史的真相，以正视听。我说，你译这本书，不怕遇到麻烦？他说，历史就是历史，决不许文过饰非任意涂改。

2008年秋天，我应日本文化厅邀请，赴日采写《巴金日本留学记》，遇见了日本战后派代表作家野间宏先生的遗孀——光子夫人，交谈中突然萌生了申请日本国际交流基金研究野间宏的想法，但按照有关规定，必须有指导教授，于是我请关根谦帮忙。他开玩笑说，滥竽充数可以，但我指导不了你，只能挂个名。我说，把野间宏的小说《阴暗的图画》、《脸上的红月亮》、《真空地带》与阿垅的《南京血祭》等中国抗日小说进行比较分析，从侵略者、被侵略者，加害者、被害者的双重角度研究战争对人性的摧残，值得下番功夫。

每年申请日本国际交流基金的学者很多，我又是第二次申请（第一次是1996年赴日一年，在著名评论家秋山骏教授指导下，进行《中日纯文学之比较研究》），而且研究的课题比较冷僻，所以觉得可能性不大。回国前的一天晚上，我与妻子在西荻洼散步，过了一座小桥，听桥下流水潺潺，驻足观看，无意中发现，这座小桥名为关根桥，不由得一惊，我对妻子说，关根助我也，此乃天意。

果然不出所料，我的研究计划，顺利通过。到日本后，关根谦在庆应大学文学部教授会上，推荐我为访问教授，并请校长发了聘书，还为我办理了借书证、研究室。他是文学部的副部长，教学、行政事务缠身，但为使我的研究能够顺利进行，精心安排，可以说，我想到的，他为我做了，我没想到的，他也为我做了，就像一个热心的小弟弟，细致周到，体贴入微。

研究课题完成后，我去看望琉璃老师，顺便参观了庆应大学日吉分校。庆应是日本著名私立大学，本部在东京三田，这里虽是分校，但校园开阔清洁，建筑典雅庄重，教室宽敞明亮，电子教学设备一应俱全。关根说，建校150周年时，天皇亲自来祝贺，这在日本是很少见的。关根的研究室大约有三四十平米，门口那张绣着憨态可掬的熊猫的挂毯，特别醒目，靠墙的两侧是高高的书架，可能有近万册中日文图书，像个小型图书馆。我送他的几本书，摆在他办公桌前面的书架上。他说教学和文学部的行政工作占了他大部分时间，研究和写作只能靠节假日。他还特意找出庄一老师写的《育儿变奏曲》《教师的基本常识》《十岁孩子的家庭教育》等著作，他说父亲回国后，致力于教育研究，写了三十多本书，你如果需要，我找齐给你寄去。

　　关根家在新横滨，是一栋独立的二层小楼。他妻子性格爽朗，举止端庄，待人热情，在医院工作，尚未退休，为了欢迎我们，特意做了一大桌子菜。他们有四个儿女，都已独立。琉璃老师今年88岁，头发稀疏雪白，腰也弯了，但耳聪目明，头脑清晰，只是吞咽困难，一顿饭要吃很长时间。她特意找出20世纪60年代在中国拍的照片，告诉我这是谁，在那儿拍的。她还记得一些中国话，如你好、好吃、谢谢。说完，自己先不好意思地笑了。

　　我说，几年前，我到日本长野县上田市访问时，找到了我的启蒙老师山越荣先生，三十多年没见，她居然一眼就认出了我。老师记得最牢的学生，大概不是最好的，就是最糟的，我肯定是后者，因为她知道我不愿学日语，想当作家。琉璃老师笑着说，不会，不会，你没当过老师，不懂老师的心情。老师看到学生有抱负有成就，不仅高兴，而且还会感到自豪和骄傲。

　　我说："中国有句古话，一日为师，终身为父。没有老师从五十音图开始教我们日语，就没有我们的今天，所以我一定要当着您的面，说一声谢谢。另外，我特意从中国给您带来一个景泰蓝花瓶，意思是祝您平平安安，健康长寿。您今年88岁大寿，中国称米寿，我祝愿您跨越白寿（99岁），进入茶寿（108岁）。"说完，我站起来，像小学生一样，并拢双腿，两手垂直，恭恭敬敬地向老师鞠躬行礼。

　　琉璃老师的眼圈红了，她紧紧握着我的手，眼里闪着泪光。

胡风与庆应大学

余生也晚，在胡风"出事"时，还是个孩子，依稀记得大人们说，他是反革命集团的头子，罪恶滔天的大坏蛋。至于怎么坏，如何反革命，不得而知。但那毕竟是发生在"天子脚下"的事，与咱们老百姓居家过日子没有什么关系，街头巷尾议论一番之后，雨过地皮干，人们依旧为柴米油盐奔忙。

我没读过胡风的书，也不知胡风的文艺思想为何物？且以为他早已不在人世。直到作协工作之后，才听说所谓"胡风反革命集团"，是冤假错案，已经平反，胡风还在，但已成废人。胡风复出后，曾任中国作协顾问。在几次会议上，我远远见过他，但没说过话。他衣着整洁，坐姿端正，目光呆滞，神情忧郁，一言不发。看到这位被冤案绞杀得奄奄一息的老人，心里真不是滋味……

我的朋友关根谦，是庆应大学教授，研究胡风，有论文《胡风事件三十五年及有关人员的现在》、《阿垅的'南京'及其问题》，翻译了梅志的《往事如烟》等作品。我问他，为什么对胡风感兴趣？他说："胡风曾在庆应大学读书，是老校友、老前辈，他的坎坷命运，引起了我的关心和注意。"

1929年9月，胡风到日本留学。他一边在东京神田东亚日语学校学习，一边教授中文，同时还翻译了苏联的科幻小说《洋鬼》，在上海出版。1930年，他认识了日本无产阶级作家江口涣、小林多喜二，接触马列主义文艺理论。1931年，他考入庆应大学英文科，在畑教授的帮助下，成为半官费留学生，同时参加了日本无产阶级联盟领导的无产阶级科学研究所的艺术研究会、日本反战同盟、日共机关报《赤旗报》读者俱乐部、中国左翼作家联盟东京支部、日本共产党等组织，在杂志《无产阶级文化》发表介绍中国左联的文章，认识了亡命日本的郭沫若，与聂绀弩夫妇等成立了《新兴文化研究会》，发行机关刊物。

1932年冬天，日本反战同盟召开远东反战会议，邀请中国代表参加，胡风回到上海，向《中国文化界左翼总同盟》（文总）报告远东反战会议及《新兴文化研究会》情况，认识了冯雪峰、丁玲、周扬。1933年，小林多喜二被虐杀，他以文总的名义发抗议电。他的革命活动，引起了日本当局的注意，同年3月，警方以组织《新兴文化研究会》、开展抗日宣传为名，将他逮捕拷问，关押3个月后，与聂绀弩、周颖等人一起被驱逐出境。六月，由周扬介绍认识鲁迅。八月，任左联宣传部长，继茅盾之后，任左联书记。

胡风留日4年，广泛涉猎了无产阶级文艺理论，与日本革命作家密切交往，投身于左翼文化活动，对他的思想和人生，都产生了深远影响。

　　胡风关在秦城监狱时，妻子梅志曾去探望三次。在胡风给梅志的信中，附有索要书目：日文版《马克思、恩格斯选集》，河上肇译日文版《资本论第一卷》，森鸥外译《浮士德》，日文版《普希金全集》《美学》《精神现象学》，辞典《广辞林》《日汉辞典》《日英小辞典》《外来语辞典》……

　　他在信中说："森鸥外译的《浮士德》、森太郎译的《浮士德》，是同一种书的不同版本，译者也是同一人。两种都很小，前者是岩波书店文库本，后者是硬皮，那个都行，但最好是后者。岩波文库的书很多，不太好找，找译者名森鸥外，比较容找到。"

　　从信中看出，胡风的日文藏书很丰富，而且他对书名、出版社、作者译者的名字都记得很清楚，可见认真读过。胡风回国后，再没有机会去日本庆应大学，与当年的同学、老师见面。只有这些带给他思想、理论、信念的书，在凄苦绝望孤独寂寞的牢狱中，与他相依为命，给他些许温暖、慰藉。

徐博士与北京铁锅

日本人的菜锅，都是平底，很浅，一不小心，菜和油就会溅出来，妻子用着不顺手，想买个类似北京用的深底铁锅，但去了许多商店，都没有。一打听，原来日本人不会炒菜，根本不用这种锅。

一次与徐前电话聊天，说了买锅的事，她说好像在什么地方见过，但记不清了，有空儿去找找，说不定能踅摸到。我开玩笑说，你还是拉倒吧，一个堂堂文学博士，满东京为我找锅，这不是小题大做，浪费人才吗？她也笑着说，我本来就是主妇博士、做饭博士。大约过了一个星期，收到她从东京寄来的快件，里面有日本产的北京铁锅（实际上是大马勺），还有锅盖、擦锅灶油污的专用纸等日用杂物。徐前是个热心人，慷慨大方，我每次来日本，不管是生活、工作、采访，都经常麻烦她。

徐前、黄华珍夫妇，是我以前的同事、文友，算起来，已经相识三十多年了。

1970年，我从"接受再教育"的农场，分配到中国国际书店亚洲处日本科时，黄华珍已经在日本科工作好几年了。他细高个，头发自然卷，衣着整洁，文质彬彬，话语不多，印尼文和英文都不错。"文革"后期，人们对无休无止的斗来斗去逐渐厌倦，下班后，许多年轻人无所事事，用打牌下棋消磨时间。但在吵吵嚷嚷的人群中，见不到小黄，他喜欢读书，总是在办公室或宿舍，捧着一本书，沉潜其中，读得津津有味。

徐前大约比我晚来一两年。她是北京知青，到东北插队，表现突出，被推荐到外语学院学日语，毕业后分配到日本科。她腼腆，不爱说话，开会也不吱声，躲在人后，悄悄地坐着，领导点名叫她发言，她话没出口，脸就红了。机关经常办黑板报、壁报，她的文章通达且有文采，在年轻人中，小有"文名"。我们交谈不多，只记得她讲她八十多岁的老祖母，上树打枣的故事，笑得我们前仰后合。

日本科最兴盛时，有二十来个人，大都是学日语的，从北大毕业的有四个，从北外、二外、上外、大外、外文局外训班、北京外语学校毕业的有七个，在东北伪满洲国时学过日语的有两个，日本归侨两个，嫁给中国人的日本妇女一个，印尼归侨三个，还有一个从北京语言学院世界语专业毕业的人，不知为什么，也在日本科，真可谓兵强马壮，人才济济。科里年轻人占一半还多，喜欢起哄吹牛开玩笑，很热闹。

那时有机关干部自带干粮、下乡义务劳动的制度，美其名曰向贫下中农学习。当时，大家都二十多岁，血气方刚，争强好胜。记得有一次到郊区割麦子，人人"铆"足了劲，想比试一番，争个高低。我在农场劳动两年，割过稻子，虽说不上手疾眼快，但大概弄个中上游没有问题。谁想到，比赛一开始，徐前就一马当先，没多大工夫，就把我们这些大老爷们儿甩下了几十米。我们不服气，不断磨刀，像狼一样嚎叫着追赶，汗如雨下。还有个傻哥们，手忙脚乱，把脚砍出了血。快到晌午时，天气越发闷热，大家看根本不可能追上，都泄了气，说还是学宋江降了吧，躺在麦梱上抽烟休息，同时顺便给她起了个外号"飞刀徐"。但这个外号只在内部流行，没有公开，因为它使我们想起麦田中耻辱的惨败，丢人。

后来我到外语学院进修，不久又调到中国作协工作，与日本科的同事们来往就少了。那时小黄已经提拔为日本科副科长，与徐前结婚，我们住在同一栋筒子楼里，偶尔还能碰见。我开始翻译日本文学作品时，想起了文笔好的徐前，于是合作翻译了黑柳彻子的《窗边的阿彻》、《从中学生到女演员》（原名为彻子频道），爱新觉罗·浩的《流浪王妃》，爱新觉罗·显琦《清朝王女的一生》等，我主编立松和平文集时，请她和黄华珍译了长篇小说《雷神鸟》。

徐前手快，但却是慢性子，只要火没上房，她是不着急的。有时，马上就到交稿日期了，她负责的部分还没有弄完，我就吓唬她：到时候交不了，这本书能不能出版，就难说了！她一听有前功尽弃的危险，能三天三夜闷在屋子里，靠吃牛肉干喝开水，把稿子弄得干干净净交上来。与她合作中，我摸到了门道：她身体好，能吃苦，手快，认真，到了交稿期，不用着急，只要"连蒙带虎加威胁"，肯定齐活，她有这个本事。

她和黄华珍到日本留学，相继取得了二松学舍大学文学博士学位，我是很久以后才听说的。我问过黄华珍，你二十刚出头就当了科长，本来可以按着升官图一步一步往上爬，前途无量，怎么突然想起留学来了？他说："就是想学点本事。原来想到日本学国际贸易，两年就回去，但老师看我坐得住，爱读书，认定我是做学问的料，建议我学书志学（涵盖文献、版本和目录等学科）。这门学问虽然枯燥，但却是百学之基础，我很感兴趣，就这样留了下来，梳理古文献，考察中国思想史，一直念完博士。"搞书志学，研究图书在制作过程中形态特征和流传过程中的递变演化，考辨真伪优劣，勘误纠谬，避免谬种流传，贻误后学，需要丰富的古文、古籍的修养，他是靠刻苦自学才钻进去的。如今，他一边在岐阜圣德学园大学当教授，一边从事书志学研究，出版了十余本学术专著，同时还担任日中人文社会科学学会会长，编辑出版会报、会刊，参加举办国际学术讨论会，很活跃。

徐前在大学教书，兼搞翻译，不仅出版了夏目漱石研究专著，还编译出版了许多研修教材。二十多年来，他们在异国他乡艰苦奋斗，完成学业，养育子女，赡养老人，确实不易。前几年，他们买了新房，住得挺宽敞。我到她家去过几次，觉得比日本一般的中产阶层，日子过得还好。徐前的厨艺，也大有长进，红烧大虾、红烧肘子、香辣蟹、烤鱼，色香味俱佳。

他们海外拼搏多年，但依然是中国心，家里订着《人民日报·海外版》，每次见面，有关中国的情况，是谈不完的话题。听说他们在北京买了房子，计划落叶归根，退休后回国度晚年。

他们对故国家园的拳拳之心，殷殷之情，令人感动。

好人刘K

　　前几天，徐前与刘K的爱人李惠春大姐，结伴从东京来热海看我，聊天时，我说，我这里宽敞，地方大，刘K在就好了，他能把在东京的朋友都招来，开个酒会，好好热闹一下。

　　刘K是我在中国国际书店亚洲处日本科工作时的老同事，病故好几年了，如今安睡在北京西郊的苍松翠柏中，但老同事见面，总会想起他，怀念他。

　　其实，我离开日本科已经三十多年了，当年的同事，早已风流云散，店名也改为中国国际图书贸易集团有限公司，但我们这些人，还是习惯叫它老名，觉得顺口，亲切。那时的人，真诚，厚道，有空儿聚在一起聊聊天，说些陈年旧事，笑得肚子疼。时间，像一个无形的大筛子，把那些疙疙瘩瘩的东西都过滤掉了，剩下的都是美好、温馨、愉快。

　　刘K在世时，他是集会的天然召集者、主持人、东道主。他人缘好，一个电话，大家就都来了。他的本名叫刘璥，但璥的日语发音为K，日本科都叫他刘K，叫来叫去，这个中日结合的名字就叫开了，不管领导还是同事，年轻的还是年老的，中国人外国人，都叫他刘K，他的本名反而被忘记了。

刘K是个热心肠，不管谁家有事，只要找到他，他都会全力以赴，尽心尽力。比如家里老人或小孩病了，想找个好医院好大夫瞧瞧，但没有门路，挂不上号，跟他一说，准能叫你看上病。他手眼通天，神通广大，什么人都认识。有一次，一个同事的老人在家里病故，兄弟姐妹都在外地，一时回不来，天气热，放在家里非臭了不可，找了几家医院，人家都说太平间没空位置，不收，急得她直哭。她本来与刘K不熟，通过拐弯抹角的关系，找到刘家，全家正在吃饭。刘K一听，事不宜迟，马上放下碗筷，到办公室打电话找朋友（当时普通家庭没有电话，只有高干家才有），很快就把遗体送进了太平间。连一些日本朋友得了疑难杂症，想瞧中医吃中药，也找他，他求医问药，接来送往，安排食宿，鞍前马后，不厌其烦。

20世纪七八十年代，我与刘K参加过几届广州交易会。到了广州，会内会外，大事小情，都由他出面联系。全国各地，来了那么多单位，那么多人，吃住行都很难解决，但他却如鱼得水，左右逢源，一切安排得井井有条。当时物资匮乏，生活清苦，出差时，常有同事委托采购。每次从广州回来时，都要带几竹筐皮凉鞋、椰子糖、香蕉、荔枝，全是刘K根据同事们的登记，采购的热门货。那时书店的干部、工人，有好几百号，再加上他们的亲戚朋友，难计其数，谁不想买式样新、价格便宜的广州货？这下可好了，刘K成了运输大队长。他与列车员、售货员成了好朋友，在北京——广州之间，有了一条运输线，为广州朋友买京货，为北京朋友买广货。不要以为他是倒爷，他可是分文不取，只尽义务甚至倒贴钱搭人情的活雷锋。

他心灵手巧，常做些精美的钥匙链等小玩意儿把玩或送人。他多次为周总理当翻译，敬重总理的高风亮节，总理逝世后，他用有机玻璃做总理像，寄托哀思。他做的总理像，精美绝伦，人见人爱，都向他要，他也就一发不可收拾，买材料，细细打磨，放进照片，再黏合在一起，不知花了多少钱，费了多少时间。

刘K喜欢理工，高考时，报考的是北大无线电系，但学校说外语系缺人，分配他去学日语，他二话没说，就去报到。那时的大学生，服从组织分配，是自觉的行动，没听说有讲价钱谈条件，不服从的。他的日语，尤其是口语极好，是京城名译之一，为许多国家领导人当过翻译。但他心里还是喜欢理工，特别爱琢磨电器，一见到电脑、照相机、录像机、录音机、音响的新产品，他就抓耳挠腮，迈不动步。他家的录像带、录音带、光盘堆积如山，光录像机，就有十几台，大的得人扛，小的可握在手里，只要手里有钱，全干这个。他常驻日本时，有一次，又弄回来一台，爱不释手，摆弄个没完。夫人李惠春问，这个又多少钱？他怕老伴心疼，说一万日元。李惠春说，这还行，便宜。过后女儿悄悄告诉她，那儿是一万呐，小二十万呢。幸好儿女们都已自立，他管好自己个儿就行了。

刘K的祖父，在民国初年军阀混战时，为一方诸侯，当过督军、节度使。其父当过镇守一方的将军。刘K幼年时，随父亲走南闯北，去过不少地方，也养成了他爱交朋友、乐于助人、热情开朗的性格。

过去，他家有许多书画古董陶瓷器，仅名家画的扇子，就有一大捆。他参加工作后，工资很低，上有老下有小，生活拮据，一旦有病有灾，就难以为继，只好靠卖画卖古董维持生计。他说那时很便宜，一把扇子，才一两块钱，一张齐白石的画，也就十几块钱。他家的家具，都是红木的，但那个时代，红木家具不值钱，又笨又重，白送人家都不愿意要。几次搬家，因为个头太大，没地方摆，送人的送人，卖破烂的卖破烂，都处理了，现在只有一张红木写字台，还在家里。

在"以阶级斗争为纲"的年代，讲究"根红苗壮"。所谓根红，是指出生于革命干部、军人、工人、贫下中农家庭的子女。而出生于"地主、富农、反革命、坏分子、右派"家庭的人，属于根黑、或称可以教育好的子女，他们一般都唯唯诺诺，胆小怕事，谨言慎行，生怕有什么闪失，陷入灭顶之灾。刘K的根，不知算什么颜色，但肯定不是红。他与那个时代大多数知识分子一样，试图在思想改造中自我救赎，脱胎换骨。可他为人处世，光明磊落，堂堂正正，从不趋炎附势、卑躬屈膝，或落井下石，雪上加霜。他脾气火爆，沾火就着。有一次，科长批评他朋友太多，电话不断，影响工作。他怒气冲天，回到办公室，一把扯断电话线说："拿走，别放在我桌子上。有人找我，就说我死了！"他为大家办事，电话多，是实情，领导批评，不能说一点道理也没有。处世圆滑的人，不管是真是假，都会表示虚心接受，今后改正。但他不会虚与委蛇，怎么想就怎么说怎么做。

李惠春说，刘K身体很好，连感冒都很少，他后来得癌症，可能与装修有关。那年北京分了新房，他从日本回来弄了半年。他是个实诚人，把包工头当作朋友，很信任，建材、油漆、家具，全部让包工头代买。装修完工后，味很大，一进屋呛得眼睛疼、流泪，足足开窗通风晾了半年，还是不行。他以为自己实心实意地对待别人，别人也会实心实意地对待自己，但世道变了，那个时代，已经成为历史。

刘K晚年寓居日本，病故后，回国安葬。葬礼那天，亲朋故友，同事同学，从四面八方赶来，告别大厅挤得水泄不通，大约有几百人为他送行。他女儿刘越含着泪对我说，在日本告别时，也来了二百多人，我爸这一辈子，活得值了……

好人刘K，朋友们想念你，至今还常常念叨你，你能听到吗？

想起了潘教授

清晨，我站在阳台上，望着烟波浩渺的相模湾，突然想起了昨天晚上的梦：听潘教授讲课。

那是20世纪70年代初，我在接受"再教育"的农场种了两年地，被分配到北京外文出版局，报到后，又下分到中国国际书店亚洲处日本科。我以前没听说过国际书店，以为是卖书的店铺，心想也不错，今后看书不愁了。但报到后知道，这是一家对外图书贸易公司，没有门市，是面向国际的书店。虽然是贸易公司，但更像政府机关，整天谈的是政治，至于赔钱赚钱，根本没人关心。

当时已经是"文革"后期，虽然由军宣队、工宣队和造反派掌权，但一些领导干部开始陆续解放，进入所谓三结合（军代表和工宣队、造反派、干部）的领导班子。

我住在机关的单身宿舍，每天早晨上班时，经过一片柳树林。只要不刮风下雨，总会在树林中看到一个人在读书。他坐在一个小马扎上，身上背着一个草绿色军用挎包，上面印着红色毛主席语录"为人民服务"。他手里拿着一本厚厚的书，读得津津有味，有人从他身边走过，他也不知道。倘若是正常时期，有人勤奋好学，虽然不无"白专"之嫌，倒也罢了，但现在是革文化之命的非常年代，口号是"知识越多越反动"，知识分子处于风口浪尖，被贬为"臭老九"，排在地（主）、富（农）、反（革命）、坏（分子）、右（派）、叛徒、特务、走资派之后，竟然还有人嗜书如命、孜孜不倦，真是咄咄怪事。

后来同事们告诉我，他姓潘，大家都叫他潘教授。他原来在大学教书，讲哲学，是名副其实的教授。大概是20世纪60年代初，中央从全国各地抽调了一批"立场坚定政治可靠"的干部，充实到外事单位。老潘就是那时候来的，任亚洲处副处长。在那批干部中，大部分人很快就适应了新环境、新工作，完成了角色转换，但他不行，人虽然来了，脑袋还留在哲学世界，与周围的环境，格格不入。

"文革"中，他既是干部，又是货真价实的"臭老九"，自然也就被批倒批臭，靠边站，发配到干校劳动。我去不久，他就被解放了，回到了亚洲处，任领导小组成员。我那时是小字辈，离领导遥远，与他没说过几句话，有关他的逸事趣闻，都是听同事们说的。有人说，他纯粹是个废物，不可救药。有人说，他有学问，是谦谦君子，忠厚长者。但两者对他的工作能力都评价不高。

那时按照工作程序，各科的信函文件，都要经他审阅签发，他定不了的，再送上一级领导审核。但他的办公室，乱得一塌糊涂，送他的文件，常常找不着。他总是急得团团转，拍着脑门说，送给我了吗？我怎么一点印象也没有，能放在哪儿呢？上司、下属多有怨言，说他心不在焉、不务正业，说他文过饰非、巧言令色。后来不知谁出了个主意，每次送文，让他签收，白纸黑字，铁证如山，他无法抵赖。

还有个同事说，我见过糊涂的，但没见他这么糊涂的，算是开了眼。他与老潘去参加广交会，每天陪他坐公交车从住地到会场。有一天，他有事先走一步，叫老潘10点之前赶到，因为有外宾来拜访。可是到了10点，左等不来，右等不来，外宾等到10点半，有别的日程走了。他很着急，往饭店打电话，人家说早走了。他怕老潘出事，准备出门寻找时，老潘满头大汗，气喘吁吁地来了。一问才知道，他上了公共汽车，就捧着书读起来，忘了下车，直到终点。往回坐时，又忘了下车。第三次总算没忘，下来了，但黄花菜都凉了。

也有人说，老潘是个好人，与人为善，从无机心，没有架子，像个和蔼朴实的乡村教师，谁生活、工作上遇到困难，他会尽心尽力帮助解决。对于年轻人，更是循循善诱，苦口婆心，倍加爱护。但他是学者，对商务没有兴趣，虽然屁股坐在行政领导的椅子上，思想依然在学术天地遨游，内心的惶惑和痛苦，可想而知。他常自我解嘲说，别看我丢东忘西，但我看过的书，放在那里，其中第几章第几页讲了什么问题，我伸手就能找到……

"文革"中，政治挂帅，压倒一切，每周有三个下午政治学习，雷打不动。学习时，先读中央文件或两报（人民日报、解放军报）一刊（红旗杂志）社论，之后讨论，发表心得感想。现在回想起来，那时我等贴着地皮的草根族，几乎个个都像胸怀大略、雄视古今、运筹帷幄的政治领袖，开口闭口全是天下大势、阶级斗争、反修防修、世界革命……而且一本正经、义正词严、不着边际、大话、空话、假话、废话、满天飞。倘若有一份当年完整的会议记录，今天再看一看，不笑死几口子才怪。

天天豪言壮语，会会夸夸其谈，车轱辘话来回说，时间长了，自己都腻歪，未免冷场。这时，大家都盯着老潘，希望他救场、发言。这时老潘笑一笑，舔舔嘴唇，开讲。他的开场白是：不揣冒昧，谈谈感想，不一定对，仅供参考，欢迎商榷批判。他常常就一个概念，一个单词，一种思潮，展开问题，进行论证。他口若悬河，旁征博引，井井有条，头头是道。他讲话时，全场鸦雀无声，大家听得入迷。他把枯燥无味、完全是形式主义的学习会，变成了讲授哲学、政治经济学的课堂，引起大家学习科学知识的兴趣。本来大家心里都烦这种假大空的学习会，总是想方设法不去或少去，但自从老潘开讲以后，一到学习时间，大家就搬着椅子去等着了，目的不是听文件，而是听老潘大发宏论。我听他侃侃而谈，心里想，他的满腹经纶，总算在这里找到了喷发口，而这个人人烦的政治学习，却成了他最幸福的时刻，实在可悲。

后来我离开了公司，再没见过老潘，听说他曾要求回大学教书，但不知为什么，费尽周折，但最终还是没有办成，后来他一直郁郁不乐，神经出了毛病，前几年病故了。

我们年轻时，有一个口号：祖国的需要就是我们的理想。根本不考虑个人的兴趣、爱好、特长、家庭、生活，组织分配到那里，就去那里，叫干啥就干啥，绝对服从。这当然是一种很高尚的境界，但问题是，这种单向分配方式有很大盲目性和弊病，造成人才的扭曲和浪费。老潘当教授，肯定是一把好手。让他搞行政工作，虽然他努力想干好，但学非所用，力不从心，事倍功半，简直是活受罪。我想，不管是万金油、狗皮膏药，还是云南白药、牛黄狗宝马宝，总要适得其用才好。

人不能尽其才，物不能尽其用，是巨大的浪费，为政者，可不慎乎？

生鱼片小考

生鱼片很贵，日本人生活节俭，舍不得天天吃。贵客临门，主人热情款待，才会上生鱼片。但初次访问日本的中国人，往往不领这个情。有人不敢下箸，甚至惊诧道：生鱼怎么能吃？有人碍于面子，挟起一片，战战兢兢，狐疑不决，好像吃下去不呜呼哀哉，也得上吐下泻，大病一场。有人不蘸调料就吞了下去，说这有什么吃头儿，啥味也没有。其实，生鱼片极鲜美，窃以为是日本第一美味。

日本在江户时代以前，主要用鲷鱼、鲆鱼、蝶鱼、鲈鱼等做生鱼片，肉多为白色。明治时代以后，金枪鱼、鲣鱼成为上等材料，肉呈红色。现在也有贝类、马肉、鹿肉等，但这不是主流。把鱼切成薄片，配上白萝卜丝、海藻、紫苏叶，蘸着放有山葵末的酱油入口，强烈的刺激上脑入鼻，遍体通泰，再喝上几口清酒，妙不可言。

有中国学者说，生鱼片是从中国传入日本的。我未看到有关翔实的考证论文，不敢妄加议论，但以为这种推测，八九不离十，因为在中国史书典籍中，关于生鱼片（鲙）的记载，多如牛毛，传入日本，极有可能。

有人考证说，我国食鱼生的历史，最早见诸出土青铜器《兮甲盘》铭文，说周宣王五年（公元前823年），周军大胜，犒赏将士，庆功宴上有"脍鲤"。孔老夫子在吃上也是很讲究的：食不厌精，脍不厌细。何为脍？乃鱼生、肉生也。脍也写鲙，可见以鱼为主。中国古代的鲙有两种，一为薄片，一为细丝（古称缕）。

在汉代，生鱼片已经流行。曹植在《七启》赋中，就有制作生鱼片的描写：蝉翼之割，剖纤析微；累如叠縠，离若散雪；轻随风飞，刃不转切。唐宋时代，生鱼片盛行。李白、杜甫、苏轼、陆游、梅尧臣都爱吃生鱼片，有诗为证。李白在《酬中都小吏携斗酒双鱼于逆旅见赠》有句：呼儿拂几霜刃挥，红肌花落白雪霏。杜甫《阌乡姜七少府设脍戏赠长歌》中有句：饔人受鱼鲛人手，洗鱼磨刀鱼眼红。无声细下飞碎雪，有骨已剁觜春葱。苏轼是美食家，诗曰：运肘风生看斫鲙，随刀雪落惊飞缕。陆游在《秋郊有怀四首》中有句：缕飞绿鲫脍，花簇赪鲤鲊。梅尧臣在《设脍示坐客》中有句：萧萧云叶落盘面，粟粟霜卜为缕衣（如霜一样洁白的萝卜丝）。

元代关汉卿在杂剧《望江楼中秋切脍》中，描写谭记儿巧扮卖鱼妇切脍，灌醉杨衙内救夫的故事。明刘伯温在《多能鄙事》中，详细记述了生鱼片制作和食用的过程："鱼不拘大小，以鲜为上。去头尾、肚皮，薄切摊在纸上，晾片时，细切为丝，萝卜细剁，姜丝拌鱼入碟，杂以生菜、芥辣、醋浇。"李时珍在《本草纲目》中，也有鱼脍的记述："凡诸鱼鲜活者薄切，洗净血腥，沃以蒜、姜、薤、醋五味食之。"中国古代吃生鱼片，佐以葱、姜、蒜、芥末、醋、萝卜丝等，目的是去腥、驱寒、解毒。如今日本的生鱼片，下面也要垫上雪白的萝卜丝，这一点，与中国古代完全相同。

现在，生鱼片在中国大陆几乎绝迹，只有南方某些地方还保持这种习惯。很多人认为生鱼片是日本料理，甚至鄙之茹毛饮血，实大谬也。在中国古代，生鱼片是很普通的食品，我们的祖宗就爱吃，而且吃出了诗，吃出了艺术，吃出了文化。只是这风行千年的美食，早已在中国人的餐桌上销声匿迹，估计与生鱼片带有鱼源性寄生虫，易引起华支睾吸虫寄生虫病、颚口线虫病、肺吸虫病、鱼绦虫病等有直接关系。

日本是岛国，周围是海，有取之不尽的海鲜，每年平均一人吃七十多公斤鱼。这种得天独厚的自然条件，使日本人的饮食习惯，与世界各国不同，自成一家。日本料理的最大特点是不用植物油，煮、蒸、烤、生食，一滴油不用，就可以全部做出来。日本的"天夫罗"是油炸食品，但这是从葡萄牙传来的，不是日本固有的。

日本是长寿国，街上大腹便便、肠肥脑满者较少，我想，这可能与传统的食物有关。日本料理强调形式美，讲究食物本味。虽然花团锦簇，五彩缤纷，但吃完总觉得处于不饥不饱的状态，这完全符合中国"进食莫饱"的养生原则，而这，大概正是日本料理的美妙之处。

千奇百怪的日本姓

叫错别人的姓名，是很尴尬失礼的，但对日本人的姓名，外国人头疼，日本人也头疼。

日本人的姓，据说有十几万，五花八门，乱七八糟，千奇百怪，莫名其妙。比如御手洗，本为厕所、洗手间，但偏偏有人就姓这个，你说怪不怪？还有姓什么无音、二十步、鬼头、鸟居、反町、黑铁、降旗、色鬼、犬养、万岁、药袋、我孙子、猪苗代、百目鬼、早乙女、八月一日、十七女十四男等等。

日本人有姓，至今不过百余年。古代日本，贵族有姓，黎民百姓无姓。明治维新后，为了编制户籍，课税征役，人人必须有姓，率而操觚，所以乱得一塌糊涂。

公元四世纪末，日本大和国兴起，统一日本，其政治统治以氏族为基础。以大和国大王为首的掌握中央权力的贵族，与隶属小国国王之间，建立有血缘关系的集团，称之为氏。一个氏，就是一个贵族氏家。后来大王又对隶属朝廷的氏按照亲疏、血缘远近、功劳势力大小分别赐姓，但这个姓并不是真正意义上的姓，只是表示门第、地位、职务的称号，相当于爵位。由于人口繁殖，大的氏有许多分支，他们为自己取"苗字"。所谓苗字，意为嫩芽、分支。如藤原是大氏，住伊势、远江、加贺的藤原氏，分别叫伊藤、远藤、加藤。氏，表示血缘关系。姓，表示地位尊卑。苗字，表示新的分支。比如藤原朝臣九条兼实，藤原是氏，朝臣是姓，九条是分支，兼实是名。日本飞鸟时代的大化革新，废除世袭氏姓贵族称号，氏姓合一。

明治三（1870）年，日本政府决定"凡国民均可起姓"，但应者寥寥。过了五年，即明治八（1875）年，政府颁布《苗字必称令》，规定"凡国民必须起姓"。这是强制性的法令，必须执行。贵族们有姓，延续即可，贩夫走卒、升斗小民们无姓，就得自己想辙，于是举国上下，掀起了起姓的热潮，一下子乱了套，地名、身世、职业、家系、住所、商号、工具、动植物名，胡乱拿来当姓。如以职业为姓者，铁匠姓锻冶，织工姓服部，油店姓味香，渔民姓古井丸。以地名为姓者，如秋田、宇都宫。以家庭地理位置为姓者，如住稻田附近的姓田中、田边；住河边的姓河边、河本、渡边、川上、川下、川端、川崎；住在山边的姓山本、山上、山中、山口、山下。还有数学型的姓，如一户、二人、三春、四松、五色、六卫、七重、八重、九鬼、十秋、十一家、十二神……

据说日本的十大姓为：佐藤、铃木、高桥、伊藤、渡边、田中、斉藤、小林、佐佐木、山本。有些姓，人口很少，甚至是蝎子巴巴独一份，比如，鸠山。日本媒体流传这样一个故事，说日本前首相鸠山由纪夫当年参加日本代表团到北京讨论《日中和平友好条约》，见到周恩来总理时，提了一个颇为私人的问题。他说日本姓鸠山的人不多，他认真调查过，在日本侵华期间，没有姓鸠山的到中国干过坏事。他对京剧《红灯记》中的反派人物鸠山队长提出异议，希望还鸠山家清白。此说不见官方记载，也许是好事者编造的逸闻轶事，但鸠山在日本确实只有一家，别无分店。而鸠山家代代都是政府要人，到前线卖命当炮灰的可能性不大。由此观之，绰号宇宙人的鸠山由纪夫冒傻气，不无可能。

世界各国的姓名，多用来表示血缘关系，但日本的姓，乱成一团，很少有血缘意义，同姓者未必有血缘关系。

看来，想不叫错日本人的姓名，绝非易事，非得下一番苦功不可。

倭人嗜酒

（倭）人性嗜酒。这不是我说的，是陈寿在《三国志·魏书·倭人传》中说的。这话至今已经一千七百多年了，依然正确。日本人不论男女，都能喝两口，滴酒不沾者可能有，但我没见过。是否有基因代代相传，生来就喜酒善饮？不得而知。

东京的酒馆酒吧之多，可能是世界之最。银座、新宿、六本木、池袋等繁华之地，酒吧如林，酒客如云，自不必说，就是不起眼的车站或商业街，也是三步一个酒吧，五步一个酒馆。我曾在杉并区阿佐谷住过一年。那里是居民住宅区，很安静，但也有不少酒馆。我散步时，突发奇想，数一数这一带到底有多少家，但街道如蛛网，纵横交错，数了几次，终于没弄明白。

有些酒吧极小，充其量，只能坐三五个人，看着可怜兮兮的，像苟延残喘。我想，这么个破酒吧，开个什么劲儿呢，坐在这里守株待兔，不如干点别的营生。然而，它却一直半死不活地开着，没有歇菜的迹象，生命力极强。日本是高度发达的商业社会，开酒馆不是学雷锋，做好事，谁也不会干赔本买卖，想必能混碗饭吃，说不定还活得挺滋润，否则早就"不知所终"了。东京有多少酒馆，每天有多少人喝酒，消耗多少酒，赚了多少真金白银？想必是天文数字。在日本泡沫经济中，这是个不小的泡，而且没有破灭。总之，东京酒肆铺天盖地，随处可见，多的地方，数不胜数。在日本，最方便的当数喝酒，不费吹灰之力，就可一醉。

记得看过一条消息，说日本人均酒类消耗量居世界第一。日本酒商们看到这条新闻，一定会很激动，很感动，很有成就感，很自豪，很骄傲。如果没有古往今来代代酒商的殚精竭虑、废寝忘食、孜孜以求，不会有如此辉煌成绩。

日本人喜喝清酒、啤酒、威士忌、绍兴酒。他们喝度数较高的酒时，喜欢加冰块，兑水，细饮慢酌。中国的茅台、五粮液、二锅头，酒精度太高，他们招架不住。

日本作家中，嗜酒者多，海量者少。井上靖先生是佼佼者，喝一瓶茅台，照样谈笑风生。野间宏、中岛健藏、井上光晴、高井有一、秋山骏等，都爱喝两口，但一瓶老酒足矣。立松和平第一次来北京时，陈建功请他喝二锅头，他从此爱上了二锅头，到北京必喝，还热心向朋友推荐，写文章说，你知道它为什么叫二锅头吗？因为喝下去之后，就觉得自己长了两个脑袋。

日本人爱喝酒，但酒桌上的明争暗斗，唇枪舌剑，他们不灵。记得有一次在北海公园"仿膳"招待日本作家，谌容祝酒，连干三杯茅台，日本人全傻了。一个日本小子，不知天高地厚，跟谌容叫板，结果喝高了。下午到颐和园，他红头涨脸，连眼珠子都红了，走路摇摇晃晃，满身酒臭，游人都躲着他。他都那模样了，还想给大家照相，举着相机，还没照呢，人却坐在地上。那时相机都用胶卷，他好不容易拍了一张，却反方向拧胶卷，结果咔嚓一声，把缠胶卷的把手折断。一个很高级的相机，就这样毁了。

我有个朋友，住在茨城县，开建筑公司，家境殷实。他每天晚上都喝得烂醉如泥，不省人事，像条死狗一样被抬回来。他家的后院，有个堆酒瓶子的地方，攒三个月，就能拉一卡车。我说这些酒，你天天洗澡都够了，真不知你是怎么灌到肚子里去的。日本经济不景气，他的公司也黄了，不知他现在干什么，还喝不喝？

每天晚上，日本的酒馆都人声鼎沸。日本男人下班后，不是马上回家，而是先进酒馆，与同事朋友喝几杯。职员公务员们，每周至少有一、两次酒局。他们说，紧张一天，得放松一下，酒馆里既可以谈生意、叙友情、联络感情，也可以发牢骚、骂大街、泄私愤。酒溶化了他们的面具，现出了原形。他们有时还喝梯子酒，走两三家酒馆，喝好拉倒。据说拒绝喝酒邀请，会被认为不合群，长此以往，有丢饭碗的危险。在新宿的纸板房里，也常见蓬头垢面的流浪汉们，席地而坐，自斟自饮，喝得有滋有味。日本朋友说，日本菜，以海鲜为主，酒性太烈，破坏鲜美，啤酒又过淡，味道不足，惟有清酒，才能充分显现日本料理的独特神韵。

日本人好像不太讲究酒德。晚上，在繁华商业街、车站、电车里，常见横躺竖卧的醉汉。人们对醉汉很宽容，虽然绕开走，但脸上似乎没有鄙夷厌恶的表情。有句话说，醉汉是大爷，鬼都让三分。

我滴酒不沾，与喝酒的人吃饭，自然是大煞风景！但也无妨，因为日本人有个好习惯，不让烟，不劝酒，值得仿效。我的家乡，酒喝得生猛野蛮，你不喝，他硬灌，而且上纲上线，把喝不喝酒，视为有关品格的大事！这是那儿跟那儿啊，何苦来哉呢！

酱汤情结

东北人爱吃大酱，过去日子清苦时，几乎顿顿饭少不了。最简单常见的吃法，是把小葱、白菜、青椒、水萝卜、黄瓜或各种新鲜野菜洗干净，直接蘸酱吃，名曰蘸酱菜。还有一种南方人看着眼晕的吃法，更为粗犷，把饭、各种生菜、酱用白菜叶包起来，捧着吃，名曰打菜包。如今在北京的一些餐馆里，还有蘸酱菜，但更名为"大丰收"，而打菜包这种吃法，好像早已消失，多年不见了。

我小时候，住在县城，周围邻里，家家有酱缸，自己下酱。记得好像是先炒玉米，磨碎做成砖头状，风干发酵，叫酱引子。之后煮黄豆，磨碎后加酱引子，充分发酵。这种酱，叫盘酱。全部用大豆的，叫黄酱。说来也怪，每家原料、做法大体一样，但有的好吃，有的难吃，千差万别，各不相同。有些人家，用布袋装些芹菜、黄瓜、豆角等放在酱缸里腌，叫酱菜，与盐腌的咸菜不同，有酱香。尤其是腌老西葫芦，用筷子一搅，就会出一团金黄色细丝，拌小葱香油，又脆又香。

酱是随佛教由中国传到日本的，虽叫日本酱，但却是地地道道的舶来品。日本酱大体可分为白酱、黄酱、红酱，均以大豆为主料，辅料为大米或面粉，味道各有千秋。

酱汤是日本人发明的，以酱为主，根据不同口味，选择葱花、豆腐、海藻、蘑菇、蔬菜、海鲜、肉类等不同配料。据说大酱汤最早出现于镰仓时代，先在宫廷、寺院、军队流传，到室町时代末期，才进入寻常百姓家，成为餐桌上的必备食品。据抽样调查，日本人每年平均食用四百多碗酱汤，约合12斤酱。日语中有句谚语，直译是"酱汤的味道就是母亲的味道"。由此可见，日本人对酱汤的依赖和感情。

酱中含有丰富的蛋白质和铁，属健康食品。战后日本的日常生活受西方影响变化很大，牛奶面包摆上百姓餐桌，但酱汤的地位却岿然不动，自有其理由。日本医学家研究证明，酱有防癌作用。日本厚生省调查说，每天喝酱汤，女性患乳腺癌的几率可下降40%。日本国立癌症研究中心平山博士的实验报告说，每天喝一碗酱汤与不喝者比较，患胃癌几率可下降50%。日本媒体还报道说，酱汤可以改善胃溃疡、骨质疏松症状，解决便秘，增强肝脏的解毒功能。日谚说，酱汤是长生不老药；每天一碗大酱汤（注意，不是张悟本的绿豆汤），不用医生开药方。

我可能从小吃惯了大酱，到了日本，对酱汤一见钟情。这东西物美价廉，制作简单，将水烧开、化酱，加入配料即可。如果嫌费事，可买速成酱汤，开水一冲就齐了。

每次从日本回来，我都要带回各种各样的速成酱汤，自用或馈赠亲友，可惜，欣赏者不多，说这玩意儿齁咸的，有什么喝头！我忽悠说：这不是酱汤，是文化！人家把从中国学来的东西消化改造，开发出自己的东西，向世界推销，你就不能喝一口尝尝？但，无济于事，还是没人理，气煞我也。

洗衣板

虽然用洗衣机已经多年，但妻子还是离不开洗衣板。她说，单靠洗衣机，领口、袖口、油渍的地方洗不干净，在洗衣板上搓一搓，再用洗衣机投，才透亮。她还说，手帕、背心等小东西，在洗衣板上搓几把就行了，用不着小题大做。原来我家洗衣服，多年来，一直采取手工与机器、原始与现代相结合的方式。

十几年前，她随我来日本工作，寓所有洗衣机，但没有洗衣板，她觉得不顺手，天天唠叨。日本家庭电气化水平高，是否还有人用洗衣板？另外，洗衣板日语怎么说，我也不知道。查了一下字典，找到了这个单词，日文叫洗濯板。我觉得这个词不错，有点古味，也比较准确，因为洗衣板不仅洗衣服，什么都可以洗，所以叫洗濯板较好。

单词是找到了，但洗衣板却找不到。不知转了多少家日杂商店，都没有。大约过了一个来月，终于在商业街的一家夫妻店发现了。这个洗衣板不知用什么木头做的，双面、不厚，但很重。说明书上说，已经做过消毒防菌处理，不会发霉。售价3800日元，约合人民币300元。妻子回来一试，说特别好用。我没好气地说，转遍了东京，费了这么多时间，才买回这么块木头板子，能不好吗？妻子低头洗衣服，没理我。

看来，这个洗衣板真好使，回国时，她舍不得扔，放在衣箱里带了回来，用了好几年。

这次来日本之前，妻子到市场，花了两块钱，买了一块小洗衣板，带了过来。我发现她每次用完都要放在凉台上晒，问她为什么，她说日本潮湿，这个洗衣板没经过防菌处理，容易发霉，得天天晒。

我们这次来，住在日本朋友的房子，回国前，妻子一连大洗三天，把用过的枕巾、枕套、褥单、床单等都洗净熨平放好。她还是手工加机器，累得够呛。但被罩太大，洗衣机太小，她怕洗不干净，送到了洗衣店，每条花1000日元，约合人民币80元。一次到商店，妻子看到从中国进口的新疆棉被罩，质地良好，一条才480日元，说早知道人工费这么贵，洗一条被罩，可以买两条新的，我也就不费这个劲儿了。

回国的前一天晚上，妻子找了一个大塑料袋，把洗衣板包上，叫我送到楼下可燃物的垃圾筒里。

一个小小的洗衣板，日本人在制造时，把各种可能性都想到了，这个认真劲儿，咱还真得学着点。

鄙夷的目光

妻子平足，年龄越大越厉害，脚变形，脚腕子肿得很高，走路一瘸一拐。我退休后，买菜就成了我的活儿。在家时，近的地方走着去，权当散步，远的地方骑自行车，边走边看风景，换换脑子，也不赖。

到日本后，上午读书写作，午睡后去超市买菜，与国内一样。从我住的东海町，到清水町商业街，乘公共汽车两站，车费为170日元（约合人民币12元），但得等车。步行约十分钟，溜溜达达，一会儿就到了，比乘车还快。那里有两个大超市，一家菜市场，日常生活用品，应有尽有。日本的蔬菜水果比中国贵，价格大约是中国的七、八倍。比如一根小黄瓜60日元（约合人民币5元），一个西红柿100日元（约合人民币8元），一根葱90日元（约合人民币7元）。日本的国产蔬菜、肉类比进口的贵，如日本大蒜一头100日元，中国大蒜三头才100日元，日本牛肉的价格，是从英、美、澳大利亚进口牛肉的2倍以上。

日本的商家，基本上都能讲诚信，生鱼片、寿司、粘糕、盒饭等限时销售的食品，何时何地生产，重量，保质时间，都标得一清二楚。他们不敢出售过期变质的东西，倘若发生食物中毒，出了人命，无疑是饮鸩止渴，自取灭亡。商人重利，不是不想卖伪劣假冒，但不敢，一旦被发现，身败名裂，砸了饭碗，得不偿失。在日本社会，恪守成信，守护个人、家族的信誉，是天大的事，是每一个日本人，每个日本企业和日本社会道德与行为的准则，所以对日本商店出售的产品，大可放心，不必疑神疑鬼。

去超市买菜的大都是妇女，男人很少，但我常去，可能是特别扎眼，所以很多售货员都认识我。有一天，我与妻子去市民菜市场买生鱼片，一个五十多岁的男人扎着围裙，从操作间出来，把装好盒的生鱼片放在柜台上。他看我拎着菜跟在老伴的身后，刀子一样的目光，狠狠地剜了我一眼，脸上是鄙夷、轻蔑、怜悯的表情。刹那间，我读懂了他的目光：一个大老爷们，跟在老婆后面，成何体统，真没出息，简直给男人丢脸！

日本虽是先进国家、经济大国，但男尊女卑，根深蒂固，一些陋习，依然可见：男女不能并排走，女人必须在后面三步远；男人不问家事、不进厨房……日本女性来到人世，父母就有意识地对她进行贤妻良母训练，举止言行，都有规矩，比如站如芍药，坐如牡丹，行如百合等等。有一次，一对夫妇来看我，送我玻璃郁金香，装在一个很大的盒子里，一直由那位夫人抱着，妻子大惑不解，嘟囔道：这么大个东西，上下车多不方便，他怎么不拿？我想，这可能是日本传统的自然流露吧。

一位定居日本的中国女士，陪我去购物，看我大包小裹，说我来拿吧。我说那怎么行！她说你看日本男人，没有拎东西的，都是女人拎着。我一看，还真是那么回事，就我"格色"。我开玩笑说，我是中国人，给他们做个榜样……

面对那鄙夷的目光，既不能理论，也不好解释，我只好微微一笑，心想，我是外国人，你不能用你们的传统习惯束缚我。即便我是日本人，你也没有权力干涉我的生活方式。我尊重你们的传统习惯，但并不欣赏赞成。

我不知他是否读懂了我的微笑，但我以为他没有懂，可能也不想懂吧？

轰太市的苹果

我在东京阿佐谷住时，轰太市先生从长野县大豆岛给我特快专递一箱苹果。我不在家，快递公司留下一张通知单，说可用电话、传真、电子邮件、信函等再约送达时间。我给轰先生打电话说，已经与快递公司约好时间，他们明天上午十点钟送来。虽然还没吃上苹果，但我已经闻到了苹果的香味。他哈哈大笑说，现在正是收获季节，秋高气爽，五色斑斓，瓜果飘香，最是一年好风景，欢迎你和夫人来我家做客。

轰先生个子不高，秃头，大脑门，胖胖的，诙谐风趣。他出身名门世家，有土地山林果园，种些水稻、瓜果蔬菜，但听他的口气，似乎只为自家和亲友食用安全，并非以农为业。他写俳句、和歌，办出版社和同人杂志，发行和歌集、俳句集，但也好像完全是出于业余爱好，不靠此安身立命，养家糊口。他还经营公寓，在依山傍水处，有几栋三层小楼，大约有二十几套房屋，出租给当地人或来此旅游度假的城里人。我搞不清他算农民、诗人，还是企业家？或者兼而有之？他笑眯眯地说，我也不知道什么是主业，什么是副业，到底是什么地干活？

1989年8月，他与夫人参加日中友好社会文化代表团来中国访问。那是他第一次来中国，看什儿都新鲜，一会儿拍照，一会儿记笔记，还写了不少和歌、俳句，每有得意之作，就在车上或饭厅中念给大家听，让大家分享他的诗情画意和创作的快乐。旅行中，不管是同行的日本人，还是陪同的中国人，都喜欢与他聊天、散步、合影留念。不知不觉中，这个胖乎乎的小老头成了全团的明星、代言人、文化标志，团长常常点名叫他讲话，他站起来，摸着秃头，嗫嚅着，有时是一首俳句，有时是一首和歌，有时是一个小故事，妙语如珠，佳句迭出，赢得一片掌声和喝彩声。他说这次旅行很愉快，计划回国后在同人刊物上出个特集，留个永久性纪念，请大家支持，每人写一篇纪行诗文。他拿着个小本本，挨个约稿，并记下每个人要写的内容和交稿时间，其态度之认真恳切，使你觉得不写就对不起他，真是个难得的好编辑。

一路欢歌笑语、愉快融洽，但在大连出境时却遇到了麻烦。缘由是他在北京友谊商店买的一对仿古铜羊，海关小姐怀疑是文物，叫他出示购买发票，但他没有找到，结果铜羊被扣。我是全程陪同，亲眼看到他花了一百多块人民币，在友谊商店买的，上前说明情况，但那位小姐根本不听，冷冷地剜了我一眼，意思是说，没有你说话的份儿，一边呆着去。一路走来，我们精心安排、热情接待，全团都很高兴，真不愿叫这位冷若冰霜、自以为是的小姐把我们苦心工作的成果毁掉。我忍不住说，这是仿制品，但造得并不高明，那铜锈是涂的绿色颜料，不信你摸摸看，会沾一手。不知这位小姐的文物知识等于零，还是故意刁难，死活不信，非要送文物部门检验不可。我问她，检验需要多长时间？答曰三天。我又问，如果鉴定为仿制品，你们负责给他寄去吗？答曰我们没有这个义务，叫他自己来取。我的气不打一处来：你不学无术，没有起码的文物常识，错扣人家的东西，还要叫人家买往返机票，取这个一百多块钱的假古董？有这样不讲理的吗？我很生气，但又没办法。

代表团回国后，我又在大连等了三天，等他们检验完了，把假古董带回北京，托人带到日本，交给了龚先生。他很感动，来了几封信，表示感谢，说他爱上了中国，还想带老伴到中国旅行，但决不再买那些害人的假古董了。

前几年，我和几位作家朋友到长野访问，应邀到他家住过一宿。他的家，深宅大院，古朴幽静，房屋高大敞亮，在一片民宅中显得卓尔不群。中国作家到他家做客，可能是他家族史上一件空前的大事，他把亲戚朋友都叫来了，家里像过年一样热闹。我们与当地的诗人作家座谈时，他的妻子、妻妹、儿媳、邻居，就开始忙活，为我们准备午饭。面对丰盛的日本料理，他的祝酒词别开生面："大米、蔬菜都是我亲手种的，不用农药和化肥，我和我的老伴，还有我的儿孙和亲友，吃的都是我亲手种的大米和蔬菜，实践证明，它们不仅好吃，有营养，而且绝对安全，你们看我这把年纪，还耳聪目明，就是明证，所以你们可以放心大胆地吃！但生鱼片和牛肉，是从商店买的，好不好吃，安不安全，我不敢打保票。但为了我老伴，希望你们尽量多吃点。因为你们吃得越多，我的老伴就越有成就感，就越自豪，就越高兴。"他的夫人在他背上轻轻地拍了一下说，你别乱说！他嘻嘻地笑道，我没有乱说，都是实话。祝酒时，夫人悄悄叮嘱，你血压高，别贪杯。他故意十分郑重地点了点头，表示夫人叮嘱，时刻牢记在心，但一仰脖，杯里却滴酒不剩。这真是一对令人羡慕的老顽童，他们的一举一动，一颦一笑，都透出执子之手、与子偕老的幸福和美满。

午饭后，他领我们去看田园风光。这一带，是著名的苹果产地，乡间小路的两侧，都是果园。日本的农业，早已经是精雕细刻的园艺。果园上空罩着尼龙网，防鸟琢食；地上铺着锡箔纸，反射阳光，使个个苹果红艳欲滴，增高含糖量；还有一些器具，可能是捕杀害虫的。但走进龚先生的苹果园，我却大吃一惊：果园上空没有防护网，小鸟自由出入，地上没有锡箔纸，荒草萋萋，落果满地，树上苹果大大小小，参差不齐，也没罩纸袋，一片"草盛豆苗稀"的惨淡景象。他却笑呵呵地说："不知道这是那个懒汉的果园，弄成这个样子，但我知道这家的苹果没有激素和农药残留，纯天然，与我童年时吃的苹果味道一样。你们可以随便摘，随便吃，随便拿。"他的苹果虽然"品相"不太好，但拿在手里沉甸甸的，用手一弹，嘣嘣直响，咬一口，汁液四溅，甜脆爽口，连我这个对苹果不太感兴趣的人，也吃了两个。

当天晚上，月光如水，星光满天，老人与诗人雷抒雁探讨中日诗歌的异同。他说日本和歌与俳句的美，主要是幽玄、枯淡、闲寂、风雅，虽说这些都是日本人传统的审美意识，但追本溯源，与中国古诗的审美传统也有相通、相似、甚至相同之处。他介绍他与诗友们共同编印的同人刊物《原型》后，即席手书一首俳句赠抒雁，大意为：四周一片寂静，我闭着眼，走向湖泊的深处，那里有什么呢？正念到这里时，他的夫人悄然坐在了身边，他在夫人背上轻轻拍了一下说：美女来也。然后朗声大笑。

最有趣的是他那高大的老屋前的庭院里，有一块巨石，一人多高，两三米长，重量大概有几百吨吧，上面刻着他手书的和歌。这么大的石头，不知他是从那里、怎么搬回来的？问他，他笑而不答，只是说，留个念想，等你们下次来，再告诉你们这个秘密。这个快活的老人，过着"闲来无事不从容"的日子，与世无争，悠然自得，在诗画中徜徉……

第二天上午十点钟，箱子送来了。我打开箱子，上面有一封信："这些苹果不是为了卖，而是为了自己吃，所以没罩纸袋，也不用农药化肥，它们自由自在，想怎么长就怎么长，我不干涉。我觉得，吃苹果不是选美，关键是味道，不应该本末倒置。别看我的苹果个儿不大，不太红，也没光彩，但保证个个甜脆香。我家柿子，日本第一。我家苹果，日本第二，但据说日本第一好吃的苹果，还没评出来呢……"

我给他回信说，你的苹果，你的柿子，你的俳句和歌，你的幽默风趣，你的真诚好客，都是人间至味，令人难忘。

菊池家的猫

　　邻居菊池夫妇没有孩子，养了一只猫。猫不大，黄色，有黑色斑点，黄眼睛，黑眼珠，很普通，但却高傲，不理人，甚至对生人有点敌意，很像有自闭倾向的独生女。

　　它整天待在家里，不出门。有时门打开了，它只是懒懒的向外看两眼，一有动静，转身就往屋里跑。它不喜欢生人，对于来访者，发出恐吓声，认为侵犯了它的领地，非常愤怒。主人把它拉过来见客人，它十分不乐意，总伺机溜走。如果主人抱紧它，逃不得，它依然不理不睬，一副不耐烦的样子。

　　菊池夫人说，这个小猫刚到他家时，不是这样，热情，活泼，好客，对谁都有好感，都爱撒娇。但一年之后，性情变化很大，认生，整天窝在家里，不出门，社交活动为零，成了大门不出、二门不迈的高傲公主。

　　它聪明，伶俐，自尊心强，懂事听话。比如说不准抓沙发、拉门，不准乱扔东西，不准随地大小便，不准偷吃东西，叱责一次，就绝对不会犯第二次。它胆小怕事，不要说捉老鼠，就是看见个小虫子，也吓得心惊胆战，仓皇而逃。从高处往下跳时，犹豫不决，战战兢兢，浑身哆嗦。

它自命不凡，以为自己是人类的伙伴，到动物医院看病，遇见同类，视而不见，不理不睬。它与主人生活在一起，成为家庭中的一员，渐渐适应了人类生活的环境和习惯，猫性越来越淡薄，脱离了物种的本能。对于它来说，不知这种变化是幸还是不幸，但它对自己的生活，似乎很满意，一会儿呼呼大睡，一会儿伸伸懒腰，一会静静躺在地毯上看风景，那个得意，那个慵懒，那个踌躇满志，不一而足。

它使我想起了爷爷家的那只老猫。它没有窝，每天睡在衣柜底下。家里有只猫食碗，想起来，就给它点残羹剩饭，想不起来，它就得自己去找饭辙。但它无怨恨，一心守卫着这个家，不要说老鼠，就是野狗来，它也毫不畏惧，浑身的毛竖起来，发出恐吓的嘶鸣，摆出决斗的架势。莫非穷人家的猫，也如穷人家的孩子，自立自强，早当家吗？

它生了一群小猫，可能是为了给小猫增加营养吧，夜里常常到河边捉鱼。它那一群小猫，个个健壮，黑白相间的皮毛发亮。看来老猫很有眼力，找了一个健壮英俊的情侣，才有了这群漂亮的儿女。它对儿女，精心呵护，只有家人可以抓起小猫看看。它虽然不高兴，但知道远近轻重，只是死死地盯住你，怕你有什么坏心眼。外来的人，它是绝对不允许靠近她的小猫的。

我不知道这两只猫，那个更可爱？那个更符合猫道？

手机公害

如今，手机在中国已经普及，几乎是人手一机，甚至人手N机。买菜的老大妈，在菜市场看到新鲜鱼，掏出手机，告诉爱吃鱼的姐妹快来买。家里的旧书报多了，一个电话，收废品的就上门来取……手机带来了诸多方便，而且机能越来越多，已经成为生活中必不可少的工具，但也带来了公害。

电磁波对人缓慢隐性的伤害姑且不论，就说地铁、汽车、商店等公共场合，那不绝于耳的电话铃声，说话声，已经成为噪音污染。有些人，手机成瘾，须臾不离，讲起来，眉飞色舞，声情并茂，旁若无人，根本不考虑对周围人的影响。有时，全车的人都在听他一个人在高谈阔论。飞机起飞前，一再广播，为保证飞行安全，请关掉手机。这本来是人命关天的大事，可偏有人置若罔闻，照打不误！可说他什么好呢？机关会议室的入口处，贴着告示：请关闭手机。但会议进行中，仍有铃声和电话声，真不知他有多少军国大事，非马上处理不可。甚至在剧场、音乐厅，也有手机铃声，不遵守起码的礼仪，玷污艺术，丢人现眼，大煞风景。有些地方，见告示不灵，就采取更严厉的措施，设置干扰器，叫你接不成电话。

更可悲的是，一些名士时贤，在与外宾谈笑风生中，突然手机响起，他放下会议，拿起电话，到外面去接。外宾们面面相觑，他的下属也不好当面提醒，全场鸦雀无声。他可能不知道这是失礼，是对与会者的不尊重，人丢大了。

日本手机的普及率，大概与中国差不多，但在人群集中的公共场合，没有打手机的。尤其是电车等交通工具，一上车，就有广播或字幕提示：请关上手机或改用震动。早晚高峰期，电车里挤得水泄不通，但很安静，有人看书看报，有人闭目养神，独独没有说话声和电话铃声。当然林子大了，什么鸟都有，也有不遵守公共道德，打手机的，但是个别现象，会遭到周围的白眼，使之如坐针毡，不得不收敛。

从使用手机上，也能看出国民的素质、修养、公共意识、文明程度。

京都的烤白薯

每年秋天，白薯上市时，有关广告，铺天盖地，其中京都的烤白薯，叫得最响。

据说京都各家老铺，都有绝招：有的用盐水浸泡，再用炭火慢煨，说烤出的白薯，甘面如栗；有的用铁锅铺石子熏烤，烤出的白薯，香甜可口；有的用锡纸包好直接在炭火上烤，说烤出的白薯，半干半稀，甜若蜂蜜。他们一致反对用微波炉或电磁炉，说虽然快，十分钟就得，但那味道可差远了，简直是暴珍天物，非用慢火细煨不能出味。他们选用的白薯，多为红皮黄瓤，而且都不大。太大了，不好熟，也没人买，因为太贵，一般人尝个鲜就算了，没人往饱吃。

他们的烤白薯，论克卖，像卖药。最便宜的，100克，100日元（人民币8元），中等的100克，230日元，最好的，100克，380日元。买一斤上等烤白薯，就是1900日元，约合人民币150元，相当于三流作家四百字的稿费，临时工两个小时的劳动报酬，贵得邪乎。

京都的烤白薯一上市，东京的各大市场争相出售。那天去东京站，心血来潮，买了一块，可怎么缓慢郑重地品味，都没吃出好来，白花了1000多日元，还不如买块蛋糕呢。

记得有一年，与雷抒雁访日，他是大孝子，为雷妈妈买了最好的日本年糕。雷妈妈吃了一块说，这不就是咱北京到处都有的驴打滚嘛，犯得着从那么大老远的地方往家拎吗？还那么贵！

想到这里，我不禁哑然失笑。雷妈妈的话，比这神乎其神的京都烤白薯，有滋味。

梅 干

日本人不仅爱梅花，对梅子也情有独钟。

梅子性味甘平，果大皮薄，肉厚核小，汁多，酸度高，富含人体所需多种氨基酸。盐渍梅干是日本传统的健康食品，含有大量蛋白质，可清毒解热，促消化，调肠胃，杀菌防腐，内含的柠檬酸与正克酸，可加强肝、肾机能，排除乳酸，消除疲劳。此外，用以防止晕车、解酒，也十分有效。乌梅干，有治肺热、久咳、虚热口渴、慢性腹泻、痢疾、胆道蛔虫、胆囊炎等功效。

据学者考证，当年日本遣唐使把中国乌梅，当作珍贵药品带回日本，在平安时代，曾治好了村上天皇的病。在镰仓、室町时代，乌梅一直当作解毒剂与开胃药使用。从江户时代开始，日本家庭开始自制梅干（盐渍黄梅），延传至今，鲜红的梅干，是日本人喜爱的佐餐佳品。

梅干制法简单：将尚未成熟的青梅摘下，用食盐腌上，放入紫苏叶子杀菌，梅子变成红色，在立秋前拿出晾晒三天，再倒入原汁，保持鲜嫩，放置一段时间，即可食用。

最近几年，日本市场出现中国制梅干，价格便宜，但质量并不比日本差。梅干是纯天然健康食品，国人尚无佐餐习惯，中国商家，可能是根据日方订单生产。其实，中国市场更大，只要商家用心宣传推广，肯定会像日本豆腐、纳豆一样，风靡国内市场。

我喜食梅干，去日本时，都要带回几盒，每餐一颗，可食数月。但愿这种原产中国的古老食品，早日复兴，用不着漂洋过海，在国内市场，也随处可买。

波斯菊

日本人把波斯菊叫秋樱。山口百惠唱过一首名为《秋樱》的歌，其中有一句歌词为：在风和日丽的小阳春，你是那样幽雅。冷不丁看到小阳春三个字，很可能误解为春天，其实，日语中的小阳春，是从中国原汁原味搬来的，是阴历十月的别称。

波斯菊原产墨西哥，菊科，一年生草本，株形高大，细枝疏朗潇洒。叶片井然有序，清爽高雅。环状花序，花姿柔美，楚楚动人。花期长，花色丰富，有红、白、粉、紫、黑等。种子黑亮细长，自行落地，自播能力极强，第二年会长出大量幼苗。花、叶均可入药，有清热化痰、补血通经、去瘀生新的功效，主治伤风感冒、腮腺炎、乳腺炎、眼痛手痛等病症。

名为波斯菊，其实与波斯毫无关系，其名来自希腊语kosmos音译，原意为秩序、和谐。古希腊学者毕达哥拉斯认为，这是宇宙给它的名字。日本人喜欢波斯菊，公园里常有成片的波斯菊，在蓝天碧空下，迎风招展，装点着五彩缤纷的秋天。

我小时候在老家种过这种花，但那时不知道它的洋名，只知道当地的土名叫扫帚梅。记得那年春天，爸爸在菜园的围墙，开了个东门，修了车道，目的是拉柴草的车，进出方便，省得卸下柴草后，还得一点一点往柴垛上倒腾。小户人家，进出的车马不多，车道也就成了闲置的土地。我心血来潮，用镐头在车道两侧各开了一道浅沟，不知从谁家要了一把扫帚梅的种子，撒了下去，盖上土后，还挑了两担水，浇了浇。没过几天，苗就出来了。可能种子撒得大多，把成片的土都顶了起来。

这种花很皮实，不用管它，就长得蓬蓬勃勃，密密麻麻，一人来高，像一堵墙。开花时，争先恐后，各展风采，而且一茬接一茬，仿佛有无穷的精力，开不尽的花。越到秋天，花开得越热闹，越精神，越艳丽，直到下霜，它才精疲力竭，偃旗息鼓，枯萎凋零。

第二年春天，在车道两旁，出了许多幼苗，几乎把车道封死。那年波斯菊长得更高大粗壮，花开得更多更艳，密的地方，都进不去人，成为小县城的一片花海……

看到日本的波斯菊，我想起了故乡，童年，我的波斯菊，心中泛起浓浓的乡愁。我离开故乡四十多年了，那里还有成片的波斯菊吗？还叫扫帚梅吗？

拖鞋的烦恼

日本人爱干净，公司和家里都收拾得窗明几净。他们是完美主义者，凡是能想到的，能做到的，都达到极致。最典型的是卫生间，不仅手纸、毛巾、面巾纸、洗手液、空气清新剂等一应俱全，还要摆一点工艺美术品，增加些情趣。他们认为，卫生间是家庭、公司的"脸面"，要天天"化妆"，才能见人。

就说马桶吧，也是煞费苦心，不断研究、改进，更新，力求舒适、卫生、自动、多功能。如今日本自动高级水洗马桶，科技含量大，舒适度高，自动化电子化，成了世界名牌，畅销全球。

卫生间本来是最容易忽视的死角，日本人都当作"脸面"整治，别的地方可想而知。但凡事都有个度，适可而止，一旦过了头，就会适得其反，拖鞋就是一例。

到日本人家里做客，进入玄关，要换上拖鞋，才能登堂入室。这一点，与中国某些讲究的家庭一样，不足为奇。但你不要以为这样就可以一"换"永逸，畅行无阻了，还得不断地换。到凉台上去，要换凉台用的拖鞋；到卫生间，要换卫生间用的拖鞋；到顶楼上去，要换顶楼上用的拖鞋……换来换去，不胜其烦，一会儿就换糊涂了。

这样一来，每家自用的不同季节的拖鞋，再加上为客人准备的各种拖鞋，就是一大堆了。日本可能是世界上最大的拖鞋消费国，每年的销售额可能是天文数字。这种习惯不知始于何时？我疑心，这是鞋商捣的鬼，大家中了鞋商的奸计。

从外面进来，换上拖鞋，也就行了，干吗换来换去，没完没了，浪费资源，浪费时间呢？

这种习俗，果然卫生吗？尤其是公用拖鞋，一大堆，不知道什么人穿过，是否消过毒？倘若脚气、灰指甲、疱疹等交叉感染，不是适得其反吗？

日本人的钱包

日本人把钱包叫财布。从字面上看，以前日本人可能用布来包钱。

据史家说，日本的货币的源流来自中国古代圆形方孔钱。日本各地曾发现大量"开元通宝"等中国古钱。"开元通宝"，是唐代高祖武德四年（公元621）开始发行，流通于整个唐代。其中金币、银币为非使用货币，用以宫廷赏赐，或在举行仪式时，当吉祥物，类似现代的纪念币。

从日本北部的北海道，到南部的九州，都有"开元通宝"出土。最早出土的"开元通宝"，是在奈良时代的文物中，而在镰仓时代（公元1192——1333年）的出土文物里，也有"开元通宝"与中国宋朝、明朝的古钱一起出土。这说明"开元通宝"可能从奈良时代到镰仓时代，与日本钱一起流通。

日本最初的货币，是奈良时代（公元708年）铸造的"和铜开珍"。铜钱携带不便，那么用布包着也就合情合理了。但我没见过日本古代财布的实物，不知什么形状，只是望文生义，推测而已，不足为凭。

在日语中，由财布衍生出来的单词，如"把钱包带系紧"，意为紧缩开支；"钱包和心都不可露底"，意为私密不可告人；"钱包的带子长"，意为一毛不拔；"钱包带松"，意为乱花钱；"手握钱包带"，意为掌握财政大权……都很形象生动，过目不忘，且万变不离其宗，都与钱有关。

一些与钱有关的条目，细心玩味，也很有趣。如"钱是敌人"，意为财能丧命，钱能要命；"钱在天下转"，意为贫富是流动的，无常的；"钱使人眼花"，意为利令智昏；"钱会说话"，意为钱可通神，有钱能使鬼推磨；"钱尽缘断"，意为金钱关系，酒肉朋友，没了钱就"拜拜"。

如今日本人的钱包，虽然还叫财布，但早已不用布，材质多种多样，制作精美。别看鼓鼓囊囊的，里面塞的都是各种各样的卡，现金不多，顶多一、两万，够随手用就行了。日本银行多，自动取款机随处可见，存取方便，用不着带许多钞票。银行卡上都有密码，梁上君子们，冒着风险，费尽心机，弄到手也不敢用，一旦失手，身败名裂，所以对钱包兴趣不大。日本人不像中国人如爱护眼睛一样时刻注意自己的钱包，尤其是男子，常把它插在裤后的口袋里，尽管上下电车时人都挤成了相片，但他不用担心扒手们顺手牵羊。

日本社会治安良好，人们防范意识差，不像中国，家家安防盗门。我的老朋友池田利子是个律师，到中国来访问，在饭店购物时，财布被窃，内有日元五万，人民币3500元，还有几张银行卡。幸亏她换完钱就买东西，发现得早，马上向日本银行打电话挂失，卡中的钱安然无事，损失不大。我给他们夫妇打电话说：偷儿们也搞起了外向型经济，想尽快富起来，瞄上了外国人，实在对不起。她说，哪国都有坏人，都有小偷，以后注意就是了。我说，中国有句老话叫破财免灾。他们不懂，我解释了半天，他们才明白，说丢了个钱包，学会了一种自我安慰的方法，也不错。

近几年，日本治安也开始恶化，抢银行、珠宝首饰店，劫送款车，杀人越货等恶性案件不时发生，溜门撬锁、小偷小摸也日渐增多。一些外国犯罪团伙与日本黑社会狼狈为奸，组成混成抢劫盗窃集团，无恶不作，在酒肆、商店、电车上活动，伺机作案。

如今中国人钱包鼓了，成群结队，出国旅游，但在观光购物时，别忘了看好自己的钱包。

姓的选择

　　日本《民法典》规定，夫妇必须同姓。表面上看，它没有强制谁随谁姓，似乎可自由选择，但实际上，日本夫妇绝大多数都妇随夫姓，所生子女也随父姓。当然，入赘的男子另当别论。因此，《民法典》实际上是强制妇女改姓，男权主义倾向不言而喻。一些主张男女平等的知识女性，对此极为反感，认为这是对妇女明目张胆的歧视，对妇权的践踏，必须修改。但反对归反对，法律还得遵守。妇女登记结婚时，改为夫姓，离婚时，改回本姓。有些妇女，想登记结婚，又想继续用原姓，这样就有了两个姓，一个是户籍登记上的合法的新姓，一个是社会上使用的、非法的原姓。如果用原姓印制名片，要标明合法的姓，而且驾照、保险、银行开户，都要用新姓名才行。最省事的是同居，什么都不用改，但也有麻烦，倘若丈夫到国外工作、学习，妻子想随行，不改为夫姓，就办不了配偶签证。

　　改姓问题，争论已久，公说公有理，婆说婆有理，甚至在公与公、婆与婆之间，也各执一词，互不相让。民主党一上台，就宣布将在国会上提出姓氏改革法，即婚后夫妇可保留原姓，也可改姓任何一方，自由选择。这个修正案是否能通过，仍是悬案，但争论的双方，非但没有偃旗息鼓，反而愈争愈烈。

保守主义者担忧，无共同姓氏的家庭有解体的危险。爱情至上主义者认为，随夫姓散发着新生活的温馨。传统主义者认为，随夫姓是一种美德。女权主义者认为，自由选择姓是平权运动的胜利，社会的文明与进步。

纵观日本舆论，主张婚后用原姓者的理由为：1.姓与人格有关，是一种心理个性。自己长期使用的姓，突然改了，仿佛自己也随之消失，很不舒服。2.结婚、离婚，本来是个人隐私，但姓一改，等于公之于世。3.个人自由选择姓，与是否继承父业一样，是一种自由的权利。4.所生子女，可以夫妇协商，决定其姓。对于是否会因此而造成社会混乱，破坏传统的质疑，她们说，从历史上看，直到明治初期，日本一直夫妇各姓其姓，民法公布后，才改为同姓，至今不过百年。好的传统，应该保护，坏的传统应该扬弃。即使民法修改后，保持原姓的妇女也是少数，不会削弱家族间的关系。联合国废除女性歧视委员会曾敦促日本政府，修改民法，允许妇女保持原姓，但日本政府回答说，舆论尚不成熟。联合国反驳：舆论动向不是能否修改民法的理由。由此可见，保持妇女原姓，有广泛的国际支持。

反方的主要论点是：1.完全的男女平等是不可能的，反自然的。2.人类是生物的一种，男女结合才能繁衍后代，否则会灭绝。其他生物，有严密的繁殖系统，但人类没有，所以需要文化、习惯、法律约束，使男女结合，保持家族的延续。这不是机械的平等，而是相辅相成的合作。如果破坏了这种形式，则有灭绝的危险。3.人类离自然越来越远，家族是人类存在的基本形态。关心地球生态的人，也应该关心人类的生态系统，不能破坏（主张男女各姓其姓者说：这种反驳，文不对题。夫妇各姓其姓，并不是摧毁家族，也不会影响繁育后代）。4.姓名并不单纯是个人符号，也是家族、祖先、血统的符号。当女人出嫁时，就意味着她的血统和氏族溶入了新的氏族，变成了另一个家庭的成员，因此使用新姓，是理所当然的，天然合理的。如果女方只强调重视自己的祖先，而无视对方的祖先，忘记了自己的生物性，放弃了婚姻的机会，就会破坏传统的家族观念和形式，将产生许多意想不到的可怕后果。

其实，结婚后改用同一姓氏的民族比比皆是，美国、欧洲皆如此。如美国国务卿希拉里，原名为希拉里·黛安·罗德姆，嫁给克林顿之后，改为希拉里·黛安·罗德姆·克林顿。虽采用克林顿为家庭共同姓氏，放在家庭姓名的位置，而原来的姓罗德姆仍然保留。

那么，为什么在欧美国家改姓，不成问题，而在日本却纠缠不清，喋喋不休呢？这是由日本姓名结构惹的祸。日本姓名与韩国、中国一样，由姓与名组成，只有一个姓，一个名，一旦随夫性，就必须放弃代表女性家族血缘的原有姓氏，在某种意义上讲，这是对生你养你家族的背叛，感情上难以接受。

日本民主党的民法修正案，不知通过了没有？我想，即使通过了，争论大概也不会戛然而止，再加上在野党煽风点火，乱搅一气，可能会嚷嚷得更热闹。

从骂人话说起

有人说骂人话是语言的垃圾，卑鄙下流，臭气熏天，为正人君子所不耻，应该避而远之，但我以为，垃圾也可以再利用，从中提炼出有用的元素。

中国文化五千年连绵不断，博大精深，丰富多彩，骂人话也多如牛毛，倘若分门别类，可以编一本厚厚的脏话大全。唐宋元明清时怎么骂人，有无国骂，我没考证过，但在现实社会中，有些骂人的伎俩，简直可谓"登峰造极"。

中学时代有劳动课，每年秋天，下乡帮助农民秋收。村子里有一个泼妇，鸡丢了，她怀疑是某家偷了，站在院门口，跺着脚骂起来。上到祖宗三代，下到妻子儿女，她一个个挨着数落，不重样，而且从生活、品行、作风、长相等不同角度，全方位攻击，中间还穿插这家与邻里的龃龉，几乎无事不可入骂。她就像说单口相声，唱独角戏，时而激情澎湃，唾液横飞，时而指桑骂槐，讽刺挖苦，时而捶胸顿足，哭天喊地……村里人都知道她的厉害，无人劝解，无人搭茬，否则是找死。她骂累了，骂够了，出了气，竟然自己扑哧一声笑了，就此偃旗息鼓，鸣金收兵，该干啥干啥。我还遇见过一个赶大车的老板子，骂起人来，一套一套的，合辙押韵，刻毒凶狠，却不带脏字，真是一绝。

日本人隐忍不言，喜怒哀乐，埋在心里，很少有大发雷霆，恶语伤人，拳脚相向的时候。我多次去日本，长则一年半载，短则十天半月，但没见过一起打架斗嘴的。这种民族性，使日本的骂人话少得可怜，骂来骂去，无非老三样：马鹿野郎（混蛋）；阿呆（傻瓜）；畜生（畜牲）。

骂人话，就是贬损、侮辱、诽谤、污蔑别人。在中国的骂人话中，性、性器官、性活动，是重要内容。但在日本骂人话中，虽然也有类似内容，但不像中国骂人话中那样多，那样复杂，那样变化无穷。这可能与两国的道德观、性观念不同有关。

日本母亲骂孩子，虽然也有辱骂，但也不乏善意的责怪、轻微的讥讽、恨铁不成钢的恼火，直译出来，有点古怪，不像骂人话，如宇宙人、外星人、怪胎等等。

日本的骂人话，大体可分六类：一、用肮脏的事物比喻对方，如杂鱼（ざご）、畜生（ちくしよう）、屎（くそ）；二、贬损对方的外貌，如丑女（ぶす）、傻里傻气（ぱかづら）、丑陋（見にくい顔）；三、贬低对方的才能，如蠢材（あほ）、废物（役立だず）、熊蛋包（よわむし）、完蛋玩意儿（できそこなし）；四、贬低对方品德，如老色鬼（エロオヤジ）、变态（へんたい）、下流（げひん）；五、根据对方的特点贬损，如老掉牙的武士（はぬきのさむらい）、洋鬼子（毛唐）、棒子

（キムチ）；六、用非敬语表达情绪，如这家伙（てめえ）、去
死吧（死ネ）、吃招吧（クラエ）等等。

　　骂人当然是不文明行为，满口脏话是没有教养没有文化的表
现，但也是发泄不满的一种形式，倘若怒火怨气长期憋在心里，
伤肝害脾不说，一旦爆发，很可能是你死我活、鱼死网破的恶性
案件，俗话说蔫人出豹子，大概就是这个道理。

　　既然骂人话是人类社会生活的产物，我想大概世界各国各民
族都有，只是多寡不同而已。这些语言，虽是垃圾，但也可以折
射出一个民族心理、生理、习俗、传统、社会生活、历史等多方
面的内容。

　　不知大象、老虎、狮子、河马、鳄鱼们有没有"骂人"话，
我在《动物世界》常常看见它们勃然大怒，大打出手，也有相应
的形体语言或吼叫声。倘若动物学家研究清楚了，知道它们情绪
不好，即将大发雷霆，提醒人们，别往它们眼前凑合，小心丧
命，可是功德无量的大好事。

《话术》十五戒

日本人性格内向，不善言辞，凡事忍为先，但正式场合，需要讲话时，不要说知识分子、公司职员，就连家庭主妇，都不怯场，个个落落大方，能够得体地表达思想和感情。扭扭捏捏，吭吭哧哧，话不成话者，几乎没有。我想，这大概与学校、家庭、社会的培养、教育、训练、熏陶有直接关系。

口才是一种说话的技能，从古希腊古罗马时代起，欧美就十分推崇，认为会不会说话，是一个人有无智慧的重要标志。假如西方的政治家，没有口若悬河的本事，只靠秘书写稿，他照本宣科，想当总统，大概没门儿。

当代中国人，似乎不太重视口才训练，大多不善言辞，大会小会念稿子。领导人的讲稿，大都出自秘书之手，东拼西凑，穿衣戴帽，空洞无物，面面俱到。念的人舌敝唇焦，听的人昏昏欲睡。至于那些别有用心、谎言惑众、装腔作势、欺世盗名的者也之流，那不叫口才，而是演戏。

其实，中国古代，是重视口才的。子曰：不学诗，无以言。言就是言语，口才，说话，而且提出了言语的标准：修辞立其诚。言不由衷、虚与委蛇、文过饰非、夸大其词、曲说阿世、巧言媚俗、故弄玄虚，都是大忌。后来不知为什么，逐渐衰微，可能与言文分离，重文轻言有关。到了白话文时代，依然重文轻言，不重视口头表达的教育、训练。有人满腹经纶，但笨嘴拙舌，茶壶煮饺子倒不出来，干着急。西方教育重视讲话，不断有报告、辩论、演说的演练。日本人跟西方学，也叫学生三天两头发表报告，有这个训练，正式发言时，就不怯场。

偶然看到一本讲怎样说话的书，名为《话术》，觉得有趣，就翻了起来，结果一天没出屋，一口气读完。作者德川梦声（1894—1971），生于岛根，原名福原骏雄，是单口相声艺人、演员、随笔家，极善讲话，被誉为语言之神。

德川是从配音起步的。最早的电影，无声，放映时，需要有人配音。当时的配音，辞藻华丽，空洞无物，言过其实，大而无当，而他的配音别开生面，朴实生动，妙趣横生，深受观众，特别是知识分子的欢迎。后来电影有了声音，他改行演喜剧、话剧、电影，为电台演播小说，声誉鹊起，名噪一时。

《话术》是他讲话技巧的总结。他说，讲话是以单词为原料修建的一座建筑物，建筑物要想漂亮、精彩、生动，就需要有自己的语言仓库，储备丰富多彩、形象传神的语言。这样，才能根据场合、人物、观众的情趣，用不同的材料，搭建独具一格、人们喜闻乐见的建筑物。一个演员，要善于向生活学习。听别人说话或看表演时，要注意他们的声调、口气、间隔、用词，博采众长，充实自己。他认为，讲话最终是人格、修养、学识、文化的体现，所以最重要的不是咄咄逼人的雄辩，而是人性的张扬，人格的魅力。讲话必须有个性，而善良的心和强烈的个性，正是开启听众心扉的钥匙。

他说，与别人讲话时，要尊重对方的人格，注意观察对方表情的细微变化，千万不可目中无人，自说自话，并总结出十五戒：不要独自喋喋不休；不要沉默不语；不要盛气凌人；不要过分谦恭；不要阿谀奉承；不要恶语伤人；不要自以为是；不要怨天尤人；不要自吹自擂；不要不懂装懂；不要一味反对；不要一味赞成；不要玩世不恭；不要不通人情；不要忘记敬语。

他说，语言是温暖人心的，即使不懂讲话的技巧，只要有颗善良的心，也会给人温暖。这个语言之神，在离开人世时，对他的妻子说的最后一句话是：嗨，咱们是好夫妻。

镰仓行色

一

春节是中国最重要的节日，讲究阖家团圆，但日本人不过春节，街面上冷冷清清，一点年味都没有。儿子儿媳怕我们寂寞，趁春节放假，从北京赶来，与我们一起过年。日本作家春名彻、入江曜子夫妇是多年老朋友，住在镰仓，邀我们有空儿去镰仓看看。初一那天，正好没事，于是全家去镰仓。

镰仓位于神奈川县东南，一面朝海，三面环山，与京都、奈良齐名，为日本古都。我虽去过几次，但都来去匆匆，浮光掠影，印象淡薄。这次去镰仓，有朋友讲解，时间从容，就像慢慢翻阅一本斑驳陆离的史书，咂摸滋味，不时信手在书页的空白处，涂抹几行随感。

镰仓之所以成为历史名城，是因为它开创了幕府政治——一种军事独裁的政权形态，在人类政治史上，留下了独特的一笔。

1192年，源赖朝打败平氏家族，取代了贵族统治，成为征夷大将军，在镰仓建立了以武士为核心的政权，挟天子以令诸侯，掌控军事、行政、司法实权，史称镰仓幕府。1338年，足利尊氏在京都室町建立幕府，史称室町幕府。1603年，德川家康在江户（现东京）建立幕府，史称江户幕府或德川幕府，直到1867年，明治维新前，末代将军才把军政大权奉还，天皇才由傀儡变为一言九鼎的帝王。这种特殊的政权形式，在日本绵延近七个世纪，才宣告结束。

在镰仓市中心，有一座雄伟的神社鹤冈八幡宫。八幡，是被尊为日本武士保护神的第15代天皇应神的称号。1063年，源赖义（平安时期著名武将）将京都清水八幡宫神灵请到镰仓由比乡鹤冈，故而称鹤冈八幡宫。1180年，源赖朝将神社迁到现址。神社中供奉武士守护神和源氏祖先，幕府的重要活动及祭祀都在这里举行，成为武士们景仰的圣地。现在的建筑，是江户幕府将军德川秀忠、德川家光重新修建的。

镰仓幕府执政时，中国正处于南宋时期，两国贸易繁盛，据说宫中的柏树和银杏，都是从中国移植来的。在通往本殿的石阶旁，有一株粗大苍老的银杏树，树龄八百多年。1219年，镰仓幕府的第三代将军源实朝，在这棵树下被其侄公晓刺死。

镰仓幕府第一代将军为源赖朝，第二代为源赖朝与北条政子所生长子源赖家。源赖朝死后，北条家族阴谋篡位夺权，逼迫源赖家退位出家，软禁于伊豆国修禅寺，后被谋杀。第三代将军源实朝，是源赖朝与北条政子的次子。他厌恶母亲政子推荐的足利义兼的女儿，与京都贵族坊门信清的女儿结婚。他知道朝政的实权掌握在北条家族的手里，自己不过是傀儡，不理朝政，放浪形骸，醉心于和歌、管弦、踢球，还曾与中国人陈和卿商量亡命南宋。他的颓废无为招至家族不满。北条家族为抢班夺权，设下连环计，说源赖家是源实朝害死，唆使源赖家次子公晓为父复仇，刺死叔父源实朝，而公晓亦被杀，这样，源赖朝的直系血统断绝，政权落入北条家族手中。

神宫前面，有两个荷花池，左侧为平家池，右侧为源家池，合称为源平池。源家池里有三个小岛，种着代表源家旗帜的红色莲花。三在日语发音中与生产的产发音相同，象征新生的源家繁荣昌盛。平家池里有四个小岛，池中种代表平家旗帜的白色莲花。在日语中，四与死发音相同，诅咒平家衰败灭亡。据说，这是源赖朝夫人北条政子——这个阴险毒辣、迷恋权柄的女人的创造。

北条政子在镰仓前期，也是叱咤风云的铁腕政治家。在源赖朝流放时，她不顾父亲的反对，毅然与源赖朝结婚。源赖朝死后，她削发为尼。但她为限制继位后的长子独断专行，为所欲为，创立执政制度，规定由十三家元老参政议政，在灭掉源赖家后台外戚比企氏一族后，逼其退位出家，立次子实朝继位，由其父北条时政为执政。时政后妻牧方企图立女婿平贺朝雅为将军，阴谋败露后，时政隐退，由其次子、政子之弟义时为执政。义时也是野心家，有史家说是他设连环计谋杀了第三代将军实朝。实朝死后，北条政子与其弟执掌朝政，开始了北条氏族专制的时代。她以《贞观政要》为处理军国大事的蓝本，运筹帷幄，呼风唤雨，指挥千军万马，号称尼姑将军。

那棵阅尽权力中心的钩心斗角、明争暗斗的老银杏树，在2010年3月，被台风刮断，植物学家们剪下许多嫩枝，培养第二代。近日又见报道，说老树的根部，又发出新枝。它的子孙，又将屹立千年，不知还会见到人世间多少阴谋诡计，刀光剑影，血雨腥风？

二

镰仓大佛，为日本国宝，高11.3米，重约121吨，仅次于奈良大佛，位居日本第二。大佛原为木造，历时五年建成，1247年被台风刮倒。1252年开始建造青铜大佛，历时10年建成。佛身镀金，经七百多年风雨剥蚀，至今在大佛头侧仍依稀可见金箔。原来有佛殿，但1334年（建武元年）和1369年（庆安二年）两次被台风海啸冲毁，未再重建，因而大佛坐在光天化日之下，餐风饮露，但那目光、面容，依旧高贵慈祥，关注着人间冷暖，沧海桑田。周围有些巨大的方型石墩，是原来佛殿支撑柱子的基石。在石墩的上面，有一条几厘米深的沟槽，据说这样雨水可随时流走，避免积水腐蚀木柱。

日本镰仓时代佛教盛行，佛殿佛像多为中国宋代艺术风格。

镰仓大佛雍容华贵，文雅潇洒，被日本人称为美男子。奈良大佛是国家建造的，而镰仓大佛是由百姓捐造的，据说用了上亿枚铜钱。有人怀疑这种可能性，但考古证明，九州出土的镰仓时代的铜钱，其成分与大佛的成分完全一样。看来，众志不仅可成城，亦可成佛。

佛内中空，沿梯可达佛腹。在关东大地震中，大佛没倒，但向前移动了二十公分。1960至1961年，在大佛颈部加固，增加了抗震结构。站在幽暗的大佛腹部，我惊奇地发现，头上四、五米高处，赫然有三个中国人的名字：谭贤、邓社发、邓容。他们是谁？是当年建造大佛的工匠，还是"到此一游"的国人手笔？但字那么大，那么高，不搭脚手架，是没法写上去的，由此判断，游人涂写的可能性极小。那么，他们到底是谁呢？为何留名？

三

辨财天，原本是印度的河神，主掌音乐、智慧、财富，后被引进佛教，又被迎入日本神道，成为佛教、神道教共同尊崇的神灵。

藤泽江之岛的辨财天，是日本三大辨财天之一，与安艺的宫岛、近江的竹生岛的辨财天齐名。在镰仓时代，辨财天八只手，拿着各种武器，成了战神。江户时代，变成了两只手，拿着琵琶，成为艺术音乐神。现在，辨财天为七福神之一，处处供奉。

由此观之，神的职能也可随时代衍化，宗教也可相互影响，互通有无。

在镰仓有一个宇贺福神社，供奉洗钱辨财天。据说源赖朝梦见镰仓西北山中有神泉涌出，可保天下太平，于是派人寻找，果然发现此泉，建神社供奉。当地人说，用神泉水洗过的钱，花出后，可十倍、百倍收回。

我们去时，天色已晚，山中一片幽暗。顺着陡峭的山路，下到一个洞窟，穿过红色鸟居（日式牌坊）长廊，进入神社。买香烛时，给你一个小竹筐，点烛焚香参拜辨财天之后，把钞票放在竹筐里，用竹杓舀水洗钱，之后把湿漉漉的钱拿走，留下竹筐。来此洗钱的人很多，有白人、黑人、黄种人，都很虔诚的样子。洗的钱，大都是日本千圆纸币。洗得最多的，是一个黑人兄弟，但也只是四张而已，还真没看到洗万圆纸币或支票的。我洗了一张千圆纸币，儿子洗了一把硬币，如果灵验，我可发一万至十万日币的小财。

出来时，朋友们告诉我，这由鸟居组成的长廊，都是发了大财的商社、富豪捐赠的，感谢神灵的保佑。其中有几个鸟居是崭新的，刚立没几天，看来，还真有如愿以偿者。

四

在藤泽市鹄沼海滨，有中国音乐家聂耳纪念碑。

　　1981年7月17日，我与何为、韶华从北海道访问回来，在东京小住。当时何为先生有写聂耳的计划，所以应邀到藤泽鹄沼聂耳纪念碑前，参加聂耳逝世46周年纪念活动。

　　那天闷热，我们又是西装革履，个个汗水淋漓。纪念碑小巧玲珑，用花岗石制成耳状，郭沫若题书：聂耳终焉之地。碑文由日本戏剧家撰写。碑边临时搭了个小棚子，献花默哀后，市长叶山峻致辞，何为代表中国作家讲话。市长讲了些什么，我早已忘记，但从此我对藤泽有了好感。

　　聂耳是革命音乐家，写了很多抗日救亡歌曲。尤其是《义勇军进行曲》，号召人民用血肉铸成新的长城，抗击日本侵略。藤泽市人民，在两国尚未恢复邦交的年代，就建造了聂耳纪念碑，这种是非分明的正义精神，超越国家民族的博大胸怀，刚直不阿的政治勇气，令人敬重。

　　聂耳，原名聂守信，1912年生于昆明，有音乐天赋，耳朵辨音极灵敏，因而得外号耳朵先生，后取名聂耳。19岁时，来上海参加左翼文化活动，1933年，由田汉介绍加入中国共产党。1935年初，田汉改编电影《风云儿女》，写了歌词《义勇军进行曲》。田汉被捕后，夏衍拿到了田汉留下的剧本，发现了里面写在香烟盒衬纸上的歌词。不久，聂耳来找夏衍，说作曲交给我，我来干。

　　当时国民党特务正在追捕聂耳，党组织安排聂耳先到日本避难，再择机转道欧洲、苏联。他在临行前，争分夺秒，完成初稿，4月18日到东京后，马上修改定搞，完成后挂号寄回上海，赶上了录音。

7月17日，聂耳在在鹄沼海滨游泳，不幸遇难，年仅23岁，有脍炙人口的37首乐曲留世。聂耳死因，一直疑雾重重。

聂耳罹难后，骨灰葬在昆明华亭寺附近的公路西侧，墓用青石镶砌，简单朴素。1954年，政府重修，由郭沫若重撰碑文，其中有"不幸而死于敌国，为憾无极。其何以致溺之由，至今犹未明焉！"对其死因，明确提出怀疑。1980年，聂耳墓迁至西山太华寺与三清阁之间，碑文仍用郭沫若文，但删除了上述两句。原因可能是中日已恢复邦交，结束了战争状态，不能再称敌国，而聂耳死因，大概也搞清了的缘故。1985年，政府又重新设计改建了一次。聂耳的一生，波涛汹涌，命运多舛，他的长眠之所，也是不断迁建。

无独有偶，藤泽的纪念碑，也是三起三落。1949年，聂耳的《义勇军进行曲》被定为国歌的消息传到日本，藤泽市民被这位才华横溢的作曲家的爱国精神所感动，自发举行纪念缅怀活动。藤泽市议会通过议案，召号市民募捐，于1954年，在聂耳遇难的鹄沼海滨，建立了聂耳纪念碑。1958年，纪念碑被台风冲毁，1965年重建。我们看到的那座碑，就是第二次建的。1986年，为纪念聂耳逝世50周年，藤泽市民捐款建立了聂耳铜像，维修了纪念碑，修建了聂耳广场。

据林林先生回忆："聂耳来日本时，我在东京，他来找我。

他好不容易找到我后说，'我用四个耳朵找四棵树'。是的，聂耳是四个耳朵，林林是四棵树。他喜欢日本，也喜欢日语，他不跟中国人去海水浴，坚持一个人去，是想学习日语。我们曾劝过他，但他执意不从，后来传来了噩耗。"

日本著名音乐家团伊玖磨先生，住在鹄沼浴场附近，曾制作一部关于聂耳的电视片，为此他采访了当年与聂耳一起游泳的人，还找到了聂耳房东家的姑娘。据说，聂耳扎了两次猛子，第一次扎完上来时，拼命擦眼睛，第二次扎下去就没上来。团伊玖磨先生说："那天天气晴朗，没有风浪，看来不像被风浪卷走的。肺里没水，这表明他是一下子死去的。死因很可能是心脏麻痹。"团伊玖磨在《四只耳朵》这篇随笔中写道："在最后那几天，聂耳的四只耳朵听到了什么呢？他作为作曲家的两只耳朵，一定在听天上的音乐，未来的音乐，而另两只耳朵，也许正忧虑地倾听大海彼岸的祖国痛苦的呻吟。"

聂耳虽然走了，但却把昆明与藤泽连接起来。1981年，两市结为友好城市。2003年，昆明市在江之岛的植物园，修建了春泽园。春者，春城昆明也。泽者，藤泽市也。园中遍植云南各种茶花、建骋碧亭、青铜孔雀像。石材、木材均取自云南，由昆明八位能工巧匠，用三个月建成。

聂耳在异国他乡，看到这个充满浓郁的故乡风情的园林，会感到欣慰的。

黑色星期六

朋友从北京来，住在新大谷饭店，我去看他。

新大谷饭店位于东京中心部繁华区，虽宫殿般豪华，却田园般宁静。它有座匠心独具的日式庭园，小桥流水，亭台楼榭，花草树木，风景如画。我很喜欢这座酒店，与作家团来访时，常住这里，回想起来，前后大约不下二十次。走在大堂松软的地毯上，看着四周熟悉的景物，有一种回家般的亲切感，但当我路过那个西餐厅时，不由得心头一紧，想起了九年前，那个黑色星期六。

记得那天我起得较早，冲了个澡，到花园散步。天空高远，微风拂面，空气中有花草的清香，心情怡然。八点半钟，全团一起到一楼西餐厅用自助餐。餐厅很大，能容纳几百人，食品丰盛，有日、中、西、阿拉伯餐，随意自选。我们作家代表团，一行五人，围坐在过道边的一个圆桌上，边吃边聊。

我喜欢清淡的日本早餐，拿来了米饭、咸菜、烤大马哈鱼和酱汤。刚吃了一口饭，手中的方便筷突然断了一枝。我随口道："坏了，不祥之兆！莫非要出事？"年轻漂亮才华横溢的团长

T君说："老陈，您别乱说。大家都高高兴兴的，别制造紧张好
不好？"我笑了笑，没有在意，权当开个玩笑。今天上午的日程
是分头拜访日本作家。有人说国内翻译出版了不少渡边淳一的作
品，很有人气，他到底是怎样一位作家？我笑着说："你算问对
人了。渡边淳一原是外科医生，后来放下了解剖人体的手术刀，
拿起了笔，解剖人生。最早把他介绍到中国的，恰巧是鄙人。
1984年，我翻译了他获直木奖的成名作《光与影》，后来又译了
他的长篇小说《花葬》，短篇小说《乳癌手术》《猴子的反抗》
等。我喜欢他前期的作品，写人生，写命运。他的《失乐园》，
先是报纸上连载，之后出单行本，接着拍电影、电视剧，在日本
列岛掀起了《失乐园》热。当时我正在日本访学，觉得奇怪，
这部写中年男女情爱的长篇小说，情节简单，未见有什么过人之
处，何以风靡日本？在艺术上，倘若与《查泰莱夫人的情人》
相比……"

　　我正讲得来劲，大家也听得入神，这时，L君突然说："我
的包没了！"她的包放在身后的椅子上，而且座位基本没离人，
怎么会没呢？我说，这是高级饭店，一般不会丢东西，是不是
放在房间里没拿下来？L君很肯定地说，我拿下来了，就放在身
后，房间的钥匙也在里面，怎么就没了？里面都有什么？全部
家当：护照、身份证、钱包、相机、首饰……我一听，脑袋就大
了，这下完了，洗劫一空。尤其是护照，一旦丢失，你在外国
就成了"黑人"。旅行才刚刚开始，这可怎么办？大家再无心吃

饭，帮着寻找，分析案情，议论纷纷。我请大家镇静，沉住气，同时挥手叫餐厅领班，问他是否看到有人从这里拿包？他摇了摇头，满脸惊慌，手紧张得发抖，说完，一路小跑去向上司报告。

这时，接待我们的日中文化交流协会的横川健先生来了，我们一起到总经理办公室商量办法。这位总经理曾在北京长富宫饭店工作过，客气友好。他说早晨来用餐的人很多，有住宿的，也有外来的，买了餐券就可以进来。饭店即使知道是谁拿的，也无权搜查，只能报警。我唯一能做的，就是通知打扫公厕或清扫房间时，注意有无丢弃的包儿。根据经验，小偷通常会将不要的东西扔在厕所的垃圾箱里。但新大谷饭店旧馆，有公厕一百多个，检查一遍需要2个多小时。我问：经常发生这种事吗？他说不，建店以来，这是第二起，但那次丢东西的，也是中国人。他问我报不报警？我犹豫了一下，心想报又有什么用呢？我在国内陪外国作家旅行时，也有外宾丢东西，报案后，石沉大海，没有任何信息。但此刻，这是唯一的可能救命的稻草，管它有用没用，死马当活马医吧。他抓起电话，马上报警，之后对我们说，请你们先回房间休息，警察来时，我通知你们。

我与T团长、横川先生商量了一下，决定上午的活动照常进行，大家虽然情绪不佳，但都闷在饭店里毫无意义，留下我、L君与横川健三人处理此事。回到房间，我马上给我驻日大使馆文化处打电话，向张参赞报告情况，请示怎么办？张参赞说，没有护照，就不能在日本旅行，也不能出境回国，所以必须补办临时旅行证，证明身份。但怎么办，我也不太清楚，得问一下签证处才知道，你等我电话。过了大约十分钟，张参赞来电话说："今天是星期六，使馆休息，好不容易才找到人。办证需要三份材料：1.失主工作证复印件；2.出访任务批件复印件；3.写一份情况说明，由团长与失主送到使馆。之后由领事处办理临时旅行证。因为这是使馆出具的正式的有效证件，负法律责任，所以必须由三个人同时操机，办完后，还要送日本出入国管理局审批后才能生效。"搞清了办证程序，我马上向国内有关领导报告，之后找到了作协外联部李锦琦君，叫他到L家找工作证，到办公室查找文化部批件，尽快复印电传给我。小李女儿感冒发烧，他正准备带女儿去儿童医院，"祸"从天降，他二话没说，把女儿交给妻子，马上出发。

按照日程，全团后天，也就是星期一去长野县访问。今明两天，日本政府机关休息，办好临时旅行证，最快也要到星期一，与横川先生商量，想方设法尽快办理，如果来不及，我与L君留在东京，其余人按照原定日程出发，最后全团在京都会合回国。这时，日中文化交流协会的专务理事佐藤纯子、常务理事木村美智子从家里匆匆赶来。她们正在做家务，接到电话，衣服都没来得及换，马上来到了饭店。协会成立46年，接待了无数中国代表团，还是头一次遇到这种事。本来为了节约，他们没开工作间，但为妥善处理此事，在我隔壁开了个房间，做临时办公室。

十点十分，警察到达总经理室。他很年轻，戴着金丝眼镜，文质彬彬，像个文弱书生，但全身披挂，手枪、警棍、对讲机、手铐、防弹衣，一应俱全。他问得极仔细，比如事件发生的时间、地点、过程；比如包的颜色、大小、形状、样式、品牌；比如包中的物品……简直是一场记忆力测试，反正只要你能想起来的，他都详细记录并绘图。他这一问，我发觉自己对身边用的东西还真说不清楚，比如照相机的牌子、型号、颜色、机身上的号码，何时何地买的，用了几年，你能说得清吗？足足问了一个多小时，才结束。我问他，有可能找到吗？他说近年来盗窃案件不断上升，破案率较低，除非小偷在销赃中露出马脚或因别的案件被捕或被供出，否则很难破案。

我本来对报案就没抱什么希望，因为这不是杀人放火走私贩毒的大案要案，属于偷鸡摸狗、小打小闹，警方不会投入大量警力。人海茫茫，没有任何蛛丝马迹，到那里去找，不是大海捞针吗？唯一有效的办法，还是尽快办理临时旅行证。回到房间，我又给国内打电话，知道小李已拿到L君的工作证，在办公室的档案中找到了文化部的批件，但因是休息日，放复印机、传真机的房间锁着，他正在找人开门。看来所需文件很快就能发过来，我着手起草情况说明，这样下午就可以去使馆。

十一点二十分，警察来电话，说清洁工在东急饭店男厕所发现一个女式提包，从所讲的形状颜色来看，可能是L君的。我欣喜若狂，急忙问，里面有没有护照？他说，提包还没送来，不清楚。我先到L君房间，告诉她这个喜讯，安慰她说，别着急，大有希望，之后回到房间，坐在电话机旁，不错眼珠地盯着电话，守株待兔。碌碌半生，还从来没像今天这样焦躁不安地盼望来电话。那清脆的铃声，使我心惊胆战，惶恐不安，但又给我希望和期待。我最担心的是护照。找不到护照，全团要分成两半，日程全部打乱，订好的机票、车票、饭店宴会要退掉重新订，各地的接待计划也要重新安排，给接待方造成的麻烦，一言难尽。再者，日本经济一直不景气，社会治安恶化，当地黑社会与外国的犯罪集团勾结，贩卖毒品、武器、护照，偷渡，抢劫，杀人越货，无恶不作。想到这里，我更觉得凶多吉少，心乱如麻，坐卧不安，刚刚有的一点希望，又变得虚无缥缈，遥遥无期了。嘴角火辣辣的，好像要起泡。唉，搞了大半辈子外事，不知带过多少团出访，还从来未发生过这种事！有什么办法，只好自认倒霉，听天由命。

十二点十分，电话铃终于响了！警察说，提包已经送到永田町派出所，叫我们去辨认。我忙问，里面有护照吗？他说：有。我高兴得差点跳起来，马上与横川先生、L君打车直奔派出所。那个年轻英俊的警官依然全副武装，坐在门口的办公桌前等我们。他身边有一位身穿浅蓝色工作服的中年妇女。原来是这位清扫工，在打扫男厕所时，发现了这个包，因为里面有新大谷饭店的钥匙、早餐券，知道是新大谷饭店客人丢的，马上报警，所以我们很快就知道了消息。我一再向那位清洁工深深鞠躬，表示感谢。L君急忙查看提包，钱包、首饰没有了，损失惨重，但护照、身份证、相机都在。可能那个相机太陈旧，值不了多少钱，小偷没看上眼。我悬在半空的心，总算落了地，不由自主地长长出了一口气。

在派出所里面的房间里，一位警官正与一位身穿黑色礼服的中年男子谈话。他也是来取包的。他到东急饭店参加亲属婚礼，今天早餐时，手包被盗，丢失现金五万日元，损失不大。

那位文质彬彬的年轻警官说："今天早晨，周围三个高级饭店新大谷、东急、全日空都发生了盗包案。小偷在新大谷偷了包，拿出钱物，将包扔到东急饭店的男厕所。在东急偷的包，扔到了全日空男厕所。在全日空偷的包，扔到何处现在还不知道。估计是一个人干的，而且是惯犯，计划周密，身手不凡，一鼓作气，偷了一个中国人，两个日本人，竟然没有一个人发觉。他只要现金和贵重物品，由此可以断定他是日本人。如果是外国人，护照不会扔，因为加工后可卖大价钱。"

千恩万谢后，回到饭店，我马上给使馆、作协领导、小李等打了一圈电话，报告护照失而复得。短短四个小时，长如四年。我像生了一场大病，嘴上起了泡，胃里也倒海翻江，浑身无力，躺在床上，两眼望着天花板，话也不想说，饭也不想吃。本以为是肉包子打狗，有去无回，幸亏老天有眼，日本警官认真敬业，化险为夷。

我是喜出望外，欢呼雀跃，但L君依然是唉声叹气，愁眉苦脸。听说她平素过日子就精打细算，克勤克俭，如今被洗劫一空，变成了一文不名们穷光蛋，心情沮丧。幸亏有位善解人意、菩萨心肠的好团长，一路好言相劝，安慰开导，并慷慨解囊，帮她排忧解难，直到回国前，她的脸上才渐渐有了几分笑意……

现在，中国人口袋里有了钱，又讲究穷家富路，出国时，身上都有现金。全世界的小偷们眼睛瞪得跟豆包似的，紧盯着中国人的钱包，几乎是弹无虚发，一偷一个准儿！我已经听了不少在美国、意大利、西班牙、越南被骗、被抢、被偷的故事，惊心动魄，甚至有人差点丧命！行走在异国他乡的大街上，千万小心，贵重物品，不要离身。

那天是2001年4月14日。在日语中，4的发音同死，不吉祥。我的黑色星期六，一辈子也不会忘。

春木屋

怀旧，可能是人生理心理衰老的一种标志。

年轻时，脚步匆匆，一心向前，无暇左顾右盼。到了生命的秋天，节奏放慢，脚步迟缓，喜欢往后看，对那些经过时光过滤的往事，就多了几分感慨和思念。我和妻子一大早，从热海来到东京，就是想看一看，十几年前，我们住过的阿佐谷。妻子还记得那里有一家美国缝纫机专卖店，想顺便问问是否有零售的脚踏板。

日本的经济一直不景气，阿佐谷商业街几乎没有什么变化，还是当年的老样子。一些店铺关门了，比如我们常去的西点铺不二家，原来在入口处，但如今已不见踪影。又开了几家新店，卖日用杂货土特产，但冷冷清清，门可罗雀。唯一变化大的，是禁烟愈发严厉。不仅商店、车站、商业街不准吸烟，连周围的马路，也印上红字"禁烟区"。杉并区政府规定，发现在禁烟区吸烟或扔烟头者，罚款2000日元。这么一大片街区，只在车站前的厕所边有个吸烟处。烟鬼们匆匆跑来，掏出烟，点上火，狠狠吸一口，之后轻轻闭上眼睛，沉醉在烟雾之中。几十个人集中在这里吞云吐雾，形成了污染源，烟雾弥漫，乌烟瘴气。不吸烟的人，都远远绕开走。看到这些可怜又可恨的烟民，我仿佛看到了自己的丑态。嗨，吸烟人这点出息，真是没法说。但也有牛的，在前面喷泉边，就有一个蓬头垢面的流浪汉，坐在在维持秩序的警察眼皮子底下，旁若无人，堂而皇之地大抽特抽。看样子这位"爷"正愁没地方吃饭睡觉呢，巴不得警察给他找个安身之所。我虽是烟民，但对这种用行政手段禁烟并不反感，甚至希望政治家拿出铁腕，像禁毒一样，把我等无毅力戒烟的烟鬼，统统捉进牢房，强制戒烟，未尝不是功德。

在阿佐谷商业街北面，妻子看到了那家美国缝纫机专卖店。店主是位中年妇女，看了我们带去的图片，说店里没有这种型号的缝纫机。在我们转身要走时，她说别急，我打电话请总公司在电脑上查一查，看看别的地方是否有这种缝纫机和配件？打完电话，她说，这种机型，美国已经不生产，库存也早已卖光，实在抱歉，让你们白跑一趟。她的细致周到，使妻子深受感动，连说谢谢。没想到，她又说："如果缝纫机在日本，可以拿到总公司，看看可否找到类似的配件。如果在中国，那就不值了，来回地邮费太贵。"她说话慢声细语，举止文雅，虽然是商人，但却像个处处为你着想的热心的老大姐。知道我们在这里住过后，她更加亲切，像街坊邻居一样聊了起来。她说去过中国，突出的印象是什么都大，故宫、长城，大得没边没沿，还学了几句汉语，如您好，欢迎，再见……

告辞出来，妻子感慨道，人家这才叫生意不成仁义在呢！我说，这里虽然没有什么顾客至上、顾客是上帝之类的标语口号，但诚与信，想顾客之所想，急顾客之所急，已经渗入骨髓，这正是商业社会成熟的标志，而我们缺的，恰恰是这个。

儿子知道我们要去阿佐谷，昨天晚上从北京来电话说，荻洼车站附近有一家叫春木屋的面馆，网上说很有名，尤其是酱油拉面，号称日本第一，你们不妨去尝尝，看看这日本第一是啥滋味。

我们在荻洼车站问了几个人，没人知道，往回走时，经过一家名为"北京胡同101"饭馆，门口站着位中年妇女，招揽顾客。一看那衣着、神态就知道是北京人，问她知不知道春木屋？她说往前走，不远就是。我说，我们是慕名而来，他们的面果然了得？她满脸不屑地说，别听日本人瞎咋呼，在我们中国人眼里，就那么回事，没什么。

到了春木屋，客满，只好在外面的椅子上坐等。大约等了十分钟，进到里面一个鸽笼般小间，一对青年男女正在吃面。我问好吃吗？他们说好吃，特别好吃，只是较贵。我看价目表，酱油面800日元（约合人民币56元），大碗再加200日元，计1000日元（约为人民币75元），比一般面贵200日元。我点了两份酱油拉面。那个戴眼镜的店员纠正我说，叫酱油中华荞麦面。我说，荞麦面是荞麦粉做的，这是拉面，用小麦粉做的，不是一回事。心想我是中国人，还不懂这个，用得着劳您大驾教我吗？我虽然用的是敬语，但话里带刺，对这个不知天高地厚好为人师的店小二讥讽了一番。他知道遇到了一个不太好对付的正宗中国人，脸一红，不再言语，转身去忙别的。说完我又后悔，叫个什么真儿呢？这是日本人开的店，卖给日本人，管他叫什么呢，即使叫臭狗屎，与我有什么相干！

店面不大，撑死了坐二十个人，但生意兴隆，无一空座。店里没有中国人打工，全是日本人，收款也不正规，随手塞到衣袋里。不像别的店铺，有专人用收款机收，打出收据。这里是本店，在吉祥寺还有家分店。

面上来了，尝了一口，没觉得有什么特殊风味，唯一不同的是，加了不少香油，香油味特重。出店门时，那个戴眼镜的店员问我，好吃吗？我能说什么，只好学日本人，顺水推舟：好吃。店门口又排起了长队，大概有十几个人吧。日本人喜欢跟风，真好糊弄。

这么个鸡毛小店，声名远播，甚至到了中国，这不是面的不同凡响，而是网络的威力。

大连饭店的老板

我以为庆应大学的文学部，只是语言文学，没想到，它几乎涵盖了人文科学的所有门类，如哲学、论理学、美学、历史学、国文学、教育学、社会学、心理学、语言学、图书馆学、中国文学、英美文学、德国文学、法国文学等二十个学科，有专职教授一百二十多名。

文学部有个很大的接待室，整洁安静，备有自助热茶，一些教授和学生，在这里见面，商量研究计划、论文题目，充满了浓郁的学术气氛。

关根谦教授陪我参观完校园后，到接待室与山下辉彦、杉野元子教授见面。山下教授父亲是日本人，母亲是中国人，16岁时回国，教授口语。杉野教授是庆大毕业的文学博士，研究老舍，她看了我的名片上的地址，问我是不是与舒乙先生住同一栋楼？我说是呀！她说那我去过。这几位学者，都很朴实真诚，透着书卷气，不愧为名校的教师。

关根问我带没带简历之类的材料，我说没有，只有申请日本国际交流基金时填的一些表格。他说："那也行。文学部要聘你为访问教授，这样就可以有研究室，借书证，工作方便些，但要在教授会上通过一下，办个手续，所以需要材料。"

晚上，关根问我想吃什么？我说什么都行，但要允许抽烟，憋了一下午，闹心。他说，那就去大连饭馆吧，那里可以抽烟。我说好哇，听这个名字就觉得亲切。

饭馆离学校不远，没走几分钟就到了。里面大约有十几张桌，可以坐四五十人。三个女服务员，一个广东人，一个抚顺人，一个大连人。在日本，有这么大的铺面房，可不是容易事。我看菜单上，都是些家常菜，就问她们有什么特色菜？这时，一个中年男子走过来说，你们想吃什么，我给你们做。一听口音，就知道是土生土长的大连人，透着东北人的热情豪爽。我说想吃正宗的东北菜，如酸菜汆白肉，血肠，杀猪菜啥的。他说。如果事先预定，我可以做，但现点来不及，没有材料。我们点了几个菜，又要了牛肉、猪肉、虾仁三样煮饺。

这时，老板出来了。他六十多岁，头发斑白，开始发福，有点耳背。他听说我与关根都在大连读过书，来了兴致，打开了话匣子。他1944年生于大连。"文革"中，他自以为根红苗正，参加了工人造反总司令部，任宣传部长，外号迷糊，成了响当当的造反派，风云人物。"文革"后，受审查时，他才知道自己是日本孤儿，由中国养父母养大，所以要求回国，1978年回到日本，白手起家，开始创业。如今他开了三个饭馆，除这个本店，还有两个分店，当了老板。但他没忘记养育之恩，手足之情，把养父母与兄弟姐妹都接到日本来了……

这时，饺子上来了。我看是油煎的，马上说，我们要的是煮饺。日本人所说的饺子，其实是我们所说的锅贴，厨房可能是按着日本人的习惯做的，虽然不是我们要的东西，但情有可原。那个大连姑娘面有难色，不知如何是好，但老板看她一眼，只说了一个字"换"，她立马就端了回去。

老板继续说，山崎丰子的《大地之子》电视剧，轰动日本。那个主人公，就是根据我的经历写的。我一愣，下意识地说，是吗？你认识她吗？他看我认起真来，犹豫了一下说，不认识。山崎为了写留在中国的日本孤儿，多次到中国采访，我曾负责接待，知根知底，跟他根本不沾边。由此看来，他爱吹牛，话中水分很大，一不小心，正好撞在枪口上，露了馅。

我觉得，与说话云山雾罩的人聊天很累，甚至有一种被戏弄的感觉，懒得再与他说什么，埋头吃起了水饺。

还别说，他的水饺味道不错，没掺假。

中国货

热海面临太平洋，比东京暖和，最低气温在13度左右，但冬天也需要取暖。开空调虽然热得快，但室内干燥，嗓子难受，有时还流鼻血，而且费电。于是我们去买了个电暖器，双管800瓦，中国造，简单实用，样式漂亮。但回家一试，发现第一根管中间，有一块发黑，可能是电阻丝少缠了一圈，不知是否会烧断？我拿回去换，人家二话没说，马上换了台新的。我叫他试一下，看是否有问题，他马上拆包，组装，试验，之后照原样装箱。在中国退换，可没有这样简单，不仅要验证你说的毛病是否属实，还要检查有无损坏，不问你个底儿掉，别想换回来。

如今在日本市场，中国货多如牛毛，但都比日本货便宜。比如中国大蒜，100日元三头，日本大蒜，100日元一头。中国打火机，售价分别为100、50、25日元。我用的那种电子打火机，中国卖1块钱，日本卖100日元，约合7.5元人民币，价格翻了7倍还多，利润够高的。日本物价贵，中国商品只要打入日本市场，就有赚头。

现在很多到日本旅游的中国人，都去银座买东西，虽然不无炫耀的成分，但也有避免尴尬的考虑。你想想，从日本回来，馈赠亲友的东洋货，人家打开仔细一看，哈，中国造，心里是啥滋味？这不是蒙人吗？高级商店里，中国货少，虽然贵些，但国人趋之若鹜。

一次与日本朋友吃饭，说起这件事，他们感到惊讶，忙看自己的衣服和随身用品，结果发现，每个人身上都有中国货，而且不止一件，大家相视而笑。如今的中日，你中有我，我中有你，不管你喜欢还是讨厌，谁也离不开谁，这就是现实。

商人重利，古今中外皆然。我在中国买菜，就没少受骗上当。记得有一次妻子要做香葱烧鲫鱼，叫我去买四条活鲫鱼。我明明看到那个卖鱼的从水池中拿出四条鱼往地上摔，但回家妻子收拾时说，有一条是死鱼。我说不可能！她说你看看这鱼的眼睛，三条明亮，说明刚死，一条污浊，说明早就死了。妻子是南方人，买鱼食鱼有丰富经验，言之凿凿，我无言以对。这个小贩，看我是外行，拿着死鱼往地上摔。为这蝇头小利，还要练就魔术师的手疾眼快，这是何苦！从此我不再去这个鱼摊买鱼，不愿再叫他戏弄。

一般来说，日本商人重视诚信，但是偶尔也有耍滑头抖机灵的。比如有一次买鸡蛋，一盘十个，发现其中一个破损处用商标贴上了，伎俩与中国某些小贩完全一样。还有黑心商贩，把从中国进口的蔬菜，换上日本商标，谋取暴利，坑骗顾客，结果触犯刑律，进了班房。

有一次，我去看朋友，在阿佐谷花店，买了一盆盛开的蝴蝶兰，叫他在下午三点之前送到朋友家。我3点到朋友家时，没看到这盆花，打电话去问，说已经出来了。朋友说，你别信他的，平素订饭，也是这样，总是说出来了，但什么时候到很难说，原因无非是堵车、找不到，你搞不清他说的是真话还是假话。直到3点40分，花才送到，他道歉说堵车。

我和朋友相互看了一眼，差点笑出声来。

窑洞里的婚礼

昨晚看NHK电视节目《窑洞里的婚礼》，印象深刻。

一个日本女记者，在河南省三门峡市一个窑洞村闲逛时，看到一家门口放着一辆崭新的电动自行车，一个喜气洋洋的中年男子正在油漆门窗。一打听，他告诉她，在城里工作的儿子要回来结婚，全家人正在忙着布置新房。窑洞里刷为粉色，新床、新被褥还没有摆好，新买的冰箱电视还没有拆包。

她听说中国的婚礼很隆重，想趁机制作一部电视专题片，特意去洛阳找到了由医学院毕业正在实习的新郎。小伙子很开朗，说他的女友是个城市姑娘，他们打算在城市生活，还在三门峡市花了20万买了新房。原来本想简单办一下，但父母不同意，所以决定满足父母的愿望，回家按照农村方式举行婚礼，热闹一下。

记者到窑洞村采访，农民都很热情大方，她想看什么都行。一位93岁的老奶奶告诉她，窑洞冬暖夏凉，住着舒服，所以活了这么大，没有什么病，从来不吃药。她问老奶奶，我可以在这里住几天吗？老奶奶马上说，行，住几天都行。晚饭很丰盛，雪白的馒头，金黄色的炒鸡蛋，各种蔬菜。老奶奶告诉她，这些东西都是自家产的，不用农药化肥，多吃点，还教她中国式吃法：把雪白的馒头掰开，中间夹上鸡蛋、粉丝。晚上，家里人拿出里面三新的被褥为她铺床。被子是大红缎子被面，松软漂亮。老奶奶信奉观音菩萨，每天上香参拜，祈求家族平安、风调雨顺，五谷丰登。老奶奶说，"文革"时，挖了个洞，把佛像藏了起来，不然破四旧时，非给砸了不可。

这部《窑洞里的婚礼》很长，大约两个小时，以农村婚礼为主线，也报道了当地农村实况，农民的生活，风俗人情，没有那些令人生厌的官话套话废话，风格朴实，态度真诚，是一部难得的佳作。

中国农民的热情，使我想起了最近日本电视中非常走红的一档节目——名人寻觅食宿实录。一些著名演员、歌手、电视节目主持人，到农村、地方小城采访，没有计划，随走随拍，晚上找一家落脚，住一宿，第二天帮主人干点活，报答留宿留饭之恩。这档节目，真实生动、有悬念，很受欢迎。但是他们所到之处，不是不准拍，就是不留宿，有时找了十几家，也没有着落。还有人很生气，说私闯民宅是犯法，要报警，吓得年轻的女演员直哭。当然，最后都找到了住处，受到主人热情招待，皆大欢喜，没有人露宿街头。我想，这些家喻户晓的日本名人尚且如此，如果换上外国人，恐怕情况会更糟。

由此想到，中国人与日本人待人接物的不同。中国人热情、大方、开放，对于客人，不管家里穷富，都要罄其所有，热情款待。而日本人冷漠自闭，疑心大，小气，实用主义，再好的朋友，也要保持距离，不往家里领。

前几天还看了NHK播的《麦客》。甘肃某村农民，生活贫困，为了盖新房，送儿子上学，改善生活，结伴去河南割麦子。为了省钱，他们扒货车到西安，再到河南。山东农民富裕，自家买收割机，由政府组织浩浩荡荡的收割大军，开赴河南收麦。同是麦客，却有天渊之别。山东农民想的是盖楼房，买汽车，再买几台联合收割机，明年大干一场。甘肃农民用镰刀割麦，很苦很累，心里想的是拼命干，多挣点钱，回去买羊买牛，过不了几年，日子会好起来。他们生活水平不同，挣的钱有多有少，苦累程度也不一样，但他们都对未来充满信心和希望，相信明天更美好。尤其是甘肃的那几个贫苦的农民，他们对日本记者说，再过几年，你们来我们村看看吧，肯定会大变样！我看后很感动，知道了中国东部和西部农民在经济上的巨大差距，也钦佩日本新闻记者的敬业精神。

以前日本电视多报道中国的负面新闻，什么偷渡，抢劫，杀人放火，反日闹事……仿佛中国人个个无法无天，无恶不作。其实，坏人坏事那国都有，天天发生，如果只报道有关中国的负面新闻，久而久之，会使人感到中国乌烟瘴气，充满血腥罪恶。这不是心怀叵测，别有用心，混淆视听，又是什么呢？

最近几年，出现了可喜的变化，一些独立思考的记者，深入中国，采编了一些客观真实的报道，这有利于两国人民的相互了解。

真实，是新闻的生命，记者诸君，要把心放正！

钞票上的文化

在作协外联部工作时，常到外国访问。每到一国，总要换些该国货币，以备不时之需。回国时，剩些下点散碎银两，就带了回来，随手扔在抽屉里，时间一长，竟攒了一堆花花绿绿的洋钱。但这是那国货币，价值几何，何时何地换的，上面的头像是谁，早已忘记，成了一笔糊涂账，反正是些微不足道的小钱，索性留个纪念，闲时看一看，倒也不赖。

钞票是一种流通工具，也是一种文化符号，无论哪个国家，在设计钞票图案时，都尽力把该国政治、经济、历史、地理、文化艺术等浓缩在票面上，彰显本国的辉煌和骄傲。

在这些货币中，我对日本钱还比较熟悉，因为去的次数多，用的机会也多。

20世纪80年代初去日本时，见到三种纸币，面值分别为一万、五千、一千。记得上面的头像分别为古代政治家圣德太子、日本幕府末期、明治初期政治家岩仓具视和明治时代政治家伊藤博文。当时觉得，日本纸币很"突出政治"，三个老头，都是政治家，其中只有圣德太子（574—622），勉强可以算作半个文化人。他是用明天皇之子，后由推古天皇立为太子，并授摄政大权。他大力提倡佛教、儒教，仿照中国方式编修《天皇记》《国记》等史书，改变世袭氏族的尊卑顺序，定官位十二品，制定《十七条宪法》，派小野妹子为遣隋史，派学生和僧人到中国留学，并从中国聘请艺术家、手工艺者到日本，为中日两国文化交流开辟了道路。他虽然在文化上贡献巨大，但归根结底，他是政治家，兴办文化，只是他的政绩之一。

1984年，日本更换了三种纸币。一万元头像为福泽谕吉（1834—1901），明治时代启蒙思想家、教育家，庆应义塾大学创始人。他介绍西方社会文明，主张人人平等，名言为"天不生人上人，天不生人下人"，代表作有《西洋情况》《劝学篇》《文明论概略》等。五千元头像为新渡户稻造（1862—1933），农政学教育家。一千元头像为作家夏目漱石（1867—1916），作品有《我是猫》《少爷》《明暗》等。这套纸币的最大特点是用思想家、教育家、作家取代了政治家，彰显文化。

2000年时，为纪念八国首脑会议，日本发行了二千日元的纪念钞，但市面上似乎很少。这张钞票正面印的是冲绳"守礼之邦"牌坊，后面是日本最早的长篇小说——成书于11世纪初的《源氏物语》第38回铃虫，右下角是源氏物语作者紫式部像。

2004年发行的纸币，保留了福泽谕吉，但五千元头像换为女作家樋口一叶（1872—1896）。她以东京、吉原一带为舞台，创作反映当时女性生活的小说，代表作有《青梅竹马》《浊流》

《十三夜》《岔路》等。一千元的头像换为野口英世（1876—1928）。他家境贫寒，幼年残疾，靠奋发苦学，成为世界著名细菌学家，对梅毒、狂犬病病原体研究卓有贡献，后在非洲研究黄热病时不幸感染而死，他的碑上写着：毕生致力于科学，为人类而生，为人类而死。

从以上三套纸币来看，头像的选择，从政治人物渐次向思想、教育、文学、科学倾斜。尤其是文学，出现了紫式部、夏目漱石、樋口一叶三人，比例之大，不亚于政治家。

纸币上的头像，各国不同，有开国君主、总统、思想家、音乐家、画家、建筑家、钢琴家、作家、工程师等等，但都是选择那些为国家进步发挥过巨大作用、产生过深刻影响、值得纪念尊敬且人人皆知的精英人物。从日本纸币上头像的变化，依稀可见日本对重要人物的判断标准和价值观，以及日本社会、政府的思想和教育导向：科学家、作家、思想家，与政治家一样，都是对日本民族的发展产生过巨大影响的杰出人物，理应受到尊重、敬仰、怀念。

我觉得，纸币上的人物，实际上是一种广告，一种呼唤，一种标志，天天目睹这些人物，会对人们的心理产生潜移默化的影响。

去年是日本作家太宰治（1909—1948，生于青森县，本名津岛修治，作品有《樱桃》《斜阳》《人间失格》等多部，是日本战后派代表作家）和松本清张（1909—1992，生于福冈县，社会派推理小说家，他在出神入化的故事背后，揭露社会黑暗，同时向日本昭和史与古代史之谜进军，代表作有《点和线》《砂器》《日本的黑雾》等）诞辰100周年，日本NHK电视台拍了专集，分若干次介绍他们的生平、作品、思想。在中国，纪念文化人的专集不是没有，但比较少见而且时间短。看完这两部电视片，我感觉日本还是重视文化的，较之那些来去匆匆的党棍、政客、财阀，似乎文化人弥久益香，更受尊重。

中国有个口号：文化搭台，经济唱戏。顾名思义，文化只是诱饵、陪衬、点缀、装饰，招商引资才是目的。我以为这是对文化的轻视、利用、亵渎。有朝一日变成"经济搭台文化唱戏"，才能证明文化得到了真正的重视。

我们的纸币上，是否也应该有几位历史文化名人呢？

跋

　　昨天还雨雪霏霏，今天却阳光灿烂，晴空万里。相模湾中的初岛，清晰可见，连远处多日不见的大岛，也露出了身影。

　　风还有点凉。海滨公园的几排高大的棕榈，叶子已经变绿，但几棵低矮些的，依然枯黄，风吹过时，发出枯草般的沙沙声响，不知死活，但愿春风能将它们摇醒。棕榈树下的草丛，有一片半尺高的幼苗，是落下的种子自然萌发的。这种原产中国的耐旱的植物，已经在这里扎根落户，繁衍后代。

　　大寒樱、热海樱早就谢了，长出了嫩叶，几株垂樱开得正盛。花圃中，最早开放的朱顶红、小苍兰，还有几种我叫不上名的小花已经凋零，而郁金香、蝴蝶花、帝王花姹紫嫣红。热海位于伊逗半岛东部，天气温暖，花草在露天过冬，虽然没人浇水施肥，但春天一到，就争先恐后，破土而出，迎风怒放。

　　高高的海堤上，几个老人，牵着狗，拎着装狗粪的塑料袋，慢悠悠地走着。两伙年轻人，在沙滩上打排球、棒球，欢声笑语与浪花一起四处飞扬。三五个性急的男孩，跳到海中，乍暖还寒时节，游不了多大一会儿，就哆哆嗦嗦跑上岸，嘴唇冻得发紫……

半年的访问学者生活，在不知不觉中过去，再过几天，就要回国了。眼前的景色，即将变成回忆，但我心静如水。按理说，这里的自然、生活、工作条件都不错，有几分留恋才是，但我没有。难道这是与生俱来的叶对根的眷恋？抑或如李白所说"锦城虽云乐，不如早还家"么？我也说不清楚。

我在大连读书时，就喜欢静静坐在海边，看潮起潮落，与天地对话。到国外旅行，只要有机会，也喜欢到海边坐坐，看海天茫茫，朝霞落日。但这样长时间与海厮守，读书写作，还是有生以来第一次，有一种身在深山古寺的清静，"不知有汉，无论魏晋"的闲适……

回想大半生，如果从学习日语算起，至今已经有45年。倘若有人冷不丁地问我，到日本访问过多少次，结识了多少日本朋友，接待过多少日本作家，写过多少介绍日本的文章，翻译了多少日本文学作品，我一下子还真说不清楚。总之，在我的生命中，如果去掉日本，将会出现一大块空白。我做梦也没有想到，促进中日文学交流，加强相互了解和友谊，竟然会成为我工作的主旨。但扪心自问，我是知日派吗？不，不是。因为知日派需要长时间、多角度、深入了解日本，需要熟悉中日两国交流的历史，需要全面把握两国政治、经济、文化的联系，需要研究地缘政治的利害得失……而我，虽对日本的山光水色、名胜古迹、美食佳肴、传统文化、菊与刀的双重性格略知一二，但只是一知半解而已。

其实，我对日本并无好感，学习日语纯属瞎猫碰死耗子。

我是东北人。虽然出生的前一年，日本已经投降撤走，但从1931至1945年，东北人当了14年亡国奴，国恨家仇，铭刻在心，对小鬼子（东北人称日本人），深恶痛绝。记得我去大连学日语时，一个邻居的老大娘就对我说：孩子，谁好人说那话呀！我可是看着你长大的，咱可不能说那鬼话！大娘年轻时，说日本话的，一是日本人，二是翻译官——比日本人还坏的二鬼子，都是仗势欺人为所欲为的货色。大娘的丈夫被日本人抓劳工，生死不明，一直没回来。大娘一人，含辛茹苦，把儿女拉扯成人，国恨家仇，不是喊一、两句政治口号就能消除的！

我自幼喜欢文学，高考时，本想学中文，但成绩不佳，被外语院校录取，心情沮丧。毕业后，被分配到外事单位，糊里糊涂地加入对日文化交流的行列，但这不是我的选择，而是"被选择"，是命运安排。在工作中，接触的是作家，谈的是文学，自然受到影响熏陶，对文学的兴趣死灰复燃，且爱屋及乌，走进了日本文学，于是开始翻译、写作。朋友们说，你是歪打正着，够幸运的。仔细想想，还真是这么回事。在人生中，把工作与兴趣结合起来的机会并不多，正好被我赶上了，应该知足。

如今，我已经退休，进入了老年人行列，但身体照常运转，思想尚未枯竭，自我感觉还能干点事。这次应日本国际交流基金会邀请到日本来，一是研究日本作家野间宏，二是趁机与日本朋友告别。

远在中日尚未恢复邦交的年代，日本的有识之士就认识到日中友好的重要性，不顾个人安危，冲破重重障碍，绕道香港，来中国访问，在世界外交史上，掀起了独一无二的以民促官的热潮。这之中，文化界，特别是文学界，阵容恢宏，影响深远，功勋卓著。他们把文化交流与友好事业视为心灵的召唤，人生的目的。如今，那些走在文学交流前列的著名作家如中岛健藏、井上靖、团伊玖磨、野间宏、尾崎秀树、水上勉等都已经驾鹤西去，在世的，也多已进入垂暮之年。仅我在日本的半年间，就有研究中国近、现代史的教授安藤彦太郎、研究日中关系史的友好人士古川万太郎、热情友好的作家立松和平相继病故。今后，中日文化交流，如何改变青黄不接、后继乏人的局面，以怎样的方式、内容继续下去，是个新课题……

天刚黑，月亮就出来了。不知为什么，海上圆圆的月亮，竟然是红色。升高后，才渐渐变白，浮光耀金，在海面上形成一道长长的明晃晃的光柱。远处的初岛，灯火通明。而更远的大岛，时隐时现，像无边黑暗中孤独迷茫的船。

再见，热海。再见，日本。

2011年8月2日初稿

2017年2月16日修改

第 2 辑 · 怪味俄罗斯

俄罗斯情结与试场舞弊

如今60岁左右的读书人，或轻或重，可能都有点俄罗斯情结。这种情结，一旦形成，会如影相随，相伴终生，甚至会影响你的人生道路，艺术趣味，生活方式。由此可见，文学艺术的影响，多么深刻久远绵长，难怪有雄才大略远见卓识的政治家，都格外重视文艺的作用。

余生也晚，在中苏蜜月时代，还是个孩子，说句没出息的话，最初对苏联的好感，不是来自歌曲、电影、文学、绘画，而是来自饼干。

我生在一个名不见经传的小县城。上小学三年级时，大姐夫从苏联回国探亲。他是我县第一个留苏学生，个子很高，仪表堂堂，风度翩翩。当他穿着笔挺的中山装，蓝色夹大衣，出现在街头时，在灰头土脸的小城里，是一道吸引眼球的亮丽风景。人们在背后指指点点，议论纷纷：这是任兽医的二小子，在外国留学呐！看人家孩子多有出息，瞅瞅咱家的，一个不如一个。啥时候咱家大小子，也去留洋就好啦！人家脑子好，在县里考第一，在省里还考第一，他是那块料儿吗……

大姐夫来我家时，常有街坊邻居借故来串门，看看陈家的女婿，打听一下苏联的情况。我对那些集体农庄、斯大林、捷尔任斯基、莫斯科大学不感兴趣，眼睛盯着大姐夫送我的维芙饼干、巧克力、自动铅笔和小刀。母亲家教极严，家里有客人，小孩是不准吃东西的。我盼望人们快点走，我好吃那长长的、上面印着方格的褐色饼干。

那是我第一次吃维芙饼干，觉得好吃极了，心想长大我也去留学，天天吃这种饼干。那个自动铅笔，是紫色的，与铅笔一样长，铅条很长，不用削，可以用很长时间。县城里没有卖的，同学们都觉得新鲜，这个试，那个弄，没用三天就坏了。从那时起，我知道在北面，有个大国，叫苏联，对中国好，人们叫它老大哥。

可老年人不这么说，一口一个老毛子，大鼻子（管日本人叫小鬼子或小鼻子）。尤其是一些中年妇女，说光复那年过老毛子，妇女们不敢出门，脸上抹着锅底灰，东躲西藏，吓死人。有人阻拦：别胡咧咧，现在是中苏友好，人家是老大哥。友好就得说瞎话吗？那有老大哥糟蹋兄弟媳妇的？那个老赵家的三丫头，不是叫老毛子祸害了吗？

我那时小，不懂他们说什么，反正不是什么好事。后来听说，那是1945年，苏联出兵东北，迫使日本投降，大部队从我们县城过了三天三夜，一些不守军纪的士兵，调戏妇女。几十年过去了，人们还记忆犹新。至于为什么叫他们大鼻子老毛子，我现在也闹不清，或许因为他们鼻子高、体毛多之故吧？但与他们有关的一些单词却留了下来，例如有人把葵花籽叫毛子嗑，把小水桶叫维德罗（俄语音译）等等。

我在初、高中六年，外语学的是俄文，高三毕业时，能靠字典读一点俄文小文章。当时国内翻译介绍的外国文学，以苏俄为主，果戈里、契诃夫、普希金、莱蒙托夫、托尔斯泰、屠格涅夫、高尔基、马雅可夫斯基、肖洛霍夫、奥斯特洛夫斯基等一些作家的作品，我都读过一些，还能背几首普布金的诗。中国一边倒，学习苏联，人们常说的一句话是：苏联的今天，就是我们的明天……

1985年，我申报高级职称。当时规定，一般干部加试外语，外事干部，加试第二外语。我报考的是俄语，但几十年不用，早忘光了，只好临阵磨枪，每天下班抱着录音机，请在北京教书的大姐夫为我补习，整整三个月，风雨无阻。考试时，作协与文联报考高级职称的在同一考场。试题挺难，相当于大学本科一年级水平，但恰巧我是照那本书复习的，答得还算顺利，心想及格问题不大。中间我去了次厕所，回来时卷子不见了，没敢声张，坐在桌前纳闷。

旁边的一位仁兄挤眉弄眼，示意在他手里。他是编辑，小说家，虽然学过俄语，但他的工作与外语根本不沾边，如今连字母都认不全了，又没工夫复习，考他外语，纯属赶鸭子上架。我如坐针毡，心里七上八下，咚咚乱跳。心想考好考歹不说，要是弄个试场舞弊，那可是品质问题，够恶心的！但看那位仁兄，若无其事，神色自若，心想他上学时，肯定不是什么好鸟。卷子还给我时，他手疾眼快，动作娴熟，像变戏法一样，没露一点破绽。结果我考第一，86分，他考第二，82分，都评上了副高。事后我骂他，鄙人从小就是良民，从没干过偷鸡摸狗的勾当，却让你吓个半死！他嬉皮笑脸地说，我请你喝酒吃饭，为你压惊。一晃二十多年过去了，他早从出版社社长的位置上退了下来，但饭还没吃……

从那以后，我再没接触过俄语，纯粹是为考试而考试，浪费生命，毫无价值。不知现在报考高级职称还考不考外语，倘若平时工作与外语毫无关系，你考他外语究竟为了什么呢？

俗话说三十年河东，三十年河西。苏联这个超级大国，早已经分崩离析，冰消瓦解。但当我踏上俄国的土地时，心潮依然起伏澎湃：这就是俄罗斯文学描绘过千百次的大地吗？这就是俄罗斯人世代生息繁衍的家园吗？这就是在人类文学史、艺术史、科学史、政治史、军事史上都留下辉煌，使不可一世的拿破仑、希特勒闻之丧胆的俄罗斯吗？虽然早已经没有了朝圣的虔诚，但心中却不乏尊重和敬意。

我想，不管这里发生了什么，对这里的土地，这里的人民，这里的文化，这里的历史，都不可小觑。

入境和出境

听说俄国出入境手续繁琐，大家下了飞机，急匆匆往前赶，希望能早点出关。但紧赶慢赶，到达边检时，还是落在后面，窗口已经排起了长队。

这是俄罗斯国门的第一道屏障，有八个窗口，每个窗口列队等候的大约有二十几个人，全部通关人数不会超过二百。倘若在北京边防，这点人很快就会走完，但这里不行，每一个人，最快也要三、四分钟才能通过。

我们那个窗口，里面坐着一个年轻的中尉，是个帅哥，还算和气。你把护照和入境登记卡交给他，他不慌不忙，先在机器上检验一下护照的真伪，对照上面的照片验明正身，之后在电脑上查签证，核对无误后盖章放行。问题是他那台电脑，慢慢腾腾，无精打采，没有两三分钟，出不来。前面有几个中国人，电脑上查不着签证号，出出进进，往返三次，等了一个多小时，才过关。

出境那天，情况更糟，不是等待，而是冲锋。

其实，那天我们去得很早。CA910航班晚8点10分起飞，我们5点20就已经到达机场，想早点进去，但柜台没开，只好在海关外面等。这时，几个中国演出团到了，大约有二三百人，带着乐器和道具，将入口挤得水泄不通。通道开始放行时，演出团的一个中年妇女站在入口处，气势汹汹，只放他们的人，不许别人过，说是单为他们开的。我们在后面等了约半个小时，他们的队伍还不见尾。陪同我们的俄罗斯作协干部奥列格急了，拿着介绍信与海关交涉，海关同意放我团八人先进，但我们刚挤进去六个，又被拦住。

排队交行李时，后面一阵骚动。原来是几个俄罗斯人急着赶飞机，与堵在入口处不许别人进的那个飞扬跋扈的女人发生口角，甚至动手推搡。混乱中，过来一个警官维持秩序，情况稍好些，几个俄国人和我们那两个伙伴终于进来了。

交行李换登机牌很慢，排队等待近一个小时，出境过边检时，比入境时快些，但也等了四十分钟。我去过十几个国家，俄罗斯出入境等的时间最长，最累，体力不济者，很难坚持。电脑陈旧，检查缓慢，多开几个通道不就解决了吗？真不知老大哥是咋想的。

边检、海关，是一个国家的主权、尊严和脸面，是外来者的第一印象，不可掉以轻心。俗话说，有粉要擦在脸上，就是这个道理。国人深恶痛绝的形象工程，在这里倒是应该好好搞一搞，无论软件硬件，都"形象"一下才好。

卢布和吃饭

　　我们带的都是美金，吃饭，住宿，都要卢布，所以到达莫斯科之后，当务之急是换钱，以备不时之需。在莫斯科机场，找了半天银行，没有找到。俄罗斯作协的奥列格，来机场接我们，他说自动兑换机可换。不远处，果然有个庞然大物，高约二米，但操作繁琐，弄了半天，才换了一百美元。倘若大家都换，不知等到什么时候，于是决定去旅馆的途中找换钱的地方。

　　一路留心广告，看到兑换处就停，一连跑了四处，不是比价过低，就是他手边没有多少卢布，顶多能换千把美元。在莫斯科转了一大圈，用了两个多小时，跑了十多个兑换处，终于在一条商业街上，换到了卢布。这些换汇的网点，不是国家银行开设，而是倒爷或需要外汇的企业开办的，换汇量有限。到了饭店，已经是莫斯科时间夜里12点，北京时间清晨4点，不要说跑来跑去为大家换钱的伙伴，就是坐在车里等的人，也已经像瘟鸡一样，睁不开眼睛了。从早晨到现在，马不停蹄，整整二十二个小时，个个面色如土，气息奄奄。有人戏言，都是该死的卢布闹的，害得我们好惨！

在圣彼得堡著名的涅瓦大街，处处是商店，但换钱也不容易，无奈，只好兵分两路，几个人去换卢布，几个人在喀山大教堂前面等着，霏霏细雨中，前后也用了近两个小时。

在俄罗斯，吃饭也是麻烦。记得在圣彼得堡时，我们住在梅达古里饭店，说是三星，但我看就是个招待所，一星也不是。一个涉外饭店，居然有店无饭，每日三餐，客人自己去找辙。宪平外出"侦察"，回来说，在距饭店三百余米处，有一超市，二楼有个咖啡店，有菜汤、沙拉、三明治、比萨饼之类的快餐食品。

第二天早晨，彤云密布，大雨如注，我们打着伞，顶风冒雨走到咖啡馆，衣裤已经湿了大半，冷风一吹，瑟瑟发抖，吃了两杯热茶，才缓过劲来。铺面很小，我们团一进来，立马拥挤不堪。小店自开张以来，大概从来没有这样兴隆过，一个中年店员，手忙脚乱。这里本来不是正儿八经吃饭的地方，只为喝咖啡者准备一点小食品，每种只备一两份，你要多份，对不起，没有。潜台词是：哥儿们，咱这鸡毛小店的规矩是，有什么，你点什么，不是你点什么，有什么。

最惨的一次，是在诺夫戈勒德，那天看完古堡、教堂，想在有名的古堡饭店吃晚饭，但没有座位。从古堡出来，沿着大街，找饭馆，一家、二家、三家、四家、五家，找了两个多小时，总算进了一家饭馆，点了汤、蔬菜沙拉、牛排，每人20美金，味道尚可。这一天，步行两万多步，累得够呛。

旅行中，吃住行，是大事，吃不好住不好，体质下降，再加旅途劳顿，水土不服，生活习惯乱码，极易生病。

　　俄国的商业，不甚发达，旅行中，有种种不便，但我相信，将来饭店会有的，面包会有的，车票会有的。

俄罗斯饭店的明天

到达莫斯科那天，我们下榻大学旅馆。

旅馆简陋，相当于我们乡级的招待所。一楼大堂很小，东侧是柜台，西侧摆着许多神像。窗外不远处，还有一家专卖宗教用品的商店。由此看来，这家鸡毛小店，可能与宗教有关，但它却偏偏叫大学旅馆，不知何故？价格也贵得令人咂舌，单人间每晚120美元，双人间200美元。这个价位，在中国能住五星级饭店。我们原订四个单间、两个双人间，虽已交定金，但无双人间，临时改为八个单人间。单人间虽小，但方便，所以去外地前，预订了八个单人间。但等我们回到莫斯科时，单人间不够，又变成了四单两双。更奇怪的是，预订金200美元不退，也不打入房费。这显然是霸王条款，但你爱住不住，就这个价，没商量。

电梯处有个警卫，他明明看见你在前台办理入住手续，又拿护照又登记，但不给他看住房卡，死活不让进，即使你来回搬行李走三遍，他也要不厌其烦地看三次，认真得令人讨厌。

那个电梯，更是一绝。梯厢是不锈钢的，关门时，颤颤巍巍，哆哆嗦嗦，且伴有喀拉喀拉的响声。弄得你心烦意乱，这电梯能坐吗？关上门还能打开吗？会不会掉下去？等开动起来，如手扶拖拉机，轰鸣、颠簸、颤抖，站在里面心惊胆战。俄罗斯宇宙飞船可以上天，难道还弄不好一个电梯吗？只是没人用心而已。

房间很小，一桌一椅一床一柜，加上洗漱间，总共不到十平米。桌子上放一个14寸的小电视，一个小台灯，一个玻璃杯，再无立锥之地。洗漱间有个小浴缸，一个坐便器和一个洗脸池。浴缸高一米多，有点年纪的人，很难爬进去。洗浴时要当心，有时放出的水红褐色，全是铁锈。房间太狭窄，一个人都挤得慌，不是手碰到椅子，就是腿磕在床上，当晚身上就留下好几块伤。

在国内看到的苏式建筑，都很高大雄伟，苏联的工业产品也以傻大黑粗著称，但不知何故，唯有饭店，小如鸟笼。日本人以精细闻名，小旅馆房间也很小，但设备一应俱全。没想到俄罗斯的饭店，房间比日本的小，价格却比日本的贵，傻大黑粗四字，只剩下"黑"了。

从莫斯科到彼得堡，途经几个城市，饭店大致如此，价高、房小、设备简陋。在诺夫戈勒德，预订的饭店落空，又换了一家。在圣彼得堡，预订的房间客人没走，在另外一家饭店住了一夜……俄罗斯不相信预定，但不预订就更没法相信，只能跟着感觉走，听天由命，随遇而安。

俄罗斯有点像我国20世纪80年代，改革开放之初，饭店、机票、火车票都是紧俏商品，谁能搞到手，那是本事。当时我们为使外国作家团住进好饭店，顺利旅行，有专职人员，找门子拉关系送礼品，使尽浑身解数。记得1983年夏天，日本作家水上勉率团来访，原预订的北京饭店因客人没走住不进去，急得我像热锅上的蚂蚁，一边请作家们坐在大厅休息喝茶，一边联系前门、民族、新侨、华侨等涉外饭店，但均客满。总不能让日本作家露宿街头吧？作协上下全动了起来，最后住进了颐和园中的豪华别墅。虽然是古香古色的宫廷建筑，但许久没用，有一股霉味，蚊蝇成群，还有壁虎，吓得一个日本年轻作家抱头鼠窜。没有办法，第二天又搬到刚落成的香山饭店，直到离开北京，也没住进北京饭店。大约过了十几年，京城星级饭店如雨后春笋，形势大变，成了买方市场，只要有钱，总统套房也不难找。

我有个习惯，出国访问写日记，但我的俄罗斯日记，都是在窗台上写的。不是东施效颦，故意模仿某些大家站着写作的习惯，而是没有地方写字。

站在窗前，望着远处的灯火，一碧如洗的夜空，我写道：中国饭店的今天，就是俄罗斯饭店的明天。这几行字，使我感到骄傲。

奇怪的免税店

　　俄罗斯的商业，没我国发达，大型商场和购物中心不多。

　　圣彼得堡的涅瓦大街和莫斯科的哥尔巴特街，是俄罗斯著名的商业区，店铺林立，商品丰富，但价钱比中国贵。名胜古迹旁有些摊亭，出售工艺品、纪念品。在生活区，有些小型店铺、自选商场，卖面包、香肠、熏鱼、烟酒饮料、水果蔬菜、日用杂货等物品。

　　商店的服务态度，虽然没有日本人的彬彬有礼，中国人的热情，阿拉伯人的穷追猛打，印度人的察言观色，但还说得过去，大都能以礼相待。

　　一天晚上，我们出来散步，一些店铺还没关门，我想买条美国烟，但问了几家，都没有整条的，只有几盒。到饭店吃饭时，多要几份同样的东西，也常没有，只能有什么吃什么。为商之道，不是卖得越多赚得越多吗？是货源紧张，还是经营不善呢？不得而知。

　　也有态度恶劣的。一次，我们路遇一个商亭，售货窗口开着，一个穿着入时的女人在商亭外面与一个领着小孩的中年妇女闲聊。我们想买几瓶矿泉水，她不耐烦地说没有，还推了询问者一把，接着腾腾地回到商亭，啪的一声关上了售货窗口。我故意往里面看了看，发现我们要买的矿泉水，大瓶小瓶都有，且摆在很显眼的地方，可她就是死活不卖，你有什么办法？

莫斯科街道宽阔整洁，绿地树林很多，没见臭气熏天的垃圾堆、漫天飞舞的塑料袋和乱纸，但常见丢弃的玻璃酒瓶、饮料瓶和易拉罐。在一个公园的大树底下，我大致数了数，有各种瓶子二十八个。俄罗斯人嗜酒，与几个朋友集在一起喝得晕头转向，就随手把瓶子一扔走人。在中国，这些瓶子是可以卖钱的。常见有人拎着口袋，在旅游点转悠，眼睛盯着人们手里的饮料瓶。不知俄罗斯有没有收废品的，倘若没有，不妨去当个专收酒瓶的破烂王，说不定也能日进斗金，发洋财呢！

到俄罗斯，谁都想买几样有俄罗斯特色的纪念品，但找来找去，中意的不多。我在小镇的旅游摊点，买了个木刻大鼻子老头，高三寸，花10美金。在莫斯科河畔，看到一个背篮子的铜蛙，生动可爱，讨价还价，40美金拿下。伙伴们在自选商场横扫巧克力时，我有点犯懒，心想这东西拎着挺沉，不如到机场免税店去买，不但便宜，而且可以直接拎着上飞机，省事。

没想到，莫斯科机场的免税店，东西少且贵。以香烟为例，在外面买一条英国三五牌，300卢布，这里却是680卢布。但手里的卢布带回去没用，管它贵还是贱，花光拉倒。

我去过一些国家，免税店的商品都比普通商店便宜，独独这里，贵得莫名其妙，真是新鲜。

柴可夫斯基的门铃

柴可夫斯基故居博物馆，在距莫斯科西北九十公里处的小城克林。老柴在这一带生活了九年，写下了《第五交响曲》《第六交响曲》，芭蕾舞剧《睡美人》《胡桃夹子》，歌剧《女巫》《约兰达》。

1885年，老柴结束了漂泊，住在克林附近的玛伊丹诺沃村，两年后迁到弗罗洛夫斯克村。1892年5月搬到克林，住了一年半，直到1893年11月5日逝世。这座二层小楼是大法官萨哈罗夫的房子，院子很大，有树林、草地、花圃。老柴非常喜爱这座充满田园风光的别墅，在给他弟弟莫德斯特的信中说："我对克林喜欢得要命，我自己也不知为什么。我不能想象自己会生活在别的地方。"

柴氏喜爱文学，年轻时写过诗。他的藏书有两部分，一是乐谱，有他心中偶像莫扎特的全部作品。一是俄罗斯作家的经典名著。在创作间歇时，他手不释卷，沉浸在文学艺术世界中，特别喜爱《莫扎特传》，不知读了多少遍。

他为了安心创作，防止干扰，特意在门铃处挂了块牌子，上写请勿按门铃。然而适得其反，这块牌子引起了孩子们的好奇心，门铃不就是按的吗？不让按装它干什么？里面住着什么鸟人？孩子们悄悄走到门边，踮起脚，按完就跑，结果门铃不断响，开门不见人，不胜其烦。

我问那个胖胖的讲解员，后来怎么办，牌子摘下来了吗？她答不出来。这只是进入故居前的小插曲，姑妄听之，用不着认真的。可我怎么无意中也成了那按门铃的孩子？

奥列格的鱼汤

从柴可夫斯基故居出来，已是中午。听说到瓦尔代还有二百公里，为了赶路，没有去找饭馆，只在车里吃了个巨无霸，就匆匆出发。陪同我们的奥列格说，晚上请大家喝鱼汤，于是我们买了些黑面包、烧鸡、西红柿和黄瓜放在车里。

奥列格今年五十多岁，一张娃娃脸，但头发已经稀疏。他住在莫斯科，妻子是网球教练，有两个儿子，正在上学。他是俄罗斯作家协会国际部的负责人，阿拉伯语翻译，曾当过外交官。苏联解体后，俄作协没了经费来源，只能靠出租房屋苟延残喘。与中国作家的交流，他只能选择那些有经济实力的人，不管是不是作家，来中国玩一趟，由中国作家协会接待，他收他们一笔钱，再接待中国作家回访。中国作家访俄时，他为了省钱，常常是自己开着一辆车到处转，趁机赚点小钱。

尽管作家们对奥有微词，说他精于算计，锱铢必较，总想多捞点，把交流当成了摇钱树，但我以为，中俄作家交流之所以没有中断，全靠他一个人上蹿下跳，苦苦支撑，才维持到今天，功不可没。再说，他一路陪同，不住饭店，到朋友家里借宿，自己开车，省下车费住宿费，也应该归他。

奥列格的故乡，在斯坦金镇。镇子不大，仅有几万人。他在街上走，三五步就能遇上熟人，站在一起聊一会儿。在湖边，他有一栋别墅，是二层小楼，但还没有全部完工。一楼有书房、客厅、洗漱间、厨房，二楼有四五个房间，可住十几个人。院子很大，种了一片草莓，栽了几棵果树，还有几丛花，但大部分还荒着。如果平整好，种蔬菜瓜果，三五个人是吃不完的。他原来的别墅在山岗上，离湖较远，他说卖了。问他价值几何？他一会说二万五千美金，一会说三万，没个准话，搞不清他卖了多少钱。在紧靠湖水的地方，他有一栋精致的桑拿浴木屋，里面堆放着劈柴、渔具、舢板和杂物。

这一带山清水秀，野花遍地，蓝天白云，辽阔无边，空气中，弥漫着浓郁的草木清香。人类毕竟是大自然的儿子，回到母亲的怀抱，格外兴奋，颠簸四百公里的疲惫，顿时烟消云散，人人拿着相机，站在湖边、草地、山丘上，一阵狂拍，好像饿狼扑食，贪婪疯狂。

足足拍了一个多小时，过足了瘾，大家才陆续回到别墅。已经是下午8点多钟，大家饥肠辘辘，奥列格的鱼汤还没有影儿，也不知真有假有。不知谁说，有面包烧鸡，先垫巴垫巴吧，大家就吃了起来。

直到夕阳西下，才来了两个奥列格的朋友，男的稍大些，是退休公务员，女的约50岁，是税务局的干部。他们端来了一大盆收拾好的鲤鱼、草鱼、白连、鲶鱼，总共可能有二十多斤，说是从湖里刚打上来的。男的在院子里插两根木棍，架一个横梁，把铁锅吊起来，抱来一堆劈柴生火。女的把大蒜、大葱、洋葱、茴香放在锅里。锅是奥列格新买的，还没用过，水桶状，生铁铸造，很厚很重，再加上大半锅水，一大盆鱼，重量可想而知。一堆劈柴烧完了，锅还没开，他又去抱来一堆，继续烧。

老奥不会熬鱼汤，所以请邻居来帮忙。其实熬鱼汤很简单，很原始，愚笨如我者都会。记得一年夏天，我和几个朋友去密云水库钓鱼。那天闷热，没有一丝风。我们蹲在水边，头上是火辣辣的太阳，脚下是滚热的地，眼前是热气腾腾的湖水，真跟在笼屉里蒸一样，汗哗哗地淌。正好这时来了一个卖冰棍的，我让她坐在地上歇着，等我们吃完再计数。这一顿疯吃，四个人，吃了59根，才算把汗压下去。我们钓了七八条小鲫鱼，简单收拾一下，用水库的水，放点葱、姜、盐、醋，慢火熬，当汤变成乳白色时，熄火出锅。味道之鲜美，可谓人间至味，至今难忘。为什么这么好喝？是因为亲手钓鱼熬汤，出于偏爱？还是热天喝热汤，大汗淋漓，遍体通泰？抑或是原水煮原鱼，味道绝佳？不得而知。但没美多大一会儿，因冰棍吃得太多，肠胃受不了，晚上就开始水泻，拉得天昏地暗……

烧了几十斤劈柴，用了两个小时，鱼汤终于熬好了，味道不错，只是稍咸。奥列格请大家喝伏特加，可惜无人嗜酒，浅尝辄止，他也就没了兴致。这时团长李荣胜收到短信，说北京气温

36度，闷热。这里气温是20度左右，清爽宜人，早晚时，还有点凉。大家庆幸，又躲过一个汗流浃背的桑拿天。

已经是夜里十点钟。此刻，北京时间是深夜两点，正是酣睡的时候，但这里是黄昏，太阳的余晖还挂在树梢上。我们从别墅出来，步行到公路。低头一看，在草地里趟了半天，皮鞋上竟然一点尘土也没有，可见这里生态之好，空气之洁净。

奥列格问我们谁愿与他相伴，住在别墅，无人响应，他有点沮丧。我把他拉到旁边，悄悄地说：快回去吧，有人在别墅等你呢！他爽朗地哈哈大笑。

皇村的套鞋

　　在俄国，有许多以普希金命名的街道、广场、剧院、研究所。他的塑像，随处可见。世事多变，沧海桑田，多少塑像被推倒，多少纪念碑被砸烂，多少不可一世的人物变成了历史的烟尘、垃圾，但人民对他的爱戴和敬仰却与日俱增。他对自由的向往，对暴政的反抗，对人民疾苦的同情，对爱情的讴歌，对革命的支持，对大自然的赞美，依然激励着人们，唤起人们对善良美好的向往。

　　普希金是皇村中学第一期毕业生。他在这里生活学习了六年，写了一百二十多首诗。据卢那察尔斯基回忆，当年的普希金，是"一个身材小巧挺秀的黑孩子，卷发，眼睛里闪着亮光，像水银一样灵活好动，满腔热情"。皇村中学是座贵族寄宿学校，设备豪华，学生每人一间宿舍。普希金住过的第十四号房，里面有一桌一椅一柜一床，如今是皇村中学的闪光点，每一个参观者，都要趴在门口看一看，拍张照片留念。教室宽敞明亮，有几十张课桌，摆成半圆形。讲解员说，当年这里排座次，不是按个子大小，而是按各科成绩好坏，成绩好的坐前面，成绩不好的坐后面。上语文课时，普希金坐在最前面，离老师最近。上数学课时，普希金坐在最后面，离老师最远。不知当年才华横溢年轻好胜的普希金，上数学课时心情如何？或许在悄悄写诗吧？

普希金是俄罗斯的骄傲，俄罗斯文学之父，俄罗斯诗歌的太阳，创立了俄国民族文学和文学语言，在诗歌、小说、戏剧、童话等文学各个领域，都为俄罗斯文学提供了典范。别林斯基说："只有从普希金起，才开始有了俄罗斯近代文学，因为他的诗歌里跳动着俄罗斯生活的脉搏。"高尔基说：他是"俄国文学的始祖"，"伟大的俄国人民诗人"。如今，他的作品已被译成一百五十多种文字，深为世界各国人民喜爱，《皇村的回忆》，已成为俄罗斯民族的回忆，全世界人民的回忆。凡是有机会到俄罗斯的人，都要到皇村中学，到普希金故居访问。普希金为俄罗斯创造的巨大精神财富，正从精神和物质两方面滋养着俄罗斯人民。

皇村中学是由俄罗斯建筑师瓦·涅洛夫1788年建造的古典主义风格的四层小楼，用宽大的拱廊与皇宫教堂连在一起，楼梯和地面都用大理石铺砌。沙皇亚历山大一世，为了培养帝国的栋梁之才、国务活动家，不惜重金创立了这所贵族子弟学校，然而事与愿违，却培养出一批具有叛逆精神的十二月党人和勇敢不羁的自由奔放的诗人。

皇村学校为了保护文物，要求参观者必须穿上套鞋。这套鞋不知用了多少年，堆在筐子里，破烂不堪，臭气熏天，像一堆垃圾。更糟糕的是，用得过久，鞋底很滑。二百多年来，不知有多少人来参观，坚硬的石板，磨得光洁如镜，走在上面，如履薄冰，战战兢兢。

我是普希金的崇拜者，读过不少他的诗和小说，尤其喜欢他的《自由颂》、《致大海》、《致恰达耶夫》等诗歌，能用俄文背诵《假如生活欺骗了你》，这个38岁就被决斗夺去生命的天才，是我青年时代的精神偶像。如今走进皇村，依然怀着崇拜和敬仰，但不知为什么，心里却冒出几行大不敬的打油诗：

啊，俄罗斯诗歌的太阳，

为你的崇拜者换换套鞋吧，

不要摔碎皇村的梦想。

托翁庄园

托尔斯泰庄园，距莫斯科二百公里，俄语为亚斯纳亚·波良纳，意为明媚的林中空地。庄园面积为四百公顷，原为贵族领地，是托翁母亲的嫁妆，后由托翁继承。托翁在这里出生、生活、工作，写出了《战争与和平》、《安那·卡列尼那》、《复活》等巨著，最后安睡在亲手栽种的大树下。

我虽然是第一次来，但并不觉得陌生。细想起来，可能是因为读了很多描绘托翁庄园的文章，留在记忆中，所以有一种似曾相识的感觉。

天色阴沉，看样子要下雨。俄罗斯的雨，说来就来，说走就走，如俄罗斯人的性格，豪放不羁。这时，远处跑来一个丰满漂亮的姑娘。她是导游，名叫莎莎，曾在北京学过两个月汉语，能讲几句中国话。她领着我们，沿着白桦林中的小路，匆匆向庄园深处走去。

庄园保持着原生态，沙石土路，没膝的野草，茂密的杂木林，静静的水塘，走来走去不时低头吃几口草的马，扛着在中国东北几乎绝迹的大钐刀的农民……一切都是那样宁静安详。在庄园漫步，宛如进入自然，进入历史，进入托翁的生活。这使我想起中国不少新开发的观光景点，连绵的店铺，拙劣的新古董，嘈杂的叫卖声，摩肩接踵的游人，几乎是发现一个，开发一个，毁掉一个，使多少幽居空谷的"绝代佳人"，变成了粗俗不堪的"商女"，令人痛心。

托翁博学，有藏书数万册，精通法语、德语、英语，能阅读意大利、阿拉伯、荷兰、希伯来、古希腊文，67岁时，开始学习日文。他的书桌上，放着俄译孔子、老子的书。他吸纳百川，广征博采，思想深邃。他在日记中说：我认为我的道德观念，是因为读孔子、主要是老子的结果。

托翁逝世时，有五千人送葬。他的坟墓，就在庄园的树林里。那是一个凸出地面约二十公分的土堆，长约两米，宽约四十公分。没有墓碑，没有塑像，没有守护，仅在草地边上用细树枝插了一道矮矮的围栏，简单朴实得使人不敢相信，这里长眠的是伟大的列夫·尼古拉耶维奇·托尔斯泰。托翁在遗嘱中说，要像埋葬叫花子一样用最便宜的棺材，为我做一个最便宜的坟墓。

古今中外，多少帝王将相，富豪巨贾，都精心营造死后的殿堂。埃及的金字塔，中国的始皇陵，印度的泰姬陵……不可胜数。乱世枭雄曹操算是个明白人，主张薄葬。帝王们的灵魂，是否进入了天堂，不得而知，但现实是，他们陪葬的珍宝大多被洗劫一空，尸体支离破碎。

托翁的伟大，不仅表现在他的巨著中，也表现在他面对死亡的明智，所以奥地利作家茨威格说，托翁长眠之地，是世界上最美的、给人印象最深刻的、最感人的坟墓。

芭蕾舞和观众

俄罗斯的芭蕾舞享誉世界，外国游客，慕名而来，趋之若鹜，一票难求，于是水涨船高，票价昂贵。我是下里巴人，对这高雅艺术兴趣不大，但在圣彼得堡，瞎猫碰死号子，看了一场，当了一次"鹜"。但这"鹜"当得好没意思，就像在流芳溢彩的公园里散步，踩了一脚臭狗屎。

那天下午到彼得大帝夏宫，正参观时，乌云翻滚，狂风大作，芬兰湾浊浪滔天，各国游客，如惊弓之鸟，四散奔逃。可是，刚出夏宫大门，雨住风停，天空出现一条艳丽的彩虹。如果回去重看，还要买票，时间也来不及，只好悻悻而去。天公开了个小玩笑，谁也没脾气。在回城的路上，有人提议，今天回来得早，不如到戏院碰碰运气，看看有没有芭蕾舞？大家顿时来了精神，直奔普希金大剧院，还真幸运，买到了当天晚上《天鹅湖》的票，皆大欢喜。

傍晚时，又下起雨来，风很大，气温骤降，冻得发抖。本想找个饭馆吃顿热饭，但找了半条街，也没找到，只好缩着脖子回到剧院，在二楼的咖啡馆，喝了杯热茶，吃了块点心，用简单食品果腹，迎接高雅艺术。

检票员头发斑白，西装革履，戴着雪白的手套，彬彬有礼。我们从旅游点来，一身便装，担心被拒之门外。但看了一眼周围的观众，都是欧洲、亚洲的旅行团，背着包、挎着相机、带着食品饮料，正装者没有几个，也就放心了。剧院富丽堂皇，共六层，上面五层是包厢。观众很多，整个剧场，坐得满满当当。开演时，剧场很安静，但随着剧情的发展，有人用闪光灯拍照。开始时，一、两个人，相隔的时间也长些，后来，拍照的人越来越多，不断有闪光灯撕碎剧场的黑暗和宁静。

奇怪的是，这种在剧场应该绝对禁止的行为，却没人管，听之任之，就像瘟疫一样，迅速蔓延，愈演愈烈。从一楼到六楼，都有人举着相机，不时按一下快门，一道道闪电，搅得人心烦意乱。直到第一场结束，中间休息，闪光灯就没停过。

第二场开始时，闪光灯又闹起来。可能有人报告了剧场服务员，他站在剧场的走廊上，环视四周，发现拍照，马上去制止，甚至请出场外。但服务员仅有两人，而剧场拍照的人很多，他们楼上楼下来回跑，哪管得过来呀！

我身后几排，可能是H国妇女旅行团，有三十几个人，穿着同样的玫瑰红T恤衫，坐在一起。看剧时，她们不断说笑，吃东西，还有睡着的，发出高分贝的鼾声。我左边的一个中年妇女，不但说话拍照，还脱了鞋，把双脚伸到前面的椅子背上。我烦得要命，拍了一下她前面的椅子，示意别影响别人。可她置若罔闻，依然说话拍照抠脚巴丫子，一会儿也不闲着。我实在忍无可忍，回过头，狠狠地拍了两下椅子。周围的人，不知发生了什么事，都回头看她，她才把那双散发上着刺激气味的脚从椅子背上拿下来。

看一场好剧，需要三个条件，好演员，好剧场（设施好、服务好）、好观众，缺一不可。我们看的那场戏，剧场一流，演员二流，观众缺乏对艺术起码的理解和尊重，根本不入流。

当时我就想，这种气氛，看哪门子芭蕾，看耍猴、卖假药还差不多，真是搓火。

鼾声是个害人精

人年纪大了，不仅马齿徒增，还会添一些毛病。

年轻时，没听说自己打鼾，但如果白天过于劳累，晚上有时说梦话。记得二十多年前，我与韶华等几位作家到日本访问，韶华回国后写了一本《北海道纪行》，书中说："昨晚，两次被陈喜儒同志吵醒。一听，他是在讲梦话，而且用的是日语。可见他已经达到用日语思维的水平了……"他还跟我说，你这毛病，做不了保密工作，一进入梦乡，就把秘密全都说出来了。但他没说我打鼾，看来那时还没这个毛病。

大概是五十多岁时，妻子说我打鼾，但声音不大，水平不高，属初级水平。打鼾时自己不知道，无法控制，应属不可抗拒的"自然灾害"，倘若自产自销，也无所谓，但如果出差时与别人同住一室，可就成了害人精。

那天，我们上午从诺夫戈勒德出发，途中参观了木屋博物馆。俄罗斯森林遍地，木材丰富，房屋和生活用品，多用木头制作。博物馆从各地收集木头建筑，如教堂、农舍、铁匠铺、商店等，陈列在一起。这些高耸巍峨，气象万千的原木建筑，展现出木头文化的魅力，但大多采光通风不好，里面闷热黑暗。

馆中有两个白发老人，出售用桦树皮制作的工艺品和生活用品。在他们手中，桦树皮柔韧如革，可剪可裁，可雕可刻，可编可织，成为靴、帽、盒、罐等精美的器物。

下午参观皇村学校和风景如画的叶卡杰琳娜宫，之后到圣彼得堡。原来预定的饭店客人没走，只好另找饭店。没有单人间，我与宪平同住一室。安顿下来，外出用餐，饭后到到涅瓦河畔看日落。风很大，也很凉，涅瓦河浪涛滚滚，耀光浮金。

回到饭店，浑身像散了架，简单洗了洗，倒头便睡。半夜醒来，突然发现对面床上没人了。宪平跑到哪里去了？莫非有了单人间？起身到洗漱间，差点被绊倒，仔细一看，宪平睡在地上。你怎么跑这儿来了？嗨，你的鼾声太大，我怎么也睡不着，只好躲到这里凑合着睡一会儿。你扒拉我一下，改变一下姿势，不就行了吗？我看你很累，不忍心打扰你……

宪平是我的同事，俄文专家，翻译出版多部俄罗斯文学作品，现为外联部副主任。俄罗斯巨变后，他依然苦苦支撑中俄文学交流，功莫大焉。我们一行八人，他不仅要安排食宿交通参观游览，还要当翻译，最苦最累。幸好他比我年轻，身体也好，不然早累趴下了。当翻译，一要有专业素养，对所访国的历史、文化、文学、风俗习惯有深入了解；二要遵循我国外交的方针政策，不可信口开河，自以为是，胡说八道；三是服务精神，从衣食住行，到鸡毛蒜皮，全方位服务，那位爷都怠慢不得。我是翻译出身，有切身体验，知道这种工作看着风光，实则辛苦，不是个好干的活儿，所以有几个学外语的年轻人选择职业时，征求我的意见，我坦率地说，最好把外语当自己的工具，而别把自己当别人的工具……

回到床上，再也睡不着了。没想到，我的鼾声之大，竟然搞得同事仓皇出逃，无地安身，躲到洗漱间里。想起过去总与锦琦君陪日本作家团，为了节省开支，常住一室。他年轻，又是我的部下，不好意思说什么。有一次，可能是实在憋不住了，或者是忍无可忍，跟我开玩笑说，您的梦话可是超级水平，抑扬顿挫，声情并茂，有时还咬牙切齿……当时我没在意，一笑了之。如今想起来，心里不安：可怜小李，受我的梦呓鼾声蹂躏折磨久矣。

听说有许多能治打鼾的药，也可以做手术，是否一试？但我已是社会闲杂人员，很少出差，鼾声自产自销，不再害人。

突发奇想：把梦呓鼾声录下来，自己听一听，看看这个害人精何等模样？

生命的艺术殿堂

　　莫斯科的天气，变幻无常，忽晴忽阴。下午在哥尔巴特街时，突然飘来一块乌云，遮天蔽日，眨眼间，电闪雷鸣，大雨滂沱。我随着躲雨的人流，钻进了一个破烂的门洞。风很大，雨丝不断改变方向，躲在门洞里的人，随之前后左右移动，但仍然不时有雨点落在身上。

　　过了大约一个小时，云开雨霁，阳光灿烂，我们出发去新圣女公墓。

　　公墓位于莫斯科西南区莫斯科河的河湾处，与著名的新圣女修道院仅一墙之隔。据说很久以前，这里就有座圣女修道院，但很小。1512年，瓦西里三世大公在征战斯摩棱斯克之前许下心愿，若能成功则重修修道院。他攻下斯摩棱斯克之后，没有食言，在原址上建造了新圣女修道院。从16世纪伊凡雷帝时起，这里就成了大公、贵族夫人、失宠的后妃、公主和流放者的长眠之地。据说彼得大帝的姐姐索菲亚公主就在此囚禁并葬身，所以有些中国人又称这里为"公主坟"。19世纪初，一些声名显赫的学者、教授、艺术家也安葬于此。20世纪初，逝世的国务活动家、功勋卓著的苏联英雄也进入墓地。公墓占地7.5公顷，埋葬名人2.6万人，与维也纳的中央公墓，巴黎的拉雪兹神父公墓一起，被称为欧洲的三大公墓。

我们到达新圣女公墓时，天色已晚，到门口一问，说已经下班。但俄作协的奥列格说："没关系，等检查人员走后，花点钱就能进去。"

我们回到车上等待。夕阳灿烂，高高的红褐色公墓围墙更显得凝重。奥列格与宪平看到几个检查人员上了公墓入口处的一辆蓝色轿车离去，就去大门口交涉。这时，有一个欧洲旅行团也向门口走，但没过几分钟就折回来了，因为已经下班关门，而他们又不懂潜规则，只好打道回府。过了一会儿，宪平招手，"买路"成功，每人五十卢布，没有发票，我们悄悄进入公墓。

新圣女公墓林木葱茏，高高的白桦树把墓地分为作家艺术家区、院士学者区、国务活动家区、军人英雄区等几大部分。几乎每一个墓前都有塑像，雕塑家们各显神通，竭力把长眠者的个性、音容笑貌，甚至是非功过都栩栩如生地表现出来，使墓地成为塑像之林，历史长廊，艺术殿堂。

这里有一串中国人耳熟能详的闪光的名字：作家果戈理、契诃夫、阿·托尔斯泰、马雅可夫斯基、法捷耶夫，作曲家肖斯塔科维奇，戏剧理论家斯坦尼斯拉夫斯基，舞蹈家乌兰诺娃，政治家米高扬、莫洛托夫……

刚刚下过雨，墓地洗刷一新，雕像也更有神采，但天色渐晚，没有时间凭吊瞻仰，只能在这些俄罗斯的精英和骄傲面前一掠而过。

青年时代，我读过《钢铁是怎样炼成的》，梦想把自己也炼成钢，虽然没有炼成，但我对奥斯特洛夫斯基心怀敬意，在他的墓前注目致敬，拍照留念。他瘦骨嶙峋，目光坚毅，望着远方，似乎在问：朋友，您的一生是怎样度过的？

赫鲁晓夫的墓碑，意味深长。按理他应葬在克里姆林宫红墙下，与历届苏联领导人为伍，但赫氏生前说，他不愿与斯大林在一起，而把他搞下台的勃列日涅夫也不愿把他放在红墙之下，于是他就葬在新圣女公墓。赫氏墓碑高三米，宽二米，用黑白两色花岗岩交叉组成，头像在黑白几何体中间，微笑着倾听人们说三道四。有趣的是，墓碑的作者恰恰是赫氏生前多次臭骂的现代派雕塑家涅伊兹维内。他说涅是"吃人民的血汗，拉出的却是臭狗屎。驴尾巴甩出来的东西也比涅氏的作品强！"

赫氏的墓碑为何由他设计，一说是赫氏遗嘱，一说是家属请的，但我更倾向于前者，因为这恰恰体现了政治家翻云覆雨、信口雌黄的复杂与神秘。不管起因如何，但墓碑确实由涅氏设计，而且独具匠心，别出心裁，用黑白两色巨石，表现赫氏鲜明的个性和毁誉参半的历史功过。

叶利钦的墓处于显赫位置，面积很大，鲜花很多，但墓碑不高，底座是叶氏照片，上面是个双重十字架，棺木突出地面，上面长满了嫩绿的草。

　　墓地虽然幽暗，但却没有恐怖阴森之气。几个俄罗斯人，在墓群中走来走去，不知他们是来凭吊亲人，还是来参观瞻仰？

　　在这个墓碑的王国里漫步，我感到的不是死亡，而是生命之美、生命之永恒；不是"是非成败转头空"的虚无，而是对科学文化、对历史、对国家民族的尊重；不是告别，而是净化灵魂，重新解读生命。

三访克里姆林宫

　　第一次去克里姆林宫，是上午。大家下了车，兴冲冲往里走。那屹立在莫斯科河畔，博罗维茨基山岗上的红墙、钟楼、金顶教堂、楼台宫殿，不知在电影、电视、图片中看过多少遍，但依然有巨大的吸引力、冲击力。大家不约而同地加快了脚步，举着相机，不断按快门，想把那游人和建筑，蓝天和白云，艳丽和辉煌，庄严和肃穆，甚至震撼和激动……都记录下来。

　　走到售票处才知道，今天闭馆，不能进入克里姆林宫参观。虽有些扫兴，但总不能白来一趟，于是决定绕红场走一圈。来自世界各国的游人，沿着红场的围栏，逶迤而行。在朱可夫元帅塑像后面，遇到了假列宁。他的衣着打扮，是我们熟悉的《列宁在十月》的形象，不知是否整过容，面相酷似。他很亲切地迎上来，招揽生意。宪平说，以前与他照一次相，是五十卢布，不知涨价没有？一看他身后的价目表，果然涨为一百卢布。我说太贵了。可能和他照相的中国人很多，他也能讲几句简单的中国话：不，不……贵。宪平用俄语说，列宁同志，我们照的很多，能否批发价，50卢布？假列宁沉吟了一下说，好，我同意批发价。与我和斯大林同志合照，一百卢布。这时，假斯大林走过来。他脸色黑红，身穿大元帅服，抽着烟斗，可能是故意模仿斯大林，走路，说话，摆手都很缓慢。他的大元帅服，看样子很久没洗了，肩章发黑，脏兮兮的。

我站在他们中间，照了张合影。口袋里没有零钱，给了假斯大林一张面额一千的卢布。他收了钱，从裤袋中拿出一沓面额一百的卢布，缓缓抽出八张给我。刚才我们与假列宁同志讨价还价时，他没有听着，以为应收二百。宪平笑着说，列宁同志已经同意批发价一百卢布。假列宁也说，是的，我已经同意。他没说什么，又抽出一百卢布给我。

没走几步，前面又有扮列宁和彼得大帝的，可惜他们的形象根本不沾边，所以生意冷清，没人与他们照相。有人认为他们装扮成领袖赚钱，是对领袖的亵渎，我却不以为然。他们只是小贩，靠长相与领袖相近，赚点散碎银两养家糊口，并无恶意，更谈不上亵渎。在本质上，他们与卖领袖像或在舞台银幕塑造领袖形象并无不同。恰恰相反，如果他们模仿得惟妙惟肖，引起人们对领袖人物是非功过的思考，或使根本不知道列宁、斯大林为何许人的年轻人，记住他们的名字，不也是歪打正着吗？

第二次去克里姆林宫，是回国的当天上午。在售票处知道，可以进去参观，但进不了珍宝兵器馆，因为上午票已售罄。买下午珍宝兵器馆的票，她不卖。奥列格摇唇鼓舌，终于说动售票员，买了下午的票。在俄罗斯参观访问，日程随意性很大，约好的项目，去了找不到人是常事儿，所以必须采取灵活机动的游击战，能看则看，不能看则走。团长李荣胜决定，坐地铁，去看普希金美术馆，临时增加两个项目。

下午两点，我们第三次来到克宫，经过库塔菲亚塔楼进入宫中，看钟王、炮王、钟楼、圣母升天教堂、天使教堂、天使报喜教堂。在珍宝兵器馆，看了王冠、权杖、象牙宝座、盔甲、兵器、马车、绘画、雕刻、金银器皿、工艺品……真可谓琳琅满目，金碧辉煌，穷奢极欲。

这一天，我们匆匆掠过十八、十九世纪的油画、雕塑，俄罗斯、拜占庭、巴洛克、希腊、罗马风格的建筑，世界各国的奇珍异宝，就像一只蜜蜂，进入了万紫千红、流芳溢彩的百花园，眼花缭乱，如醉如痴。

去机场的路上，本想再看一眼莫斯科，但已疲惫不堪，睡眼蒙眬：辽阔无边的俄罗斯大地，滚滚而去的涅瓦河，美丽幽静的白桦林，莽莽苍苍的大草原，辉煌壮丽的宫殿……在眼前流淌，若隐若现。

六月的俄罗斯，最使我难忘的是什么呢？俄罗斯的气质？俄罗斯的灵魂？俄罗斯的性格？俄罗斯的现在和未来？我问自己，也问俄罗斯。

2007年7月31日初稿

2010年4月28日修改

第 3 辑 · 南非的诱惑

最累的一天

　　年轻时出差，拎起包就走，随便你天涯海角，从来不打奔儿。记得有一年，我在国内国外跑了十四次，也没觉得怎么着。现在不灵，一说出差，就有点发怵。就说行李吧，要带适应春夏秋冬、不同外事场合的衣物，一堆花花绿绿治疗各种常见病的药，相机手机，茶叶水杯，洗漱用品等等，自己看着都心烦，但有什么办法呢，一不小心，就感冒发烧。尤其是胆囊切除后，在异国他乡旅行，吃东西要格外小心，否则就有麻烦。带的东西虽然不一定都用得上，但有备无患，心里踏实。以前看老同事出差大包小裹，觉得可笑。不知不觉间，自己也到了这把年纪。人生有些事，不到一定年龄是无法理解的，想起"少年莫笑白头翁，花开花落几日红"这句老话，真是精辟之极。

　　这次到南非，心里就没底，尤其是第一天，要飞十几个小时，一万多公里，三起三落，能顶得住吗？会不会掉链子？

　　2004年10月8日，晨7时起床，带着旅行箱到机关。9时全团开会，11时30分作协领导宴请送行，下午14时30分去首都机场。乘CA117航班17点15分起飞，20点40分到达香港，转乘CX749航班23点40起飞，10月9日12点55分到南非约翰内斯堡，用餐后乘SA323航班16点起飞，18点10分到开普敦。乘车到饭店，已是19点30分。

算起来，已经36个小时连轴转，在空中飞了整整18个小时，行程近18000公里，头昏昏的，脚没跟儿，走路像踩棉花团，连话也不想说。乘飞机虽快，但不如乘火车舒服。火车上累了，可以起来走一走，活动一下筋骨，但飞机上倘若有十分之一人离开座位，走道就站满了。也不如坐汽车，可以看看沿途风景。飞机上只有靠窗口的人能看到外面。万米高空，白天是云，晚上是黑暗，看一会儿也就腻了。幸好由香港飞约翰内斯堡时，飞机较空，可以找地方卧倒睡一会儿，不然更加狼狈。

北京与南非时差为6小时，此刻是南非时间下午1点30，应是吃午饭的时候，但大家没有食欲，于是进房间休息。洗了个澡，想睡一觉，但躺在床上却来回烙饼，可能是时差倒不过来，也可能是累过劲了，怎么也睡不着，索性起来，到外面转一转。

我们下榻的维多利亚·阿尔弗莱德酒店，在乔治步行商业街人口处。走百余米，就是停满豪华游船、快艇的海港。船后是黑色山脊，山顶挂着黑白相间的云，很美。钟楼前的广场上，有十几个黑人小伙子，一律黑皮鞋、赤背，头上戴着插满羽毛的帽子，随着高亢的乐曲，铿锵起舞。在一个露天酒吧前面，有一个黑人乐队，头发花白的歌手，弹着电吉他，唱着一支忧伤的民歌。在码头边，几个十来岁的男孩女孩，身着红衣，脸上绘着艳丽的图案，在鼓声伴奏下，赤脚歌舞，可惜一个观众也没有，他们泄了气，停了下来，或追随，或打闹，或看过往行人，自顾自玩了起来。

开普敦是南非的立法首都，充满欧洲风情。1651年，荷属东印度公司派人来此建立供应站，为过往船只提供蔬菜、肉类、淡水，由此发展起来，成为世界旅游名城。

海风很大，很凉，欧洲游客穿着毛衣。南非在南半球，与北京的季节正好相反，北京秋风萧瑟，南非春暖花开。

冷风一吹，顿觉清爽许多。最累的一天终于过去，身体还行，算是有了几分自信。

曼德拉故居

曼德拉的故居，在约翰内斯堡附近的索维托。

这里是南非最大的黑人居住区，人口约百万，被誉为南非革命圣地，曼德拉、图图大主教等著名人物都曾在此战斗生活。一望无际的平房，组成了一个平面城市。马路笔直，街道整洁，鲜见垃圾，但树极少，整个城市，无遮无拦，全部裸露在赤热的阳光下。平房一般是三间一套，有前后院和围墙，屋顶多为铁皮或洋瓦，很薄，太阳一晒，肯定热如蒸笼。在平房中，也有鹤立鸡群的二层小楼或欧式建筑，小巧别致，想必是富人宅邸，但还说不上豪华。

曼德拉的家是一座红砖平房，四周由砖墙和木栅拦围着。购票后从后门进入客厅，里面摆着桌椅，显得拥挤狭小。对面的房间较大，摆满世界各国赠送的礼品。最显眼的是美国拳王阿里送给曼德拉的油画。曼德拉年轻时学过拳击，崇拜阿里，两人相互欣赏，成为挚友。阿里打遍天下无敌手，称王称霸。曼德拉是政治拳王，用毅力、信念和人格，将种族隔离政策打得粉碎。在墙边的一个玻璃柜里，摆着曼德拉获得学位和律师资格的各种证书。他因参加反对种族隔离斗争，被学校开除，通过函授，获得文学学士学位，后攻读法学博士。1952年，他与坦博合伙开了第一家黑人律师事务所。

卧室里，一张双人床，上铺猞猁皮床罩。讲解员说这是一种身份的标志，地位的象征，平民百姓不能使用。曼德拉有贵族血统，父亲是酋长。墙上挂着几件外国赠送的衣服，窗台上摆着他穿过的各种鞋。他在这里生活了十五年，直到被捕。1990年，他出狱后，回到这里住了十五天。原房1972年毁于大火，后依原样重建。这套三间平房，包括洗手间、厕所、厨房，大小总共有五六个房间，面积约为五六十平米。

曼德拉是巨人，是英雄。他反对种族隔离，主张非暴力，深受黑人和原先视他为恐怖主义分子的白人的爱戴。他虽已卸任，但依然是南非的骄傲，南非的灵魂，南非的精神领袖。

据说，他当总统后，主张以德报怨，曾去看望当年下令逮捕他的政要遗孀。他用行动，告诉黑人，应该怎样对待白人。

据说，美国打伊拉克时，他认为进攻一个主权国家是错误的，给小布什打电话，小布什不接。他给老布什打电话说，你管管你的混蛋儿子！如果美国进攻，我就去当人体盾牌……

在开普敦时，朋友曾遥指远处隐约可见的海岛说，那是罗本岛，关押曼德拉的地方。罗本岛距海岸11公里，当年荷兰人在那里见到许多海豹（荷语rob），故而得名，后成为欧洲殖民者关押部族反叛领袖、政治犯、麻风病人、疯子的地方。曼德拉在此因禁27年。如今，这里已变成纪念馆、博物馆，野生动物乐园，由国家艺术和文化部管理，每天只允许300人登陆参观，一般游船只能绕岛环游，眺望风景。

我没有时间去罗本岛，但我想，那里应该有一块碑，上刻1964年4月20日，曼德拉在比勒陀利亚法庭上的辩护词：我怀有一个建立民主和自由社会的美好理想。在这样的社会里，所有人都和睦相处，有着平等的机会。我希望为这一理想而活着，并去实现它。但如果需要的话，我也准备为它献出生命。

黑人兄弟和扇子

我是东北人，怕热，夏天扇子不离手，大汗淋漓时，制造一点清凉。

这次到南非，正处南半球的春夏之交，也带了把扇子。扇长尺许，绢面，竹骨，上印王羲之的兰亭序和十几方红色印章，拿在手里，沉甸甸的。想不起是朋友送的，还是自己买的，在抽屉里放了好几年，出发前翻了出来，带在身边，但一路走来，天气凉爽，一直没派上用场。

那天在黑人居住区索维托，从展览馆出来，看到教堂前广场上，有一个跳蚤市场，十几个黑人男子，沿着马路，在地上摆着木雕、石雕、乐器、工艺品、日用品，都是手工制作，淳朴古拙，别有情趣。大家两眼发光，自动解散，各奔目标，挑选问价。我看了几种，不太满意，就向停车场走去。

骄阳似火，汗水津津，我从背包里拿出扇子，低着头，边走边扇。突然，眼前出现了一堵黑墙，险些撞上。一惊，急抬头，一个高大的黑人男子站在眼前，挡住去路。莫非要抢？南非治安情况不好，时有抢劫案发生，我头皮发麻，两手下意识地按住了背包。再看他，似无恶意，正对我微笑，嘴里叽里咕噜说着什么，但我不懂。他急了，指着我手里的扇子。我猜他大概是想看看，就把扇子合上，递给他，他拿在手里左看右看，掰不开。我拿过来，哗的一声打开，对着他扇了两下，又哗的一声合上。他惊呆了，两眼发直，接过来开合几次，再也不想还给我。他俯身从地摊上拿起一把乌木大梳子，放在我手里，意思是与我交换。那梳子很大，足有两三斤重，不知是实用品，还是装饰物？我摇了摇头。他手拿扇子，转身又抱来一件乐器，半人高，上有五六根弦，用手一胡噜，嘣嘣响，也不知叫什么。他满脸痛苦状，示意自己吃了大亏，你要不换，不是傻，就是疯，肯定不正常。看样子他是真心想换，但我又摇了摇头。他大惑不解，比比划划，不停地说着什么。看他的表情，可能是说，我用这么贵重的东西与你换，你还不干，到底想要什么？我伸手要扇子，他失望，沮丧，无可奈何，还有点不甘心，缓缓地把扇子还给了我。

　　这时，一个更加高大威猛、浑身黑得发亮的青年过来，拉着我走到他的地摊前。他是卖帽子的，一个木架上，挂满了帽子，总共大约有十几顶吧，有的上面绣着艳丽热烈的图案，有上面插着长长的五彩缤纷的羽毛，有的上面镶嵌着兽牙兽皮兽尾，都是一针一线，手工制作，售价很贵，一顶大约七、八十美元。他拿起一顶，戴在头上，神气威武如部落酋长。他用手势告诉我，只要你换，这些帽子随便你挑，那顶都行。

　　我万万没想到，这把中国的普通扇子，突然身价百倍。这
几个黑人兄弟没见过折扇，看它开合自如，上面还有些黑的红的
曲里拐弯的东西，以为是什么神奇的稀罕物儿，都想换为己有。
这时，同行的作家和翻译看见几个黑人围住我，以为出了什么事
儿，忙过来解围。我说，黑人兄弟看上了我的扇子，想跟我换。
他们异口同声道：这么漂亮的帽子，干嘛不换？换！

　　但我还是摇头。同伴们急了：还不快换，你傻呀？我确实
有点傻，但也不是没有理由。一是我怕热，从南非去毛里求斯、
新加坡还要用。二是这把扇子，顶多值人民币二十块钱，换人家
那么贵的东西，心里总有一种骗人的感觉。倘若他们去中国，看
见折扇很便宜，也许会想，中国人够黑的。虽说有钱难买愿意，
周瑜打黄盖，愿打愿挨，但占人家便宜，总归不是好事儿。说这
些，可能没有人信，说我矫情，索性不说，但就是不换。在伙伴
的嘘声中，在黑人兄弟的失望中，我离开了跳蚤市场。

　　在新加坡，同伴们看到到处有卖折扇的，又想起这件事，
七嘴八舌，开始谴责：愚蠢、迂腐、傻帽儿、不可理喻、顽固不
化、油盐不进、老年痴呆前兆、茅坑里的石头又臭又硬……总
之，他们把能想起来的有关词语，都一股脑儿往我头上泼，甚至
突发奇想，怀疑这扇子里是不是有什么哀婉、凄楚、缠绵、浪漫
的故事？随他们说出大老天来，我就是不反驳，不分辩，不解
释，徐庶进曹营，一声不吭。我的沉默使这把普普通通随处可见
的扇子愈发神秘、迷离、魔幻。我想，在漫长寂寞的旅行中，故

意制造点悬念，也不错。

　　不过，如果再有机会去南非，我一定多带几把扇子，送给黑人兄弟。

南非的夜晚

　　去南非之前，看了几本介绍南非的书，里面都堂而皇之地写着，南非是世界上犯罪率最高的国家，盗匪凶残，肆无忌惮，危机四伏，千万小心。开普敦、德班、比勒陀利亚，均为犯罪多发地区，而约翰内斯堡尤其严重，险若魔窟。叮嘱游客，日出前或日落后，不要单独外出。肩包要放在胸前，照相机、手提包要注意保护。名牌服装、宝石类首饰，不要穿戴，护照、机票、现金等贵重物品要存在饭店。夜晚千万别出门，白天也不要在无人地区行走。遇上强盗，不管你哭还是叫，周围的人都会佯装不知，如果挣扎抵抗，有生命危险，最好马上拿出钱包，呈上适当现金……

　　看到这里，毛骨悚然，心想这适当的现金是多少？可否有明码实价？还是根据各自的经济状况而酌定？但盗匪又如何知道你已达到"适当"标准，留你一条小命？含糊其词，不得要领。但又不能不信，中国人在南非被杀的恶性案件，不时耳闻。其他国家的人，在南非死于非命者，大概也不会少。在二十一世纪，在信息时代，遇到盗匪，居然要举手投降，俯首就擒，称臣纳贡，这叫什么事儿？

一份资料说，南非盗匪如麻，猖獗嚣张，主要原因是枪支泛滥，失业者多，贫富差距悬殊，法律没有死刑。在南非4700万人口中，每年平均有三分之一的人遭受武装抢劫、谋杀、强奸和绑架，平均每天有34人在抢劫中丧生。倘若资料翔实，每年将有12万人死于枪杀，真是触目惊心。每一个到南非的人，被抢劫的概率是三分之一。

一踏上南非的土地，就有些紧张，甚至神经质。走在路上，如果静无一人，头皮就发紧。如果前后有人，就更加惶恐。怎么说呢，有一种儿时刚听了鬼怪故事而偏偏赶上暗夜行路的感觉，疑神疑鬼，提心吊胆，不寒而栗。翻译小刘是外交官，来南非仅半年，已被抢一次。使馆的各级官员，都有被抢经历，多者三、四次。似乎被抢理所当然，没遭抢倒是怪事。小刘和陪同我们的两名南非文艺部的官员，都多次提醒，不管白天黑夜，万万不要单独行动。

南非各地治安情况不同，防范严格程度有别。

相对来说，开普敦的治安还比较好，但我们去拜会南非文艺部副部长博莎女士时，可谓戒备森严。陪同我们的南非文艺部官员，领我们过安检，验护照，交存随身带的提包后，每人发一张通行证。我把通行证挂在脖子上，以为完事大吉，可以登堂入室了，但刚走两步，又被拦住，还要经过一次严格的机器检查，才能进入政府大楼，比登机安检还严格繁琐复杂。

我们下榻的维多利亚酒店，门口有保安日夜巡视，但进出自由，不必出示证件。这里白天人来人往，只要太阳一落山，马上不见人影，死一样沉寂。一天晚上，大家结伴出去，在距饭店千余米处，吃过一次中餐，虽街上无人，车也极少，且开得飞快，但平安无事。

在南非立法首都布隆方丹，下榻一所非洲传统草屋饭店。外面看，泥墙草顶，朴素敦厚，但内部装修豪华，设施现代。饭店有一个很大的院子，门口有一棵参天巨树，白花如雪，香气袭人。院中有花草、游泳池、雕塑。院子南面，有一条河，河边长满芦苇杂草。庭园开阔空旷，与马路仅有一道矮墙相隔，一片寂静，却不见一个保安。一打听，原来这里是南非最安全的地方，用不着保安和安检。在南非，城市越大越危险，乡村集镇，反倒十分安宁，可以徒步旅行。当天晚上，我走出房间，在溶溶月光下，听着淙淙流水声，站在繁花如雪的树边，独享宁静、安详、芬芳。在南非十天，这是唯一一次夜晚独自行动。

戒备最森严的，要算比勒陀利亚的花园酒店。自动大铁门，无论白天黑夜，一律紧闭，乘车出入，要通过对讲机，报车号姓名，核查无误后才可入内。可惜这座芬芳满园的别墅式花园酒店，就像一座美丽的监狱，实在大煞风景。

在这里一连住了四天，晚上无事，坐在沙发上看书，发现桌子上摆着三个偶人，两黑一白，惟妙惟肖。一个抱着枕头，表示休息，请勿打扰。一个拿着抹布，意为清扫房间。一个抱着口袋，意为洗衣服。白人，黑眼睛。黑人，白眼睛。每个约三寸高，绿头巾，绿围裙，可站立，背上有环，可挂在门把手上，甚为可爱。

这是个好酒店，设施齐全，服务周到，连打扫房间的标识，也独具匠心，别出心裁。可惜漫漫长夜，连到院子里散步赏花望月都不允许，只能关在豪华的房间里，面对偶人读书，聊以自娱，这使我想起儿时因打架淘气，被母亲关在家里，不许出门与伙伴们玩耍时的无奈和寂寞，也算是一种难得的体验吧。

南非的夜晚，本应静谧安详，诗情画意，但现在却是阴森恐怖，路上空无一人，偶有车辆，如流星闪电，瞬间飞逝。只有懒洋洋的路灯，忠于职守，站立街头，发出惨淡的青光。白日喧嚣的大城市，在沉沉夜幕中死去。这种状况，不知始于何时，也不知终于何日？

MOYO餐厅和葡萄酒

这是个大棚自助餐厅，人声鼎沸，摩肩接踵，热闹如市场，可以容纳几千人同时就餐。棚顶是铁皮，但很高，四面通风，里面不太热。南面靠墙处，是一排长约两百米的食品摊，有近百名黑人厨师站在后面烹制各种食品菜肴。带着香味的烟雾，混杂着锅铲碰击声，食物煎烤时的吱吱声，随风飘荡。食物多为烧烤，有鱼、羊肉、猪肉、鸵鸟肉、鸡肉、牛排、大虾螃蟹、时令海鲜、香肠、玉米等；炖菜有牛尾、猪羊牛下水、蔬菜等；还有水果、沙拉、各种生蔬菜、腌渍品，有百余种，食者自取。

在餐厅北面，有一个大舞台，十几个乐手，有黑人白人，用鼓演奏黑人乐曲，咚咚的鼓声，激越高亢。餐厅的中央有一个小舞台，几个身着白衣红裙的中年黑人妇女翩翩起舞。她们个个肥胖，但跳起来却身轻如燕，热情奔放。随着节奏的加快，她们双手摇着砂锤，扭腰、挥臂、摆臀、呦呦尖叫，动作剧烈，表情夸张，抡圆的裙子，像朵朵旋转的红花，在舞台上飘荡。四周的游客围过来，照相机、摄像机对准了她们，在耀眼的闪光中，响起海浪般的掌声和欢呼声，为她们喝彩。

餐厅里有几个身着黑色长衣的埃及妇女，在人群中穿行，只要有人示意，就走过去，用各种颜料在游客脸上绘画。一个肤色黑红的中年女子，在我的眉宇中间涂了五个白点，像一串星星。在刘先平脸上画了两片云状花纹。在翻译小刘的脸上画了一朵含苞待放的花。巨才是高官，脸上画了三道花纹，那气质风采，宛若非洲位高权重的酋长。黄蓓佳脸上的图形最复杂漂亮，似两只彩蝶，振翅欲飞。这个大棚里，有黑人、白人、黄种人、黑白、黑黄、黄白混血，每个人的脸，都是她们的画布，都留下了她们的手笔，都画上了不同形状颜色的花纹。我打量了一下周围，人们脸上的彩绘，其颜色、图案、形状，与种族、肤色、性别、气质都和谐般配，不由得对这几位不知姓名的黑衣妇女生出几分敬意。她们是真正的民间人体彩绘艺术家，用她们的即兴创作，给游者带来新奇、美丽，用她们的热情和才能，传播黑人风情，普及非洲艺术。

餐后导游带我们去酒窖品酒。那间品酒室好像是在地下，里面宽敞、阴凉、清爽，每人面前摆着六种葡萄酒，两白四红。品酒师是个中年白人妇女，举止优雅，谈吐风趣，从酒杯的拿法、望、闻判断酒的品质，到各种酒的历史、特点，娓娓道来，如数家珍。她讲完一种酒，就带着大家喝，不到三十分钟，六杯酒下肚。她喝酒时，有一种莫名的庄重和难以言状的陶然。不知是佯装，还是真的？但她脸色苍白，毫无血色，身体瘦弱，不知是否与她每天大量饮酒有关？

南非最早的葡萄酒，是1659年由开普敦的创建者范·里贝克参与酿造的。他1651年由荷属东印度公司派遣，来开普敦建立供应站，发现开普敦的气候与西班牙、法国的著名葡萄酒产地相似，所以在种植蔬菜的同时，也种植葡萄。他是医生，知道葡萄酒和白兰地可以防止船员生坏血病，航海中不可或缺，于是尝试酿造。但最初造出的葡萄酒味如焦油，无法下咽，后来经过数代人的努力，葡萄种植和酿酒技术不断提高，逐渐发展起来，如今，南非葡萄酒已成为世界著名品牌。

桌　山

那天下午参观完南非国家美术馆，大家很累，准备回饭店休息，但在美术馆的院子里，看南面的桌山，有白色的雾，从山顶缓缓流下，如瀑布飞流，如白纱飘舞，如银色桌布摇荡。大家疲惫顿消，兴致勃发，决定去桌山。

桌山海拔1067米，山顶刀削般平坦，如一张巨大的石桌。桌山是开普敦的象征，指南针，风向标。当地人说，如果山顶有云，说明东南风强劲。如果有雾，说明东北风较强，游泳者可根据山顶云雾的变幻，判断天气、风向、水温，决定去那个海滩浴场。

乘缆车登上山顶，视野开阔，天地一色，举目远眺，一侧是狮首峰，一侧是魔鬼峰，心中顿有"一览众山小"之概。走到悬崖峭壁边，俯瞰桌湾，樯桅如林，市街如网，行人如豆。关于桌山，当地有个民间传说，说有个退伍士兵，嗜烟如命，某日，与魔鬼相遇，两个烟鬼，互不服气，于是就坐在魔鬼峰上比起来，看谁能抽。他们吞云吐雾，各显神通，连续多日，难分高低，结果弄得烟雾缭绕，终年不绝，于是桌山应运而生。

山上有环山小路，路边石缝中长着低矮的松树和一些叫不出名的高山野生植物。不时见到岩兔。它全身呈褐黄色，短耳，短毛，短腿，肥胖，圆乎乎的，行动迟缓，憨态可掬，人来人往，它置若罔闻，静静吃草。这些岩兔想必是人工放养的，否则它们无法爬上成九十度直角、寸草不生的峭壁，到山顶繁衍生息。

桌山之美，似琼楼玉宇，蓬莱仙境，但山风强劲冰冷，透入肌骨，周身寒噤，不可久留。

好望角

　　我一直以为好望角是非洲大陆的最南端，其实错了。只要仔细看一下非洲地图，就会发现，距开普敦200公里的厄加勒斯角，才是大西洋和印度洋的交汇处，非洲大陆的最南端。只因好望角名声太大，又在伸入大西洋的开普半岛的尖上，人们不大留心，于是就以讹传讹，喧宾夺主。

　　1487年8月，葡萄牙国王任命巴托洛梅乌·迪亚士率两艘轻帆船，从里斯本出发去非洲，航行4个月，到达沃尔维斯湾。休整出发后，遇上大风，一连13昼夜，在茫茫大海上漂泊，船绕过了好望角，被吹到大西洋南方海域。风停后，迪亚士升帆东航，几天后不见陆地，又向北航，到达距好望角之东约二、三百公里的莫塞尔贝。继续东航，人们惊喜地发现，海岸向东延伸。船员们精疲力竭，要求返航。途中到达好望角，弄清了非洲南端向东弯的确切位置。据说迪亚士根据这里风浪大的特点，称之为风暴角，而葡萄牙国王约翰二世改为好望角，认为找到了去东方的希望……但不管是谁的命名，毕竟都是人类地理大发现的历史见证。

从开普敦去好望角，车程约一个半小时。我们去那天，天高云淡，清风爽朗，大海碧蓝，空气清新。好望角是自然保护区，面积约8000公顷。沿途是荒原，野草萋萋，野花灿灿，杂树丛丛，在北京难得一见的帝王花、鹤望兰、火烛，在这里是野生花草，随处可见。海风大，树木不管高矮大小粗细，都向一个方向倾斜。狒狒成群结队，在公路两侧来来往往，旁若无人，畅行无阻。汽车遇见大摇大摆的狒狒，都停车让路，静静等待，无人按喇叭、闪大灯或加大油门用发动机的轰鸣声恫吓驱赶催促，可见保护野生动物，已经深入人心。这里还有南非羚羊、鹿、斑马、鸵鸟等，或在荒原上奔跑，或在树丛中觅食，都很随意安详，不慌不忙的样子。

乘轨道车至半山腰，出口处，有小卖部，售T恤衫、鲨鱼牙齿项链、豪猪针制作的圆珠笔等旅游用品。沿石阶而上，不时见到蜥蜴，大都是纯黑色，也有漂亮的，绿头，中间有一绿线，直至尾尖，亮丽鲜艳。我看有秃尾巴蜥蜴，就问老莫，他说，它们饿极时，找不到食物，可以自残，维持生命。丛丛盛开的野菊，漫山遍野，空气中弥漫着淡淡菊香。

登上展望台，上有灯塔。塔下有一金属柱，上有不锈钢箭头状方向标，标明这里距北京12933KM，距东京14724KM。展望台东面，有一条向南伸向大海的山岭，山顶的草木中，有一条小路，直到断崖处。前面就是一望无际的大西洋，海天相连，烟波浩渺。站在展望台上，确有一种天涯海角的苍凉孤独和茫然。

我以为这里就是好望角，拿起相机，一阵狂拍。拍完后，拿出地图一看，我才发现，这里是开普半岛最南端的开普角，而不是好望角。好望角在北面，有一片白色的小沙滩，它前面突起的山崖，才是闻名天下的好望角。若步行，从停车场，约需一小时。悬崖下，有一块标牌，上用英文和阿非利加语写着"非洲南端好望角"。

站在展望台灯塔下，俯瞰好望角，既不雄伟壮丽，也不险峻峭拔，与其如雷贯耳的名字极不相称，甚至使人怀疑，有没有搞错，这里果真是世人皆知人人向往的好望角吗？它太不气眼了，平凡得无以复加，一般得令人泄气。难怪老人们说，看景不如听景呢，听起来美不胜收，但走近一看，却大失所望。

可是，好望角应该是什么样呢？谁又能说得明白？

2005年4月2日

第 4 辑 · 菲律宾的微笑

国父黎刹

在马尼拉罗哈斯大道旁，面对马尼拉湾，有一个纪念民族英雄荷西·黎刹的公园。公园中央，耸立着黎刹纪念碑。正面是黎刹全身雕像。他左手下垂，右手拿着一本书，举步前行，身体微侧，步履凝重，目光严峻，有一种义无反顾的坚定。左侧是黎母喂乳像，右侧是黎父教子读书像。碑前有两名戎装警卫守护。

本想到碑前瞻仰，但正门距纪念碑百米处用铁链拦住，无法近前，只能拍几张远景。黎刹公园，原名为卢尼达公园，是西班牙统治时期，对背叛者、革命者行刑的地方，后为纪念黎刹而更名。黎刹遗骨，埋在公园正门内。

黎刹，1861年6月19日生于内湖省卡兴巴一个有中国血统的家庭。18岁时写出爱国诗篇《给菲律宾青年》，获全国诗歌比赛一等奖，并因此而受到西班牙殖民当局的迫害。1882年潜赴欧洲学习，和流亡的菲爱国志士组织爱国团体，创办刊物，掀起宣传运动，成为启蒙运动最有影响的鼓动家。他的文章观点鲜明，文笔犀利，针砭时弊，高扬民族主义思想。他的长篇小说《不许犯我》和《起义者》，大胆揭露了殖民当局的罪恶，民族灾难，菲律宾社会各种尖锐敏感的矛盾。

1892年6月，黎刹回到菲律宾。7月3日在马尼拉召开菲律宾同盟成立大会，他号召通过温和手段和合法途径，建设统一的民族共同体，发展民族经济，改良社会制度。7月7日，黎刹被捕，流放到达皮丹岛，同盟会被解散。1896年12月30日，殖民当局以"通过写作煽动人民叛乱"的罪名将他处死，年仅35岁。

临刑前，他用西班牙文写下绝命诗《我的诀别》，倾注了对祖国无限的爱。梁启超将其译为中文："方见天际破晓，我即与世长辞。朦胧夜色已尽，光明白日终至。若是天色黯淡，有我鲜花在此。任凭祖国需要，倾注又何足惜。洒落一片殷红，初升曙光染赤。"

鲁迅先生在1918年的《随感录》中说："总最愿听世上爱国者的声音，以探究他们国里的情状。""最注意的是芬兰、菲律宾、越南的事"，"菲律宾只得了烈赛尔（黎刹）的小说"。他说，从黎刹的作品里听到了"爱国者的声音"，"复仇和反抗"的呐喊，"真如时雨灌在新苗上一般，可以兴人无限清新的生意"。鲁迅在另一篇文章中说："飞猎滨（菲律宾）的文人而为西班牙政府所杀的厘沙路（黎刹）——他的祖父还是中国人，中国也曾译过他的绝命诗。"

鲁迅先生说黎刹的祖父是中国人，已被证实。1999年，中国驻菲律宾大使馆出具公证，证明黎刹的高祖父出生于福建泉州。菲律宾国父的根在中国，轰动海内外。

　　黎刹已经牺牲111年，但依然受到菲律宾人民的爱戴和尊敬。在他鲜血浸染的地方，如今绿草如茵，繁花似锦，幽静典雅，成为观光名胜。公园东侧，是人工水池，其中有菲7101个岛屿模型，北面有种植中国、日本、意大利花卉的庭园，还有雕塑展览馆、剧场、喷泉、爬虫馆、太空馆、儿童乐园等设施。公园在繁华的闹市中心，日夜开放，不收门票。

　　我想，黎刹在天之灵看到悠闲漫步的菲律宾人和成群结队的外国游客，会感到欣慰的。

菲华历史博物馆

  菲律宾华人历史博物馆位于马尼拉王城，是由菲华集资建造的多功能综合性华裔文化中心，内有展厅、图书馆、资料库、会议室、礼堂等多种设施。这座二层西式洋楼，庄严凝重，宽敞明亮，1999年1月19日正式对外开放。门票为成人100比索（2美元），儿童与学生为70比索。

  全馆分两部分：第一部分展示从史前至明朝菲中两国人民交往的历史，介绍菲律宾华人的生活劳动，华人社会的形成，华人给菲律宾带来牛耕、印刷等先进技术，西班牙殖民统治者对华人的迫害和华人的反抗；第二部分主要展示二战后菲律宾华人在社会和经济发展中的巨大作用。

  早在唐宋时代，中菲两国就开始了贸易。宋人《诸蕃志》，元人《岛夷志略》中都记载了麻逸国（今民都洛岛）土地肥腴，原住民守信尚义不负约等淳朴民风。菲人喜爱中国陶瓷，宋代商贾从泉州出发，到达吕宋岛西岸、民都洛岛、巴拉望岛，史家称之为南海陶瓷之路。明代，吕宋、冯嘉施兰、古麻剌朗、苏禄等多次派使节访明，明朝也四次遣使访菲，关系极为友好。1417

年，苏禄东王、西王、峒王妻等三位首领率340多人访明，受到隆重接待，在北京游览近一个月。在归国途中，东王葛叭答剌在山东德州病逝，明成祖下诏为他立碑建墓，他的次子、三子留下守墓，从此世居中国。

据博物馆统计，仅在中国宋元明清的古籍中，就有82种394处提及菲律宾。随着贸易的往来，华人从唐代开始移民到菲沿海地区，到明代，逐渐深入内地定居。明人张燮《东西详考》称："华人既多诣吕宋，往往久住不归，名为压冬，聚涧内为生活，渐至数万……"《明史·外国传·吕宋》说："闽人以其地近且富饶，商贩者至数万人往往久居不返，至长子孙。"华侨与当地人和睦相处，通婚，并传播农业、冶炼、制糖、航海、建筑、印刷技术。

博物馆的资料显示，现在菲律宾有华人120万，祖籍大都为福建广东，他们依然保持本民族的语言、宗教信仰、风俗习惯，有华文报纸、华文学校、华人社团。他们在金融、商业、旅游业、农产品加工等领域有举足轻重的地位，据说经济实力约占菲经济的百分之七十，而且在社会慈善事业、教育等方面均做出巨大贡献……

用激光合成的立体菲华混血儿的讲演，体现了菲律宾华人和这座博物馆的精神：

我继承着，

我华人祖先的遗产。

有着我祖先，

高尚的精神。

我为菲律宾，

我的祖国服务。

菲律宾的微笑

在菲访问，接触的都是华人，没有机会认识纯粹的菲律宾原住民，只能远远地望着他们的生活情景，但尽管如此，却颇有感慨。

在马尼拉郊区，有一片贫民窟。那些歪歪斜斜的房子，用铝板、纸板、木板、塑料布等乱七八糟的东西搭建，花花绿绿，像一个巨大而破烂不堪的蜂巢。周围垃圾遍地，污水横流。但就在那污秽的环境中，我却看见一个身着花衣服的小姑娘，坐在家门口，旁若无人地看书。她是那样专注，那样用心，面带微笑，仿佛嘈杂的汽车声、垃圾、污水、贫穷并不存在，而她生活在一个神奇美丽的童话世界。

在马路边，常见衣服褴褛的儿童，等待来往行人，伺机乞讨，但脸上并无凄云愁雾。他们神情开朗，说笑打闹，玩耍游戏，能否要到钱物，似乎并不重要。在公园里，见到几个流浪汉，虽然衣物污秽，蓬头垢面，但却带着宠物，坐在树荫下乘凉，微笑着向行人招手。

在碧瑶，司机找不着我们下榻的饭店，不时停车问路，不管是匆匆行人，还是沿街摆摊的小贩，过往的司机，店铺的伙计，都停下脚步，认真地听完，知道者，热心指示方向，不知道者，面露歉意，连说对不起。一路询问多人，无不理不睬，冷若冰霜，扬长而去者。

菲律宾人性格温和，安分守己。我想，这种天性与菲佣风靡世界可能有很大关系。据说现在有250余万菲佣在120多个国家和地区服务，深受欢迎。究其原因，一是受过良好教育，英文水平高，道德感强，懂礼仪；二是管理家务，侍奉老人，带小孩，买菜做饭，理家理财，都是高手；三是雇主没有克扣菜金，给孩子吃安眠药，虐待老人，或当第三者，搅散家庭，鸠占鹊巢，取而代之，或席卷财物，不翼而飞之虞。她们用诚实的劳动，赢得了全世界的信任，每年将几十亿美金寄回国内。因此，每年圣诞节前夕，菲律宾总统都要接见海外高级家政人材的代表，予以表彰鼓励。

在罗哈斯大道观赏落日时，我们身后有个酒吧，里面突然响起热烈的西班牙舞曲。一个卖香蕉的妇女，脸色黑红，光着脚，头上顶着一个篮子，里面放满了香蕉，少说也有十几斤，但她却随着舞曲翩翩起舞，脚步轻盈，节奏激烈，身姿飒爽，满面春风。她头上的沉重香蕉，仿佛是一顶桂冠，或一个花篮。很显然，她是靠卖水果糊口的小贩，家境贫寒，挣扎在社会的最底层，但却生气勃勃，充满活力。

她如醉如痴的身影，引起了我的沉思，甚至心中生出了几

分羡慕和疑惑。我扪心自问，倘若我也是个赤脚卖香蕉的，能有
闻乐起舞的心情吗？很显然，她的快乐，与当今以名利地位财富
为标志的个人成功、自豪和自我实现的社会价值观截然不同，甚
至背道而驰，然而这种乐天知命的生活态度，在困苦的生活中寻
找乐趣的智慧，脸上的微笑，难道应该嗤之为不思进取、安于现
状、懒惰麻木、抱残守缺的卑劣根性吗？

　　科学研究证实，人的快乐程度与他拥有的物质财富的多寡并
不成正比，一个流浪汉与一个百万富翁的快乐，在本质上并无不
同。菲律宾人的祖先，大多来自马来西亚，也有中国、阿拉伯、
西班牙和美国人的后裔，混合文化、混合人种的菲律宾人，既有
东方的传统，又有热情奔放的拉丁精神。他们对人生的领悟，对
生活的理解，值得深思。

　　我以为，平静、安详、乐观、无忧无虑的微笑，是菲律宾最
大的魅力。

碧瑶的来历

2月12日，我们一大早从马尼拉出发，去碧瑶。

从马尼拉到碧瑶250公里，如果是高速公路，也就三个小时车程。但这条路，一段是高速，一段是公路，一段是山路，横穿打拉克省、潘加西南省，走了四个多小时，才进入山区。在盘旋的山路边，出现一片片郁郁葱葱的松林，而且越走松树越密。马尼拉到处是椰林棕榈，热带雨林景色，而这里巨松参天，浓荫如盖，松涛阵阵，一派北国风光。

碧瑶海拔1500米，年均气温摄氏二十多度，四季如春，是热带国家菲律宾难得的一方清凉宝地，适于松树生长，因而也称松市。城市掩映在绿色之中，繁花似锦，香飘四季，因而又称花城。在美国占领时期，美国总督鲁克·拉特委托设计师伯汉姆设计建设了这座美国风格的城市，现有人口30万，大学六所，中小学几十所，学生约占人口的三分之一。观光景点有总统行宫、赖特公园、文咸公园、普陀寺、菲律宾军事学院、亚仙温泉等。

闲聊中，我说碧瑶这名字真美——晶莹碧透之美玉，不知是谁翻译的，可谓神来之笔。朋友告诉我，这是英文BAGUIO的音译，原为藏在深山人不知的小平原。当地牧童到山上放牛，看到无比秀美的沃土，惊呼BAGYIW（当地土语为风景），久而久之，就成了地名，后又转拼为BAGUIO。

1909年，碧瑶建市，当时人口仅1963人，后逐渐发展繁荣起来，人口最多时约四十多万。很多华侨来此谋生，扎根落户，但如何把BAGUIO译成汉字，颇费斟酌。有人译为北遥，因其在马尼拉之北。有人译为碧瑶，便人联想到瑶池仙境，但一直无定论。直到民国初年，国民党元老胡汉民避袁世凯之祸来到这里，华侨征求他的意见，他认为此地山清水秀，气候宜人，美如碧玉，碧瑶二字名实相符，于是定名碧瑶，沿用至今。据说碧瑶最早是华侨李瑞甫先生提出来的，仅此二字，李先生就可流芳千古矣！

这里华人华侨很多，有一所华人学校叫爱国中学，成立于1917年，已近百年。当地华人与政府、原住民关系融洽，1993年，市议会通过提案，将华人春节定为碧瑶节日，届时舞龙舞狮，放鞭炮，游行联欢，表演节目，如中国过年一样热闹。

散居世界各地的华人华侨，春节时举行庆祝活动，不时耳闻，但把中国的传统春节，定为地方节日，可能独此一家。

这种对中国传统民俗的喜爱和尊重，对中国的友好感情，令人感动。

美军墓地

在马尼拉，有座美军墓地，名为玛卡蒂（MAKATI）。

玛卡蒂在当地语为瘙痒之意。过去这里杂草丛生，湖沼密布，蚊虫如云，孩子们在这里玩耍，被咬得浑身是疙瘩，回家母亲问，你们去哪儿了？答曰：玛卡蒂，于是玛卡蒂就成了这里地名，沿用下来。二战时，美军为收复菲律宾，在此与日军激战，尸骨成山，血流成河。为感谢美军收复菲律宾，战后菲政府在此划地385亩，赠予美国，辟为美军陵园。

这块风水宝地，位于丘陵顶端，绿草如茵，花树繁茂。在陵园中心的山丘上，有一座小教堂，教堂四周，则是排列如阵的17000个雪白的十字架。十字架用意大利高级石料雕制，每个代表一个阵亡的美军官兵。有的顶端是六角形，表明战死者是犹太人。战后美军已将阵亡官兵遗体火化，骨灰运回本土，十字架下没有遗骸，只是一种精神的象征。教堂边有一个白色走廊，入口处墙上刻着几幅作战地图，红蓝箭头交错纵横，标示海陆空三军联合作战的态势。两侧是百叶窗状耸立的巨石，上刻37000多名在太平洋战场上阵亡的美军和盟军将士的姓名和军衔。

墓地宁静、安详、肃穆，至今仍由美军管理，进入时要查验证件。美国对为国、为和平、为正义捐躯者是由衷敬重的，所以在他们流过血的土地上，为他们修建了漂亮的坟墓，使他们的灵魂得以安息，并叫后人记住他们的名字，来此凭吊。

中国也有许多烈士陵园，纪念为中华民族解放事业捐躯的志士仁人，英雄烈士。记得在故乡读书时，每年清明，学校都组织师生，带上扫除工具，到城东的烈士陵园祭扫。陵园坐落在一片榆树林中，整齐排列着几十个水泥坟塚。正中有一座纪念碑，上面是一颗红五星。听老人讲，这些烈士，都是日本投降时来东北的八路军官兵，驻守在县城，后因当地反动势力政变劫营而牺牲，大都是南方人，却长眠在北国大地。

祭扫时，列队默哀，由各界代表宣读祭文，鸣放鞭炮或由县武装部官兵鸣枪。一时间，手枪、冲锋枪、机枪齐射，爆竹声声，硝烟弥漫，如同战场。之后是铲除杂草，打扫墓地，洒上清水。

当年，人们敬重烈士，视如亲人，清明祭扫，寄托哀思。几十年过去了，回忆当年的肃穆庄严，如在目下，而今那座并不辉煌的陵园还在吗？还有人去祭扫吗？还像当年那样，擦拭墓碑，打扫得干干净净吗？不得而知。但却不时从媒体上看到在烈士陵园开冷餐会，展销会，修建娱乐城，甚至色情揽客……简直是匪夷所思，无奇不有。

倘若先烈有知，他们会惊诧，会震怒，会呐喊，会悲哀……

警察与保安

　　马尼拉的饭店宾馆和大型商场，都有保安站在门口进行安检，与登机不同的是，只查身体和随身携带品，不看护照身份证。保安身着黑色制服，配枪，样子与警察差不多。开始我以为是警察，到处设岗盘查，后来朋友告诉我，是保安。我说保安也有枪？他说对，都有枪。

　　从20世纪90年代以来，菲政局动荡，民族矛盾激化，恐怖事件频频发生，一会儿爆炸，一会儿绑架，一会儿斩首，天无宁日，对经济发展，特别是旅游业影响甚大。在马尼拉市内参观公共设施时，如文化大厦、国际会议中心、椰宫、艺术剧场，几乎都是马科斯时代的建筑，未见新的设施。朋友们说，没有一个安定的环境，人心惶惶，经济发展缓慢，乏善可陈。

　　那天去参加一个座谈，坐王先生的宝马车。他路不熟，不断打电话询问，还是找不着，不知不觉进入了禁行区。刚开出不到五百米，一个警察骑着摩托响着警笛追上来。王先生把车停在路边，警察过来要他的驾照。他们用菲语对话，不知说什么，想必是王先生申诉理由吧？那个警察很年轻，大概二十多岁，脸黑黑的，大热天，全副武装，戴着头盔。王先生塞给他一百比索，但他用手推回，看样子是要王到警署理论。王先生不停地说着什么，又把二百比索塞给他，他半推半就，终于收下，还回驾驶证，并告诉怎样走。王先生说，如果到警署去，要罚二千，还要费不少时间磨牙，不如给他点钱省事。王先生动作娴熟，看样子已不是"初犯"。二百比索，相当于四美元吧，就把事了了。权力和金钱的交换，如此简单。当然，这是鸡毛蒜皮，蝇头小利，本不足道。

记得有一次在日本东京，一个同学开车来看我，车停错了地方，警察非常客气，但钱却照罚不误，想私了，门儿也没有。

法律这东西，一旦可通融，就是废纸一张。菲律宾的保安和警察，配备枪械，威风凛凛，所承担的责任，也大体相同，但保安似乎没有执法权，可能没有灰色收入。倘若保安也可买通，与恐怖分子沆瀣一气，也就无安可言矣！

大雅台的烟雾

大雅台位于吕宋岛凯特维特省，距马尼拉56公里，海拔700公尺，是座新兴的旅游城市。

天气晴朗时，在观景台上可以看到巴拉湾和马尼拉湾，而著名的塔尔湖，如闪亮的蓝绸，飘荡在眼前。这个湖是火山口，长20公里，宽15公里，1911年喷发时形成，1968年和1970年又两次喷发。在塔尔湖中间，有个甲鱼状的小岛，名为塔尔火山，而岛的中心还有一个小湖，湖中亦有小岛。山中有湖，湖中有山，山湖环绕，层层叠叠，相映成趣，大自然的鬼斧神工，造就了塔尔湖的神奇。

大雅台四周，山青水碧，凉爽宜人。明丽的阳光下，水光潋滟，熠熠生辉，山峦起伏，云雾缭绕，恍若仙境。山坡上，在绿树红花间，有别墅、游泳池、娱乐场和高尔夫球场。山下，小桥流水，水村山郭，斜阳草树。稻田中，有的在插秧，有的在收割，有的在平整土地，有的稻苗在扬花抽穗。这里雨水充沛，天气炎热，农家可以不断播种、收割。

汽车拐入山坳时，股股浓烟扑面而来。以为是农家失火，但走近一看，是在田间焚烧稻草，滚滚烟雾，淹没了仙境般的青山绿水，可悲可叹。记得几年前到河南旅行，乘车从洛阳到郑州，正是麦收季节，农民烧麦秆，公路两侧，家家点火，处处冒烟，中原大地，烟火弥漫，遮天蔽日，炝得人睁不开眼睛。没想到这一景象，在这仙境般的大雅台又遇到了。

农民焚烧稻草麦秸，也是无奈，留下无用，且无处堆放，一把火烧掉，可以肥田。然而焚烧造成的环境污染和破坏，不是多收几把稻谷就能补偿的。有那么多官员、专家、学者，不能帮助农民想出一些处理秸秆的好办法么？

从青山绿水中归来，蓦然落入烟雾，清亮的心境荡然无存，顿时生出几分忧虑和惋惜……

修路、堵车、游行

　　马尼拉王城内，处处挖沟修路，使本不宽阔的马路，变成了只可步行的羊肠小道，来往车辆，如僵死的巨蟒，陈尸炎炎烈日之下。

　　那天去菲华商联开会，车堵在路上，只好下车，顶着烈日步行到会场，个个汗流如注。我抱怨说，怎么处处开膛破肚，遍地开花，不能分批分期施工，缓解一下交通的压力吗？菲华朋友苦笑道：年底不是要选举嘛，当政者不知是否能连任，手里的钱没花完，一不想留给后任，二想搞点形象工程，装潢门面，捞点选票，一举两得，他才不管你老百姓死活呢！噢，原来如此。该死的形象工程，劳民伤财，祸国殃民，不仅中国有，这里也有，看来是一些为政者的通病。

　　从碧瑶回马尼拉时，司机不走大路，在杂乱无章的小胡同里东拐西绕。开始我以为是抄近路，但见他远远看到警察就落荒而逃，觉得不对劲儿，一问才知道，怕警察看到他的车号。马尼拉交通不畅，堵车塞车严重，怨声载道。当局为了缓解交通，出台了单号双号行车规则。去碧瑶那天，是2月12日，我们乘坐的那辆车可以行驶，而回来是2月13日，那辆车停驶。可是，车在外地，不能不归，所以司机就和警察玩起了老鼠与猫的游戏。

我们坐在车里，七拐八拐，晕头转向，终于到了柯先生的女儿家。老柯女儿住着一栋宫殿般的大房子，家里有三个女佣。本来有个不小的院子栽树种花，但甬道上停着好几辆车，变成了停车场。我说你女儿女婿外孙女，总共三口人，怎么有这么多车？老柯说，他们必须天天上班，处理商务，为保证每天用车，每人都有两辆。我想，如果有车族家家如此，缓解交通则成了泡影，而卖车的会偷着乐。

休息片刻，换了辆车，这回司机不用钻胡同了，大摇大摆上了路。但马路上，人潮汹涌，数百人举着旗帜，打着横幅，高呼反对美帝、反对修宪等口号，占据半边马路。他们都很年轻，看样子也就二十多岁，有的背着书包，有的边走边聊，面容平和，举止斯文。与其说是游行示威，不如说是集体散步。队伍赶往一个广场，那里已聚集近千人，一个人在上面讲演，下面呼口号。不知他们是什么政党，什么组织，为何示威游行？

过了广场，路况好些，我们乘坐的这辆车，终于从走走停停、前呼后拥、震耳欲聋的喇叭声中逃脱出来，向饭店驶去。

如今国际大都市的交通，已成痼疾，上下班高峰，或遇雨雪，插翅难飞。北京如此，东京如此，马尼拉、雅加达、曼谷、开罗亦如此，如何是好呢？

吕宋烟

　　小时候常听人们说吕宋烟，也不时在一些文章中看到这几个字，但到底是什么样，味道如何，我这个资深烟民，一无所知。这次到菲律宾，尝到了地道的吕宋烟，有了一点了解。

　　烟草原产美洲，是印第安人的嗜物。1492年11月初，哥伦布一行在古巴登陆，发现当地人把黄色枯叶点燃，冒烟后，把烟吸到肚子里，再吐出来，吓得目瞪口呆。后来横渡大西洋的人越来越多，烟草种植和吸烟的习惯也随之传到欧洲、亚洲，进而风靡世界。

　　菲律宾种植烟草较早，在西班牙统治时期，由西班牙传教士从墨西哥引进，在吕宋岛广泛栽培，由于土壤、气候适宜，生长茂盛，烟草业随之发达起来。

　　据学者考证，烟草传入中国，为16世纪末至17世纪初，路线有三：A、由菲律宾传入福建；B、由越南传入广东；C、由朝鲜传入辽东。

　　明代姚旅《露书》记载："吕宋国出一草曰淡巴菰，一名醺，以火烧一头，以一头向口，烟气从管中入喉，能令人醉，且可避瘴气。"《露书》成书于明朝万历末年，郑振铎认为，这是关于烟草输入中国的最早记载。

清乾隆十六年（1751），印光任、张汝霖合编的《澳门纪略》说："烟草可卷如笔管状，燃火食而吸之。"从以上两书的描述看，他们所讲的可能是雪茄。因这种雪茄主要产自吕宋岛，所以国人统称之为吕宋烟。后来广东、四川一些产烟区仿造，将烟叶卷为管状，俗称叶卷烟，应为国产雪茄的早期产品。

世界吸烟方式，大致有三种：旱烟、水烟、鼻烟。旱烟有雪茄、纸烟、用烟袋或烟斗吸的烟丝烟叶。水烟用水烟袋、水烟筒，或阿拉伯水烟器吸用。在我国，烟民主要是吸旱烟、吸水烟者仅在南方数省还能看到，而吸鼻烟者几乎绝迹。

据说水烟由阿拉伯国家传入，而鼻烟来自欧洲。梁实秋在《吸烟》一文中说："烟，也就是菸，译音曰淡巴菰。这种毒草，原产于中南美洲，遍传世界各地。到明朝，才传进中土。利马窦在明万历年间以鼻烟入贡，后来鼻烟风靡了朝野。"

吕宋雪茄，品牌很多，味道醇厚，与一般香烟不同的是，烟嘴处有甜味，可能涂了蜂蜜。

中国地域辽阔，各地风土不同，都有自己的名牌烟，如关东的蛟河烟，云南的大金叶，新疆的莫合烟，河北的易县小叶等等，多制为纸烟，至今似无有名的雪茄。

我以为吕宋雪茄产地，吞云吐雾的烟民肯定不少，但却惊奇地发现，菲人很少吸烟。我接触的几十位华人，竟无一人嗜烟。

记得日语中有个新词萤火族，是说吸烟者受到家人反对，只好到阳台上吸烟，黑暗中，烟头一闪一闪，宛如萤火虫，故名之。这个词很美，不乏诗意，但也说明有关烟草危害的宣传，深入人心，烟草产业和烟民，夕阳西下，气息奄奄，来日无多矣。

马尼拉湾落日

有人说，马尼拉最美的地方就是马尼拉湾，马尼拉湾最美的时刻是傍晚，而马尼拉湾傍晚最美的风景是落日。

这三个最，撩得人心痒痒，到了菲律宾，自然想看一看。但一连数日，不是座谈就是宴请，结束时，已经是星光满天。每次经过罗哈斯大道，心想身在马尼拉，却与世界闻名的美景失之交臂，未免有点遗憾。与接待我们的菲华作协的朋友商量，几次调整日程，留出时间，但计划总赶不上变化，不是堵车，无法按时到达海滨，就是原定的日程没按时结束，直到离开马尼拉的前一天，总算有点空儿，在落日前，匆匆赶到海滨。

眼前是深蓝色的大海，辽阔无边，庄严宁静。远处的几艘货轮，缓缓移动。渐渐消失在一片淡蓝色的轻烟之中。夕阳很远，也很小，如雾霭中飘浮的一个殷红的篮球。红球的周围，镶着黄色的边。海风轻拂，海面有一条闪烁浮动的光柱，由天海相连处，呈放射状，向海岸伸来，形成一条越来越宽的浮光耀金、灿烂辉煌的飘带。海边的椰林和马路对面的高大建物，都涂上了一抹淡淡的红色。海边的人很少，只有我们几个人坐在海堤上，静静地目送夕阳。这几天传媒一直报道，说今天傍晚，在海滨举行5000人接吻大赛，可惜我们来晚了，早已散场，没看到夕阳下碧水边热吻的浪漫。

夕阳金黄，宁静，温和。在这白昼和黑夜转化的时刻，海面，云层，波浪，轮船，椰林，楼群……一切都逐渐变得平淡、模糊，朦胧，迷茫。

我看过黄河落日、长江落日、戈壁落日、阿里山落日、湄公河落日，尼罗河落日，红海落日，地中海落日，可谓多矣。如果说马尼拉落日的独特之处，我觉得是温柔和从容。

晚霞中，遥望海面残留的几缕金光，渐渐消失在薄暮冥冥之中，蓦然感到，观日出和日落心境是不同的。日出，是期待，是开始，是朝气蓬勃，彩霞满天，辉煌炫目。而日落，虽然壮烈，但是黄昏，是结束，是归于黑暗的清寂，总有几分莫名的怅惘。

2007年6月3日

2008年11月11日修改

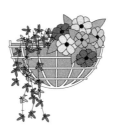

第 5 辑 · 印度尼西亚印象

前　言

小时候，常听大人们，唉，你看我，早忘到爪哇国去了。什么是爪哇国？爪哇国在哪儿？为什么要忘到那里？难道人们忘掉的东西，都堆在爪哇国吗？不得而知。后来学地理，知道有个千岛之国印度尼西亚，爪哇只是其中一岛，并非一国。如今这句老话已经很少听到了，但至少可以说明，中国人早就知道爪哇，且认为十分遥远。

中国与印尼，有两千多年友好往来和文化交流的历史。中国的典籍和官修史书，有许多关于印尼的详细记载。打开现代人常用的辞海，就有如下注释：爪哇国，古国名，旧称阇婆或诃陵，很早就同中国建立友好关系。元时始称爪哇国。《岛夷志略》《元史·外国列传》《瀛崖胜览》《星槎胜览》《明史·外国列传》等均有专条记述。

我国与印尼1950年4月建交，1967年10月断交，1990年8月复交。远在1965年，印尼当局关闭华校，取缔华人社团，关押驱逐华人精英，封闭华文报刊，禁止使用华文，两国文化交流中断。中印复交后，特别是近年来，印尼国内形势发生了很大变化，华文报刊、团体相继恢复，印尼华文作家开始参加国际文学活动，华文创作欣欣向荣。

今年8月，我和报告文学家袁厚春，应印尼华文作家协会主席袁霓邀请，去印尼访问。当我登上直飞雅加达的飞机时，心里一阵兴奋：哈，爪哇，那里可有中国人忘掉的许多往事？

签证一波三折

这次出访，一开始就不顺。

袁霓2003年11月就发来了邀请信，不知何故，没有收到。第二封是由新加坡用特快专递发来的，但已晚了一个多月。我马上写报告，办理护照和相关手续。一切办好之后，已是2004年5月，但办理签证时，又出了问题。

去印尼，拿私人护照，可直接去使馆办签证，但我们是因公出访，拿因公普通护照，必须交外交部送印尼驻华使馆办理。外交部有关人士先说中文邀请函不行，要用印尼文或英文。没过几天，又说需邀请方向印尼移民局申报，办理保障书，需要印尼移民局的批准，同时还要派遣单位出具担保书，写明国际旅费、食宿交通费、医疗保险、遵守印尼法律、按时回国等事项。

袁霓没办过这类手续，一时不知所措，费了不少周折，总算把移民局的手续电传过来。拿到签证，已是5月18日，恰逢印尼大选，各种政治势力忙着拉选票，时机不宜。好在签证有效期九十天，也就是说，在此期间，无论那天出访，哪怕是最后一天，均可在印尼停留三十天。直到8月11日，距签证失效，还有七天，终于成行。

在首都机场边防检查站，那位女军官看了看护照上的签证，目光凌厉地扫了我一眼问，怎么才走？我实话实说，她没再说什么，放行。我心想，到了印尼边防检查站，如果也问这个问题，如何是好？我不懂印尼文，英文也不灵，能说清吗？

乘印尼GA891航班9：30起飞，下午2：30到雅加达，飞行5200公里。走出机舱不远，看见一个军人和机场工作人员举着一张硬纸，上写我的名字。虽语言不通，但知道是来接我的，把护照机票交给他们，一路畅行无阻，享受外交礼遇，我感到奇怪。

推着行李出来，看到袁霓女士和司徒眉生先生的秘书。司徒先生是资助印华作协邀请我们访问的知名人士，怕我们出关遇到麻烦，特意关照接机。后听朋友说，印尼签证控制甚严。每年去的中国人仅四万，而来华的印尼人约十八万，是去者的四点五倍。

走出机场，阳光灿烂。这里虽是热带，但属海洋性气候，不那样闷热，比北京舒服。

雅加达的交通

雅加达的交通一塌糊涂，出门根本无法计算时间，只能听天由命，啥时到啥时算，迟到一、两小时是常事。

当局也想了许多办法，如规定上午8时至10时30分，下午4时至7时，小汽车必须乘三人以上，才可进繁华区；为保证公交车畅通，干线中心两侧设专线，只准公交车通行。但实践证明，无济于事，甚至适得其反。如公交车专线，占据马路中心，交通高峰时，利用率较高，但高峰过后，公交车渐少，两侧车流依然寸步难行，但却无法进入公交车道，只能白白闲置。

雅加达车多，可能与生活水平、汽油便宜、治安不好有关。我认识的几位朋友，每天开车接送小孩上学。她说公交车不能坐，她就被抢过四次。有一次晚上参加活动回来，我把车窗摇下一半，透透气，朋友马上说，赶快关上，要开，也只能开一条缝，外边伸不进手来为宜，不然可能遭抢。虽已是夜里十一时，但车不见少，在车流中走走停停，难怪马路飞贼频频得逞。

印尼的警察，个个高大威武，警服也漂亮，但态度和蔼。有一次，我们的车堵在十字路口，刚好对面的马路车较少，司机急中生智，突然掉头逆行，开进对面马路，被警察拦住。连我这个不懂交通法规的人，都知道这是明知故犯，肯定重罚，但警察并没有声色俱厉，而是和风细雨。司机没说什么，掏出几张钞票，塞到他手里，扬长而去。他说到警察署，一是罚款，二是费时，不如这样简便快捷，反正与罚款也差不多。

汽车为人类生活带来了方便，然而无限制的发展，又造成了无尽的烦恼。空气污染、拥堵、噪音、消耗能源……不知有多少国家、城市的为政者，为缓解交通绞尽脑汁。可是，能找到根本解决的方法吗？

达雅妇女的耳饰

独立纪念塔位于雅加达市中心独立广场。塔用白色大理石建成，高耸入云，顶端为黄金火炬，阳光下灿烂辉煌。广场宽阔，观光要乘马车。到塔下，需经地下通道。塔中有展望台、展室。塔基甚高，坐在阴凉处的座椅上，微风拂面，暑气顿消。

几位年轻的伊斯兰妇女，带着孩子，坐在塔边休息。她们身着艳丽长衣，罩着外套，头上裹着白色长巾，整个身体，捂得严严实实。天很热，但她们已经习以为常，没人扇风擦汗。两个刚刚会走路的小孩，手里拿着水瓶，歪歪斜斜地走来走去，总想摆脱母亲的呵护，憨态可掬，活泼可爱。

从独立塔出来，在地道入口处，见一群人照相。有一中年妇女，两侧耳垂上各挂四个重重的金环，耳朵拉得很长，约两尺，垂在胸前，如两根辫子。袁霓说，这是达雅族，住在加里曼丹，妇女以耳长为美。

坐在马车上，我一直在想，耳朵拉成那个样子，生活劳动多么不便，真乃奇俗！由此想到，风俗、时髦或流行，没有道理可讲，是利用人们从众的心理，对人的自由的侵犯和剥夺，虽以柔和温婉的方式进行，却是杀人不见血的软暴力。

万隆是个好地方

万隆，西爪哇省的首府，位于爪哇岛西部高原万隆盆地之中，海拔768米，终年碧绿，清爽如春。

万隆人爱美。街道整洁，建筑多姿，花木葱茏。街上行人，不论男女老幼，都爱穿五彩缤纷的花衣。尤其是女子，从头到脚，精心打扮，光彩夺目，楚楚动人。据说万隆出美女，雅加达的影视明星，时装模特，多为万隆人。

万隆北面，有一座海拔2067米的火山，形状如倒扣的船，故名覆舟山。乘车上山，可闻到浓烈的硫黄味。山顶有一锅状深坑，冒着白色烟雾，伴有咝咝声响。俯瞰万隆，如在目下。芝隆塔河，滚滚流淌，滋润着大地。温带、亚热带、热带森林，层层叠叠，郁郁葱葱。这里景色优美，气候宜人，物产丰富。

万隆古称勃良安，意为仙之国。但使这仙之国闻名于世的，是1955年29个亚非国家在这里召开的亚非会议。这是人类有史以来第一次有色人种的国际会议，反映了亚非人民反对殖民主义，反对侵略战争，维护民族独立和世界和平，促进各国友好合作的愿望和要求。

会议在市中心独立大厦举行。这座建筑原是荷兰殖民者的夜总会，名为刚果第五大厦。会议前，印尼总统苏加诺下令改称独立大厦，现在已成文物，正在维修。负责人听说我们是从中国来的，破例同意参观。主席台依然是当年的样子，插着各国国旗，只是发言和就座者，是面无表情的蜡人。当年各国代表团下榻的荷曼饭店，离会场很近，步行仅三五分钟，如今仍在营业。亚非会议通过的十项原则，镌刻在饭店大门口，成为永久性的纪念。

当地五六十岁的华人，回忆当年的情景，依然激动不已：鲜花，欢呼，歌声，几千人的火炬游行，万人大合唱，穆斯林兄弟们聚集在清真寺，为会议成功祈祷……万隆沸腾了，沉浸在欢乐中。周总理率领中国代表团到达后，全体华人齐心协力，在中国代表团驻地周围挨家挨户排查，严防敌特破坏。出于安全考虑，周总理下榻在一个华人富商的豪宅，华人青年24小时值班，轮流巡逻，以防不测。我们去寻访周总理住地，当地人说，豪宅几易其主，最后卖给了学校，如今已夷为平地，变成校园，实在可惜。

在餐馆用餐时，与店主说起万隆会议，他随手掏出钱包，拿出一张陈旧发黄的老照片，是他与周总理的合影。那时他还是英俊少年，如今已白发如银。半个世纪过去了，这张照片和幸福的记忆一直伴随着他，走过风风雨雨。

万隆美，万隆富，万隆热情好客，真是个好地方。

巴厘人的火葬仪式

雅加达的早晨，湿润清爽。太阳一出来，温度升高，热气腾腾，我这个北方人，汗流浃背。

苏加诺哈达机场，乘客寥寥。候机厅，是一座座伸到绿树红花中的尖顶二层小楼，清秀别致。机场只看票，不看身份证或护照，安检也很简单。我感到奇怪，难道不怕劫机？雅加达的大饭店，个个戒备森严，所乘汽车，要用探雷装置检查，尤其是后备厢和车底，更为仔细。随身所带物品行李，也要通过安全门。机场重地，本应"重兵把守"，严加防范，消除隐患，确保安全，但比进饭店还容易，不知何故？

8时起飞，一直向南，机下时为碧海、时为密林，时为锥形黑色火山。在泗水停一小时，10时到巴厘岛。

巴厘岛位于印度洋东部努沙登加拉群岛最西端，形状如三角形，面积为5600平方公里。北端与爪哇岛隔着巴厘海峡，最窄处仅有1公里。东侧是著名的海上走廊——龙目海峡。1869年，英国生物学家华莱士发现，典型的亚洲动物到此为止，而距它仅40公里的东面的龙目岛，则生存着大洋洲种的动物，在生物地理上，这里是亚洲的南部边界。

一出机场，天蓝蓝，海蓝蓝，气候温和，植物繁茂，空气清新。岛上居民为巴厘人，性情温和，热情好客。巴厘人信奉印度教，家家有雕刻精美的神坛。

乘车环岛浏览，路遇巴厘人葬礼。在竹林树丛中，几个人正在焚烧尸体和殉葬品，烟火腾腾。我不懂当地风俗，不敢贸然靠前，下车后站在十几米远的地方观看。这时，有一位头人模样的人从汽车下来，他身着深蓝色短袖上衣，华丽的黄色筒裙，头戴船形帽。我问他，可以拍照吗？他微笑着说可以。我又问，可以和您照相吗？他依然微笑着说，当然可以。

在马路对面，送葬者大约百余人。几个年长盛装妇女，在一个临时搭起的白黄两色台子前，接收礼品。台上摆满芭蕉叶编的盘子，盛着水果、花朵、食物。一群年轻妇女坐在树荫下闲聊，衣饰五彩斑斓。另一群男子，大约二十余人，看样子是乐队，身边有鼓、锣、钹等敲打乐器。乐手们有的吸烟，有的喝饮料，有的聊天。这些人，不仅面无悲色，而且像赶集一样欢乐，根本无中国葬礼的悲哀、哭号、沉重。

我感到奇怪，明明是葬礼，怎么像过节？朋友告诉我，巴厘人信奉印度教，认为人死后进入天国，所以把丧事看成喜事，火葬仪式庆典般隆重。他们葬前要准备装尸首的木牛，火葬塔，死者的模拟头像或画像。火葬塔的大小、高低、装饰视死者身份而定，贵族的火葬塔高二十米，分十二层，系满彩带，富丽堂皇。

火葬前一晚上，死者亲属要穿上华丽的民族服装，挥动彩旗和长矛，由歌舞队陪伴，拜见当地最高僧人，请求神灵保佑。高僧诵经，为亡灵超度。当晚死者家张灯结彩，演出歌舞，热闹非凡。第二天火葬时，吹吹打打，载歌载舞，到焚尸场。焚烧完毕后，将骨灰撒入大海，参加葬礼的人，入海沐浴祛邪后才可回家。

据说巴厘岛虽多数实行火葬，但一些村庄仍保持古老的晾尸风俗。除因病、因事故死亡者埋入地下外，正常死亡者尸首一律暴露在墓地，经风吹雨打日晒，腐烂成泥……

噢，原来如此。难怪他们个个喜笑颜开，把葬礼当作节日。宗教不同，死亡观大相径庭。

龙之家华语歌曲大奖赛

巴厘岛华人团体健康幸福俱乐部，为庆祝印尼建国59周年，举行华语歌曲大奖赛，邀我们观看决赛，参加颁奖。

赛场龙之家大酒店，张灯结彩，光辉灿烂，一派欢乐祥和气氛。大堂中间是舞台，台下摆百余桌酒席，人来人往，十分热闹。歌手们登场比赛，台下观众边欣赏歌曲，边进餐。比赛分儿童组、少年组、中老年组，一律华文歌曲，由评委打分，评出一、二、三等奖。主办者介绍说，巴厘岛人口300万，华人20多万，不到十分之一。华文被禁三十余年，华人子弟有两代不能听讲读写华文，中华文化传承出现了断层。为普及华文，使华人了解中华文化的博大精深，发起了大奖赛。已经连续举办了三届，参加者十分踊跃，扩展到周边地区，成为华人的盛大节日。不仅如此，一些有识之士，为了普及华文，还开办了几所三语（印尼文、华文、英文）学校，已有800余名华人和印尼人孩子入学。

这些华人虽然世代生活在印尼，但唱起华文歌曲，不仅字正腔圆，而且满怀深情，如醉如痴。歌手水平很高，观众反应热烈，台上台下，一片欢腾。

　　歌手们一律晚礼服，观众不管是华人还是印尼人，都是节日盛装。最快乐的是孩子们，个个喜气洋洋，在人群中钻来钻去。几个穿红缎子唐装的男孩，和两个梳辫子穿艳丽旗袍的女孩，在院子里追逐嬉戏。与他们讲华文，有的能听懂，有的听不懂。

　　孩子们的表演，格外动人。一个11岁的女孩，上六年级，名叫苗秀凤，大眼睛、圆脸，油黑的披肩发，身着金灿灿的粉黄色中式衣裙，一曲《世上只有妈妈好》，赢得一片热烈掌声。她歌唱得好，华语也讲得好，落落大方，活泼可爱。一个12岁男孩，母亲是华人，父亲是印尼人，但他身着唐装，唱华语歌曲。我问他跟谁学的华文，他说跟妈妈。还说为参加比赛，练了好久，但今天没唱好，嗓子有点哑。我说你唱得很棒，表演也很棒，肯定能得奖，他笑了。

　　一位坐在邻桌的妇女跟我搭话，她今年72岁，为了看孙女、孙子参加比赛，从苏门答腊坐飞机赶来。她身着大红唐装，性格开朗，华文讲得很流利。我说你的衣服很漂亮，她说是在北京买的。又指着她跑来跑去的孙子和文静的孙女说，他们的衣服也是我在北京买的，多好看！可惜，一年只能穿一次。她说丈夫前几年病故了，如今一个人支撑着店铺，很忙，但有机会还想回中国（她不说去，而说回），看看亲戚朋友、天安门、长城。她介绍她的儿子、媳妇，又叫她的孙子孙女向我问好，孙女会说，孙子不会，她就一遍遍地教，不厌其烦，直到说准为止。

　　在歌曲比赛中间，穿插新疆舞，蒙古舞，采茶舞。有一个舞蹈，名字叫爱我中华，用同名歌曲伴奏，十几个华人和印尼姑娘，身着中国各民族服装，载歌载舞。厚春兄很激动，主动登台，献歌《我的中国心》。他心潮澎湃，嗓音洪亮，声情并茂，胜过专业歌手，大厅里响起暴风雨般的掌声、欢呼声，把晚会推向高潮。

　　结束时，主办人邀请我和老袁为获奖女歌手发奖。当我把奖杯、奖状交到得奖者手中时，与她们一样激动。巴厘岛，远距北京何止万里，但时间与北京相同，情感与北京相连。更难得的是，我在这里听到了地道的中国歌，感受到了华人对中华文化的热爱和真情。

克拉拉饭店的门把手

在巴厘岛，我们住在克拉拉饭店。

饭店是花园式别墅，幽静典雅。房间很高很大，靠墙处有一条长几，上置铜盘清水，水中是三朵苦芭花，一红两黄。雪白的枕头上，也摆几朵盛开的玫瑰。四周墙上，挂着石雕或钢雕画，不大，但精致。洗手间里，在挂镜子的墙上，有五、六只色彩斑斓的蝴蝶。我第一次进洗手间时，还以为是真的，挥了挥手，它们不动，才知上当。没想到，洗手间也如此精心布置。

打开阳台门，一股热带花草的芳香扑面而来。阳台不大，约四五平米，但花团锦簇，五彩缤纷。几株高大的棕榈、椰树遮住了强烈的热带阳光，树影婆娑，阴凉宜人。靠窗处有两把竹椅，上悬古朴的铜灯。清晨，鸟鸣鸡叫，有几分山村野趣。倘若明月当空，约二、三好友，品茗闲聊，多有意境情趣。可惜每天回来都很晚，且疲惫不堪，了无兴致矣。

这饭店的老板有品位，甚至有几分艺术家气质，否则不会如此精致得体。一问，原来是日本人开的，但在2002年10月12日晚11点30分，巴厘岛古打区游乐中心发生大爆炸之后，游客锐减，至今已近两年，饭店入住率还不到事件前的一半。日本老板顶不住，已将饭店卖给当地华人。这里虽幽静，但离市区较远，门庭冷落，客人寥寥，设施维修简慢，结果我被困在房间里。

那天中午，回来早些，我冲了个澡，躺在床上睡着了。下午出发时，老袁来叫我，我给他开门，但打不开。他在外面，左右转动门把手，也无济于事。老袁急着去找人，但话语不通，找到人也没辙。我急中生智，给总台打电话，用日语叫他们来开门。幸亏这个饭店服务员懂些日语，不然，真不知如何是好。到海外旅行，不懂英文，如聋似哑，诸多不便。没想到，我的日语在这里派上了用场。日本旅游者来得多，各大饭店都有懂日文的。在万隆、雅加达，我查房号、付电话费、找人，都是用日语对付的，别说，还真管用。

过了一会儿，女服务员和一个男修理工来了。修理工在外面弄了十几分钟，还是打不开。没有办法，只好将锁拆掉。女服务员说，我在这里工作好几年了，还从未遇到过这种事，先生，实在对不起，是不是给您换一个房间？我说行李在这里，懒得再搬，你们换把新锁吧。修理工换锁，我与服务员聊天。她是巴厘人，浓眉大眼，肤色棕黑，爱讲话。我说有一年在泰国芭提雅，乘电梯从20楼下来，因台风突然停电，困在电梯里，又闷又热又急，大汗淋漓。过了二十多分钟，才算出来，跟今天的情况差不多。她笑起来，满头大汗的修理工问她笑什么，她边讲边笑，修理工也面带歉意笑了笑。印尼饭店的服务员，大都彬彬有礼，热情周到。记得在雅加达时，我想换钱，前台一个会讲中文的服务员说，前面不远，有家商店，那里比价比饭店高些。她瘦瘦的，穿饭店制服，看样子是个领班。她的诚实，马上赢得了我的好感。

锁换好了，试一试，好用。服务员把木屑扫净，把钥匙交给我。我说，今晚不会发生火灾地震吧？她一愣，之后哈哈大笑，笑声清脆，响亮。

泼　猴

巴厘岛的猴山，当地人称为"乌露娃杜"，意为石蛇，或许那山崖的形状似蛇吧？其实，到这里不是看猴，而是看海，看婆罗门神坛。

入口处的石屋里，有几个巴厘人。他们一边用芭蕉叶制作细高的祭神器物，一边看山。买票后，每人发一条黄布带，系在腰间，说这是进山的规矩。步入山林，迎面是一座神庙，几十只猴子，坐在神庙的墙上，盯着来往行人。我们边说边走，这时，一个公猴突然窜出来，抢下袁霓手里的矿泉水，跑到林中无人处，大模大样地坐在地上，咬开塑料瓶，有滋有味地喝起来。还不时抬起头，扫视四周，一副旁若无人的样子。我们急忙护好手中的相机、提包，不敢大意，小心翼翼向前走。

走近崖边，遥望神坛，炎炎烈日下，云蒸霞蔚，若隐若现，缥缈如仙境。但婆罗门神坛建在断崖的最高处，有几百级石阶，本欲登攀，无奈汗流如雨，步履维艰，只好望坛兴叹。右侧有一山丘，石阶平缓，信步而上，直至山顶。这里虽不及神坛高耸入云，但居高临下，可以观海。

站在石栏旁，眺望大海，一碧万顷，天水一色，浩渺苍茫。向下看，石崖如刀劈斧砍，直上直下，深不见底。远处神坛的石崖下，碧玉般的海浪，冲向石壁，刹那间，变成漫天飞雪，四处飘散。几只海鸥，追波逐浪，飞来飞去。一条大鱼，不知是鲸，还是巨沙，不时在碧波中跳起。海风带着腥味，送来阵阵清爽。

这时，袁霓的女儿甜甜过来说，她的墨镜被猴子抢去，管理人员追了半天，最后用糖果才换回来，但已折得乱七八糟，不能用了。我发现路边有几只猴子直眉瞪眼地看着我，不知打什么坏主意，心里发毛，赶快摘下眼镜，揣在怀里。我是高度近视，没眼镜跟瞎子一样，看不清路，深一脚浅一脚地下山。

这里的猴子无法无天，为所欲为，与强盗一样。巴厘人信奉印度教，视猴为神物，没人敢招惹它们，骄纵惯了，越发放肆，不仅抢食物、饮料，也抢相机、眼镜、提包，甚至看到艳丽的花衣服，也要抓一把。记得在印度访问时，在恒河边上的一家露天餐馆吃饭，一个高大的印度人，拿着一根丈许长的木棍站在桌边。起初不解，这是干什么？后来知道，这是专职驱猴人。这一带猴子猖獗，摆上的饭菜，一不小心，就被洗劫一空，有时还咬伤人，所以就有了专职驱猴人，站立身后。

泼猴欺人太甚，惹不起还躲不起吗？赶快下山。

回国难

到雅加达的第二天，我就把机票交给袁霓，请她代我订回国的机座。机票是司徒眉生先生的公司买的，我因一时不能确定回国日期，就让他们买了张随时可签回程的票。临行前我查了航班表，上写星期一、三、五有雅加达飞北京的航班，于是决定8月20日，星期五回北京。在国内确定座位，打个电话，或拿票去一下即可，以为在印尼也很简单，其实很难。

过了几天，袁霓把票还给我，说8月20日没有飞机，19日有，22日有，但我们去巴厘岛20日才能回来，如果19日走，全部日程都要改。我感到奇怪，忙拿出我抄的航班表，上面20日明明有航班，现在怎么没了？是我看错了？不可能啊，这么多年，走南闯北，航班从未错过，怎么偏偏这次错了？但说这些已没用，于是确定22日乘GA981回国，请她为我订机座。

一路上，我担心这事，不时询问，但航空公司一直说没有座位。回到雅加达后，司徒先生请我们吃饭，他说那么大的飞机，肯定有空座位，他们是想趁机捞一点钱而已，肯定能走，到时候去等。话虽这样说，但我的心还是悬在半空，如果万一走不了，就要等两天，25日才有航班。

8月22日晚上8点30分，我们就到了机场。当时在柜台排队交行李的人还不多，我排在队尾，袁霓去说好话，设法沟通。我心里着急，不时到她身边问一问。工作人员没有拒绝，但叫我们等一等，有座位时叫我们。排队已没有意义，我把行李推到旁边，坐在椅子上。眼看乘客交完行李陆续进入边防，我坐立不安，心急如焚。

这时，一个近百人的大旅行团来了，几十辆堆得满满的行李车，把柜台围得水泄不通。工作人员忙着出登机牌，收行李，再也不看我们一眼。飞机不是火车，可以有"站票"，大队人马蜂拥而至，我是彻底失望了。与袁霓商量，如果有一等舱或公务舱也行，但我口袋里只剩三百美金，不知够不够？袁霓去问了一下，说大概需200美金，但无发票，不知行不行？我咬了咬牙说，只要能走，我宁愿自己负担。如果今天走不了，明天就改签中国民航，飞广州。但我拿的可能是不能改签的折扣票，不行就另买。钱不够，请你们先为我垫上。袁霓说钱不成问题。

这时，我发现有两个中国姑娘，前面放了两件行李，看样子也要搭乘这个航班。一问，果然不错，她们说是暑期来玩的，但从衣着举止看，又不像学生。她们手里根本没票，正在托朋友办理，不断用手机联系。过了一会儿，她们放下行李，经过安检走了出去。我说不好她们到底是干什么的，但本事不小，没有机票，进出自由，如履平地，而我是验了机票护照才进来的。她们出去了十几分钟，又回来了，看样子已经办妥。这时候，我也顾不得她们是什么人了，请她们帮忙。她们倒也和气，说订机座很容易，给他们十万盾手续费（相当于10美金）就行，还说等她们的朋友来，为我说一说。

柜台前，还有十几个人。袁霓走到另一柜台前，把我的票递了过去，同时送了10万盾，那个中年男子虽然接了，但一直在查电脑，没有马上办，一会儿又被一个负责人模样的人叫了过去，我的机票和两张五万盾钞票放在柜台上。这时，那两个女孩由一个机场工作人员领着，交了行李，向边检站走去。柜台前已经空空荡荡，只剩下我与袁霓了。袁霓与他们用印尼语说了些什么，那中年人才同负责人一起过来，收了我的行李，发了登机牌。

这时，已经夜里12点，在焦急中煎熬了近3个多小时，早已精疲力竭，几不能支。机场费也在行李柜台交，本来是10万盾，但我把剩下的15万盾都给了他们，拿着护照、登机牌向边检跑去。

经过边检时，我看见那两个姑娘被拦在那里，好像在等什么人。我点了点头，向候机厅走去，但她们也是乘这个航班回来的，因为我登机时看到了她们。

我走进机舱，坐在椅子上，系上安全带，才长长舒了一口气，终于相信，我可以走了。这时，我才想起，匆忙中，忘记了向袁霓告别。此刻，她肯定还在路上，没有到家。她为我能登上飞机，绞尽脑汁，而我，竟然连一句感谢的话也没说，唉，实在失礼。

　　飞机起飞后，我特意在舱内看了一圈，确实坐得很满，但在经济舱里，还有四个空位无人。按理说用电脑管理，有无空座一目了然，更何况我提前一星期就订座，怎么可能没有呢？但事实如此，你有什么办法？

　　再见，美丽的印尼！

2004年12月28日

第 6 辑 · 毛里求斯三题

毛里求斯的云

从南非约翰内斯堡9点30起飞，飞4小时，下午1点30（南、毛时差为2小时，毛时间为下午3点30）到达毛里求斯路易港，我驻毛大使馆文化参赞白光明，外交官贾霞来接，走外交通道，进贵宾室。

从机场出来，沿途是一望无际的甘蔗田，未开垦的荒地，植物繁茂，空气湿润，不见人影。从南非来到这里，仿佛从喧嚣的大城市进入宁静安详的乡村，沉浸在一片幽深的寂静里。

南非虽繁华，但治安不好，抢劫凶杀，不时发生，连各国外交官，也不能幸免。走在街头，总是提心吊胆，战战兢兢，前后逡巡，不知何时，飞来横祸。住进饭店，也窗门紧闭，以防不测。白光明参赞说，毛虽是多种族、多宗教、多元文化的国家，但不管是印度人、克里奥尔人（非洲人与欧洲人混血）、华人、英法人，还是印度教、伊斯兰教、佛教、天主教和基督教，都和睦相处，相安无事。虽不能说路不拾遗夜不闭户，但治安良好，请大家放心。看路上行人，面目和善，衣着整齐，安步当车，一颗惴惴的心，逐渐平静。

　　毛里求斯虽属非洲，但在非洲地图上很难寻找。只有目光离开非洲大陆，向东南方向，越过莫桑比克海峡、马达加斯加、留尼汪岛，才能发现这个面积仅为2040平方公里的小岛，宛若一颗珍珠，散落在浩瀚的印度洋中。

　　毛里求斯的三S（阳光Sun、海洋Sea、细沙Sand）久负盛名。阳光明媚，细沙如雪，海水清澄碧透。海岛四周的珊瑚礁，化解了印度洋的滔天巨浪，使北部、东部、西南部的美丽海湾，成为风平浪静的天然浴场。乘船去鹿岛，海水因下面的珊瑚礁颜色不同，呈现出绿、蓝、黑、白、红等各种色彩，神奇美妙之极。

　　岛上绿色葱茏。贫瘠的火山岛，亚热带海洋性气候，大概特别适于一些热带植物生长。在七彩土附近，见到一棵龙舌兰，叶子每根长达数米，油绿鲜亮，中间抽出一根花茎，足有两三层楼高，需仰视才能看到上面的花朵。北京街头也有龙舌兰，开白花，但高不过一米。旅人棕也异常高大，羽状叶，呈扇形有序展开，甚为美观。我在云南西双版纳和南亚诸国见过旅人棕，说树中有水，旅行干渴时，可从中取水活命，但大都是单株。这里丛生，几十棵、几百棵，粗细大小不一，紧紧抱在一起，形成一面栅栏、一道墙，甚至一片葱翠的树林。它叶大、干细，如巨扇耸立，独株大概难以生存，所以抱团丛生，在蓝天白云下岿然屹立，成为热带风光中独特一景。

　　天空，宛若变幻莫测的万花筒。时而一碧万顷，似一望无际的大海，辽阔深远。时而白云朵朵，如江河上的浮冰，相互追遂，顺流而下。时而乌云翻滚，像千百匹脱缰的烈马，奔驰、跳跃、飞腾、嘶叫。时而像块巨大无边的白纱，遮天蔽日，全岛一片幽暗，但随即又将白纱慢慢抽去，渐次露出蓝天，甘蔗田，山峰，房屋，树林。这里的雨也随意而任性，说来就来，说走就走，来无踪，去无影，如雾如烟，润物无声。朝阳和落日，如雄浑壮丽的油画，光彩夺目，更是美不胜收，妙不可言。

难怪海员出身、见多识广的美国小说家马克·吐温说，上帝先造了毛里求斯，再仿照毛里求斯创造了伊甸园。

渡渡鸟的悲哀

访问毛里求斯时，在我们下榻的金巢酒店南面，有一片空地，临街处有几个摊亭，卖些书报水果日用品。有一次经过那里，一位当地朋友说，这里星期四有个大市场，在毛里求斯很有名，可以说家喻户晓，卖什么东西的都有，人流如潮，很热闹，但不是天天有，每星期只开一天。

不知为什么，我不大喜欢逛百货公司，如果非去不可，就直奔要买的东西，买完就走，在里面待时间长了，心烦。记得在日本时，妻子去银座的百货公司买东西，我就找个阴凉地方坐等，她看到中意的东西再来找我，她不懂日语，我得去给她当翻译。她总抱怨说，怎么一进商店你就像后面有鬼撵似的，两脚生风，就不能慢点儿？可我慢一会就忘了，故态复萌，继续往前冲。但我对自由市场、菜市场却情有独钟，每到一地，只要有时间，总爱去逛逛，看看蔬菜瓜果，花鸟虫鱼，日用杂货，打听一下价钱，也不一定买什么，只是感受一下那里的生活气息，长些见识，知道平民百姓每天吃什么、用什么。

星期四早晨，我格外早起，吃完早餐，就向空地走去。那里已经摆满了摊床，小贩们正忙着拉遮阳篷，搬货摆货，准备开张。摊床分三排，每排长约500米，中间有2米左右的过道。看样子这市场有年头了，摊贩们有固定位置，常备各种搭建摊床的材料和工具，开市前很快组装完毕，否则不会像从地底下突然冒出来一样，连成一片，且井然有序。

在市场转了一圈，有点失望，因为出售的大多是布匹、服装、鞋袜、日用小百货，而我感兴趣的蔬菜瓜果、土特产、工艺品极少。看了几件草编的小玩意，虽可砍价，但只能砍下三分之一左右，再砍他就不卖了，可见水分不大，摊贩比较诚实。转身往回走时，看见一个老者，像印度人后裔，正在出售木雕、石雕和铜雕。摆出的作品有人物、动物、植物，但材质粗糙，造型平庸，做工笨拙，没有看上眼的。但在木雕中，我发现一只怪鸟：嘴又大又长，尖端钩曲，脖子、腿短粗，身躯肥胖，翅膀极小。莫非是渡渡鸟？一问，果然不错。

来毛之前，我在一本杂志上知道毛里求斯曾有一种大鸟，高约一米，与火鸡差不多。它翅膀退化，不能飞翔，只能行走，营巢于林间草地，食树木果实，性格温和，叫声似渡渡，而渡渡在葡萄牙语中意为蠢笨，故以谐音为名，其意为笨鸟。毛岛气候温暖，食物丰富，没有猛兽凶禽天敌，渡渡鸟过着优哉游哉的美日子，养就了善良温驯、热情好客的性格。15世纪以后，欧洲殖民者相继来此定居，砍伐森林，开垦荒地，还带来了猪狗家禽。渡渡鸟肉蛋肥美，且无自卫能力，殖民者大量猎杀，再加猪狗捕食，自然环境的破坏，很快灭绝。

随着渡渡鸟的消亡，岛上的卡伐利亚树也越来越少。据植物学家研究，这种树，又名大颅榄树，高达100英尺，树围约14英尺，结李子状的果实，种子藏在坚硬的厚壳内，自身无力繁殖。渡渡鸟喜食这种种子，消化后排出体外，种壳变薄，种子萌发出壳，长成参天大树。如今渡渡鸟没了，这种树也无法传宗接代，濒临灭绝……

摊上有四只渡渡鸟，也不知像不像，挑了一只好看的，售价170卢比，砍到110成交。手里拿着沉甸甸的渡渡鸟，看着它那短短的翅膀，心想它原来肯定会飞，只是生活太安逸了，翅膀才渐渐退化，成了饰物。如果它有一对矫健的翅膀，性情凶猛如狼虫虎豹，生活在深山老林人迹罕至之地，也许不会如此迅速灭亡。

人不能太安逸，鸟亦不能。

小陈一家

这次到毛里求斯，没带翻译。

行前与我国驻毛里求斯使馆文化处联系，他们说毛官方语言是英语，但报刊电视以法文为主，法语用的更普遍，带法文翻译方便些。我说中国作协没有法语翻译，可否请使馆配备译员。文化处说抽不出人，但可帮助雇一名当地华人当翻译，每天大约需三百元人民币。我说那就请使馆帮助物色一个语言好，工作认真的，贵一点也没关系，因为从国内带翻译，不但要付劳务费，还要花一大笔国际旅费。

我们到达毛里求斯那天，刚进饭店，小陈就来了。她个子不高，活泼开朗，爱说爱笑，有点自来熟。她说许久没当翻译了，这次又是给作家当翻译，心里很紧张。我看她拿着日程，随身带着记录用的纸和笔，衣着得体，反应敏捷，举止端庄，就知道她是经过严格职业训练的。我说这几天请你帮忙，但劳务费不高，是不是现在就交给你？她说过几天再说，我还不知道能不能胜任呢。其实，我不缺钱，只是想出来见见世面，总在家里，都待傻了。她快人快语，坦率透明，似乎没有隐私，她的经历、家庭、烦恼，不用问，就像泉水一样，咕咕嘟嘟自己往外冒。

她毕业于广州外语学院法语系，在国内外贸单位干了几年，到毛里求斯工作，经亲戚介绍，结婚成家。她通法文，也会当地土话克里奥尔语，有两个儿子，大的5岁，小的3岁，现在是专职家庭主妇。她丈夫生于当地华人家庭，幼年时家境贫寒，但他自强不息，刻苦用功，成绩优异，靠国家奖学金去英国学医12年，取得学位后，回国在国立医院就职。他们家有一栋造型别致的洋楼，使用面积约250平米，耗资15万美金。有两辆本田轿车，雇着女佣。他功成名就，有娇妻爱子，丰厚收入，已跻身当地高等华人之列，但依然早出晚归，拼命工作，每天从国立医院下班后，还要到两家私立医院去看病、做手术。他攒钱的目的明确：为儿子买地盖洋房、到国外留学准备学费。

毛里求斯人口120万，华人3万多。远在1821年，就有福建人来到毛岛，到1901年，华人已有3000多人。但早期华人，均为打工型，不带家眷，每隔三五年，攒一笔钱回乡探亲，年老时，叶落归根，回到故里。从1935年开始，华人转为家族、同乡结伴而行，扶老携幼，漂洋过海，落地生根，人数达3万余人。毛岛是火山岛，土质贫瘠，只能种甘蔗茶叶，一切生活日用品，建筑材料，都要进口。许多华人开始经商，从日用杂货开始，积累资本，渐成气候，其中佼佼者，成为商业巨头，为毛岛的经济繁荣发展做出了贡献。

现在的华人，大都处于社会的中上层，有从政为部长、国会议员者，有治学为教授、专家者，有经商为巨富大亨者。但华人圈比较传统，连男女接触多也会有闲话，发财致富，置地买房，生儿育女，移民欧美，送子女到国外留学……是他们的毕生追求。

小陈在大陆长大，半边天的思想根深蒂固，认为自己有专业有能力，应该有自己的社会舞台，虽已结婚多年，但看样子她至今还不能完全适应当地华人社会，心甘情愿地当一个贤妻良母。她说这个地方太小，街上一走，遇到的都是熟人，没有多大发展前途。我爸爸妈妈来几次，住几天就走了，说没有朋友，没有可去的地方，憋得慌。她丈夫希望她老老实实待在家里，相夫教子，说他一个人挣钱就行了。但她还年轻，不愿整天围着锅台孩子转，偶尔出来教教汉语，当当翻译。我说你怎么说服你丈夫？她说：哼，他不是我的对手，他说一句，我有十句等着他。我成串的大道理，他听都没听说过，搞得他哑口无言，拿我没办法，不行也得行。讲到这里，她有些得意，哈哈笑起来。

在国内，她这个年龄的白领，大凡还没有结婚，还在幻梦中。她虽已为母为妻，但毕竟还年轻，叫她现在就整天想着为儿孙置马牛，似乎早了点儿。

第 7 辑 · 台湾掠影

并不陌生

　　初次到台湾，却毫无陌生之感。衣食住行，风俗习惯，自不用说，文化传统，语言文字，也无障碍，宛如旧地重游，亲切而熟悉。台湾人普通话讲得好，问路购物，简直比在福建、广东还方便。可见五千年文化的根脉，血浓于水的亲情，谁想撕裂粉碎，都是蚍蜉撼树，痴心妄想。

　　台湾街头商铺的牌匾，都是繁体，横平竖直，朴素清雅，不像大陆有些城市，街头文字泛滥成灾，结体险怪，龙飞凤舞，宛若天书。但在台北街头漫步，也不时见些奇怪文字，如"夜逃屋""二奶征信""越南新娘"等等，非字不识，乃不解其意也。问台湾朋友，他说夜逃屋是酒吧或咖啡馆，夜里休闲之所。二奶征信，是私人侦探所，受夫人委托，专门调查台商包养二奶事。已经有这样的专业机构，可见包养二奶已成痼疾。越南新娘，是婚姻介绍所，介绍越南姑娘嫁到台湾云云。

　　印象最深的，是台湾同胞的亲切。在台北时，晚上出来闲逛，无意中进了一家茶叶店。店面不大，两侧摆着茶与茶具，中间有个月亮门，把铺面与品茶处分开。门里正中墙上挂着一个条幅，上书茶道两个大字，下面摆着一套仿古桌椅，上置茶具，墙两侧各挂一幅水墨山水。虽是商店，却幽雅宁静，宛如书屋。店内萧条，没有顾客，一男一女，相对而坐，看样子是夫妻。看我进来，为我倒了杯热茶。我平素喝绿茶，对乌龙茶兴趣不大，但这次可能是走累了，口渴，觉得格外清香。聊起茶，主人侃侃而谈，说台湾茶由福建传来，有冻顶乌龙、文山包种、白毫乌龙、铁观音。在鹿谷、阿里山、玉山等地，茶园很多，尤以南投鹿谷乡的冻顶山最有名。山林雨露造就的冻顶乌龙，茶色清澄，甘醇浓香。

他问我大陆人喝什么茶？我说大陆地域辽阔，民族众多，风俗习惯不同，地理环境迥异，喝的茶也不一样。一般来说，北京、东北喝香片的多些，内蒙古兄弟喝奶茶，江浙一带以绿茶为主，福建喜乌龙，云南人爱普洱，湖南还有将茶叶、老姜、芝麻、盐捣在一起的擂茶……

他听得饶有兴致，我笑道，您是卖茶人，我是班门弄斧，让您见笑。他认真地说，我生在台湾，长在台湾，只去过北京一次，听君一席话，很长见识。这对中年夫妇，卖茶为生，但却没有铜臭气，言谈举止，真诚儒雅。他们与大陆某些旅游点那些揪住不放、跟踪追击、死气白咧、不达目的誓不罢休的商贩，截然不同。我本想买点茶送朋友尝鲜，但谈得高兴，居然忘了，抬腿就走，他们彬彬有礼，直送到门外。走了几步，我突然想起，又折回买茶，他们脸上竟无愠色，平静而亲切。

还有一次，天飘小雨，我回饭店。路边一对年轻人，在伞下窃窃私语。我问路，他们热心指点。看我没打伞，那个女孩说，先生，我这里还有把伞，你用吧。我说，雨不大，马上就到了，但我谢谢你的好意，祝你们幸福美满。

在台湾旅行，宾馆饭店，服务周到，入住时，不用查验证件，填写登记表。夜里安静，没有不三不四的电话骚扰。唯一缺憾，就是办理入台手续繁杂得要命。去年11月，就开始没完没了地填写各种表格，直到今年4月6日才成行，时间之长，手续之繁，所需材料之多，远比出国还难。乘飞机从北京到香港3个小时，从香港到台北1个多小时，倘若直航，4个小时足矣，但办理手续却用了120天，简直是匪夷所思。

在一次宴会上，一位台湾文友把李白《早发白帝城》，改成了一首打油诗：

朝发台北彩云间，

千里北京一日还。

两岸人民三通时，

中华儿女庆团圆。

诗改得平平，但却表达了海峡两岸人民共同的心声。

阿里山日出

阿里山有五奇：日出、云海、晚霞、森林、小火车。我有幸全赶上了，而且还多了"一奇"——山中迷路。

4月12日下午，我们到达阿里山，住阿里山宾馆，天色还早，大家出来散步。

阿里山宾馆依山而建，出门就是山林小路。林中巨木参天，苔藓遍地，空气中有树木花草的清香。不远处，就是有名的象鼻木和三代木。这是两盘巨大的树根，一个伏在地上，形状似象鼻，称象鼻木。另一个更大，有两三人高，盘根错节，如几条蛟龙纠缠在一起，中间有空洞，大可过人。老根顶部，耸立一根盆口粗的树，想必是老根的第三代，故称三代木。看那树叶，可能是桧木。

阿里山的樱花，颇有名气。阿里山宾馆前面的广场，遍植山樱、吉野樱、大岛樱、东锦樱、郁金樱、普贤像樱，花开时，漫山遍野，铺天盖地。每年3月中旬至4月上旬，是阿里山樱花季，来此赏樱者，人山人海。可惜我们来迟，樱花已谢，樱树枝头，长满新叶。只有背光处，偶尔可见几朵迟开的樱花，但黯淡枯瘦，孤苦伶仃，无精打采。

坐了一天车，有点累，我想抄近路，早点回宾馆休息，于是与大队分手，与包明德、白舒荣、侯秀芬、田惠爱进入梅园，沿着山间小路，信步前行。林中清静，不知名的野花，竞相开放，阵阵幽香，扑面而来。淙淙流水声，隐约可闻，但不知泉在何处。鸟也不怕人，在附近的树枝上啁啾不停。怪不得当地人把林中漫步叫森林浴，鸟语花香，空气清新，满目青翠，能把人的五脏六腑洗得干干净净。不知不觉间，天色渐晚，林中越来越暗，我们走出山谷。这时，见山头有一座建筑，名为阿里山阁大饭店。我去问路，服务员说，你们不要过铁路，沿着门前山路下去，就是阿里山宾馆。

我在前面带路，大家边聊边走。路过一座木桥时，在前方树梢的低凹处，看到金灿灿的晚霞悬在远山尖上。云层很厚，看不见整个夕阳，但霞光穿透几处薄云，洒下片片光彩。晚霞层次分明，明亮处，金黄，幽暗处，绯红，接近山脊处，深红。大家很兴奋，一阵狂拍，直到太阳落山，晚霞变成一条细细的金线。

林中幽暗，越往前走，山路越窄，忽上忽下，陡峭险峻。我觉得不对头，叫大家停下，我去前面看看。大约走了几百米，小路向山谷拐去，里面漆黑一团，水声很大，不时有尖利的鸟叫，阴森恐怖。不能往前走了！阿里山森林公园方圆1400公顷，都是深山老林，走失几个人，找都没法找。我们商量了一下，决定走回头路，幸好天没有完全黑，尚能看清脚下的路。往回走时，不知是沮丧劳累，还是有点紧张，鸦雀无声，只有脚步声和阵阵松涛相随。大约走了二十多分钟，看见阿里山阁大饭店的灯火，找到了归路，大家才有了生气，说笑起来。虽然有惊无险，但想起来有点后怕，倘若迷失在大山中，如何是好？

晚饭时，饭店通知明天早晨3点50分叫早，4点20分出发，先乘大巴到小火车站，再换乘火车去看日出。起得太早，大家不习惯，全团10人，只有吉林老乡张未民、甘肃的王博渊、人民大学的黄涛决定去。本来我也贪睡，但想既然来了，还是辛苦点去看看，免得将来遗憾。

清晨3点50分，匆匆起来，把北京出发时穿的毛衣、羊绒内裤、厚衬衫全都套在身上，但来到饭店广场等车时，还是冻得发抖。阿里山海拔在360—3952米之间，年平均气温为10、6度，是避暑胜地，此时大约零度左右，难怪这样冷。

乘巴士到嘉义市北门，买票上森林小火车。阿里山铁路全长71公里，由海拔30米螺旋式爬到2274米，穿越50个隧道77座桥梁。据说这是世界仅存的几条登山铁路，与印度的大吉岭喜马拉雅登山铁路，秘鲁安第斯山铁路齐名。游人千余，多为中老年日本人。车厢很窄，仅两侧靠窗处有长椅，无座者只好站着。天很黑，看不清外面景色。车厢内极静，无人讲话，似乎仍在沉睡中。约行半小时，在祝山站下车，随人流涌到观日平台。这里居高临下，视野开阔，可容数千人观赏日出

远处的山峦，是凝重的黑色，而山上的云，是蓝色。靠近山

峰处，是淡蓝，稍上则是深蓝或近似黑色的墨蓝。在那黑暗和光明交接处，天空颜色，深浅不同。过了一会儿，山峦上方出现一条金线，金线不断扩大，逐渐变成一抹霞，一条彩云。彩云的正中，越来越明亮，金灿灿的，流光溢彩。这时，太阳露出半圆形的一角，金黄色，但比彩云更明亮，更晶莹，更灿烂。旭日的上方，是红色的光晕，不断渗透，延伸。

我举着相机，目不转睛地注视着前方。太阳冉冉升起，彩霞扩展到半边天。当太阳离开山峰，升到空中时，灿烂耀眼，再也不敢直视。这时的山川大地，一片朝晖，每个人的脸，都被染成了红色。

我们从观日台下来往回走时，突然发现雪白的云雾，悄悄飘来，像无边无际又轻盈无比蓬松流动的白絮，铺天盖地，汹涌澎湃，眨眼间就填满了山谷，遮住了天空、山峦和树木，天地间白茫茫一片。

听台湾朋友说，上山三次，能看到一次阿里山日出就不错，我们幸运，不但看到了日出日落，还看到了云海。

淡水风情

淡水镇位于台北市西北二十公里，依河而建，因河而名。

淡水河由发源于台湾北部山区的新店溪和基隆河汇流而成，全长159公里，在淡水入海。早在十六世纪，从福建渡海而来的移民在淡水落脚。随着与大陆、日本贸易的发展，淡水码头繁荣起来，极盛时，淡水帆影是台湾一景。后因河道淤积，基隆港通航而逐渐衰落。但小镇不甘沉沦，自强不息，利用风景优雅、历史人文景观丰富的自然条件，发展成为观光胜地。

淡水镇山河环绕，风格古朴，有红毛城、渔人码头、老街等景区。

红毛城是一座方型城堡，伫立于淡水河出海口的山巅，远望如一片火红的彩云。城堡原为西班牙人所建，公元1642年，荷兰人赶走西班牙人重建，后被郑成功收复。登上城楼，凭窗远眺，淡水风光，尽收眼底。渔人码头，原来是个传统的小渔港，近年开发为休闲观光港。一座木桥和一座单塔白色斜拉桥，将港口两岸连接起来。港内停满了游艇，供游人出海游览垂钓。淡水老街，店铺林立。淡水的鱼丸、鱼酥、铁蛋，名闻遐迩。过去淡水人把吃不完的鱼加工成鱼丸、鱼酥，以便保存，久而久之，成为当地有名的小吃。铁蛋用鸡、鸭、鸽子、鹌鹑蛋反复卤制，最后蛋白变成黑褐色，坚硬如铁，极有咬头，堪称一绝。

淡水河畔的风光，虽无名气，但我以为，更值得一看。

河堤上，一片宁静，垂钓者，情侣，游人，各行其是，互不干扰。距河堤十余米的空场上，是街头艺人的天地。十几顶绿色帐篷，一字排开。最前面是位卖草虫的。远看，花鸟虫鱼异常艳丽，以为是泥捏或草编。走近端详，才知是用软塑料扎的，插在一辆小车上，微风中栩栩如生，吸引过往儿童。

有一个二伯传承乐团，两位老者，身着黑色镶白边唐装，一个抚琴，一个手打简板，白须垂胸，唱河南坠子。一个盲人，吹黑管，旁边有一张海报，上写我的首张CD，上有12首中外经典名曲，如果你喜欢，欢迎洽谈。不远处有一位戴红帽、着黄衣者吹口琴。他身后的海报上写着教授口琴、钢琴、电子琴，亦可在酒吧、饭店演奏。他的脖子上挂着一个卡片，上写台北市街头艺人演出许可证。

最多的是肖像画家，共十几位，有男有女，每人有自己的帐篷，四周陈列着他们的得意之作，招徕顾客。有一位自称专业漫画家，用毛笔作画，作品曾在报刊连载12年，出版过十几个单行本。看样子他现在已经过了气，沦落街头。他的服务项目有：肖像、写真、人头漫画。三种风格自选：时尚、武侠、科幻。价格：小张500台币，大张800台币，把肖像拍成照片，再加200台币。在十几个街头画家中，他的价格最高……

我想起北京街头、车站、地铁、过街天桥等处，不时可见乞讨者或艺人。淡水是观光城市，游人如织，但未见一个乞讨者。街头艺人，也管理起来，发给营业执照，不但没为城市添乱，而且成为一道独特的风景，值得称道。

莺歌陶瓷街

　　一听到莺歌这个名字，我就顿生好感，因我儿时见过这种聪明伶俐的小鸟，它比麻雀小，多为绿褐色，或灰绿色，喙细长而尖，叫声清脆，种类繁多，分布甚广，主食昆虫，是农林益鸟。在我的家乡，多为盲人驯养。它站在鸟笼的横杆上，或盲人肩头，听主人呼唤，抽签占卜吉凶，帮盲人赚钱糊口。

　　这个台北小镇叫莺歌，想必是山清水秀，莺歌燕舞的好地方。

　　但我们从台中出发时，天就灰蒙蒙的，途中下起了小雨，快到莺哥时，大雨如注，是否下车，颇费踌躇。若淋成落汤鸡，着凉感冒，得不偿失。幸好天解人意，车一停，雨小了许多，大家不再犹豫，打着伞，步入陶瓷街。

　　街道两旁，陶瓷商店、陶艺馆、博物馆，栉比鳞次，数不胜数。但街头冷清，只有我们一行十人冒雨游览。看了几家店铺，大同小异，多为日用或艺术陶瓷，著名陶艺家的作品，虽个性鲜明，但价格昂贵。这里的陶瓷，与日本的陶瓷，颇为相似，造型、色彩、质地、工艺，有异曲同工之妙。

　　我想验证对莺歌的想象与猜测，就问当地人，何以莺歌为名，但皆含糊其辞，不得要领。后从资料得知，莺歌镇北山斜坡上有一巨石，其形似鹰，古称鹰歌石，清末改为莺歌石。由鹰而莺，谐音而来，非我之想象，未免有点失望。

　　莺歌地处大汉溪及海山地区石灰岩地带，地层中蕴藏着丰富的黏土。清嘉庆九年（1805）年，福建泉州人吴岸、吴糖、吴曾发现尖山埔一带的黏土适合制陶，而且当地盛产煤，于是建窑烧制。但黏土含硅酸、铁质较多，早期产品并不精致，多为生活日用粗瓷。当地政府为发展陶瓷产业，鼓励以煤气、电代替煤，同时进口高级黏土，与本地黏土混合使用，烧制日用、卫生、建筑、艺术、工业用瓷。

　　20世纪80年代末，由于原料提价，工资高涨，劳力短缺，外国与大陆陶瓷产品的冲击，小镇一度衰落，为挽救颓势，有识之士提出"陶瓷、文化、观光"三位一体的发展方针，突出地方优势，振兴产业。

　　雨又大起来，大家进入一家茶馆，避雨歇脚。名为茶馆，实际也是一家陶艺馆。店面约有两百平米，一半是茶馆，摆着桌椅，四周是万宝格，陈列着工艺陶瓷作品；另一半是作坊，制作陶瓷，可以容纳几十人同时上课。我们要了乌龙茶，边喝边聊。一杯茶300台币，约合人民币七十多块钱，但其味平平，由此可见台湾物价之高。窗外雨小些，我们结账告辞，老板娘每人送一个茶杯，高约三寸，手工制作，有黑、绿、灰三种颜色，任选其一。

中午在一家面馆用餐，每碗面290台币，但面馆四周陈列的几百种日用、工艺陶瓷品，每人可任选一件留为纪念。有人选陶瓷装饰品，有人选茶具，有人选工艺品，我选了一个厚重的黑釉钵，敲击声脆如磬。主人夸我懂行，我说小时候家里所用陶瓷器皿，都是家父去买。他看中后，托在手上，用指敲击，告诉我说，声音清脆响亮者为上品。我只是如法炮制而已。

这个钵，造型古朴粗拙，内里纯黑油亮，外面黑地，上有黄色谷粒大小的斑点，敦敦实实，足有二斤，拎在手里沉甸甸的，不由得自嘲道，从这么远的地方带回一个如此笨重易碎而又无用们东西，不是弱智么？但转念一想，也不能说一点用没有，一可当纪念品，记住莺歌之行，二可养水仙。

我种水仙，已有20年。剥掉水仙的老皮，把长出绿芽的雪白的球，放入钵内，看着它在油黑发亮的钵中生出密密麻麻的雪白的根须，开出冰清玉洁的花，淡淡幽香，若有若无，不也很美吗？

诗人绿蒂

常听同事们说，台湾"中国文艺协会"会长绿蒂，如何办刊物，设文学奖，惨淡经营；如何组织台湾文艺界人士来大陆访问，邀请大陆作家到台湾交流；如何精明干练，身先士卒，事必躬亲，任劳任怨……

我虽然久仰大名，但一直没有机会见面。直到去年秋天，他率领台湾文艺界访问团从山西到北京，才与他匆匆见了一面。去前有点犹豫，因为他是代表团的团长，不但要在各种场合应酬讲话，还要为全团的安全食宿等繁杂琐事操心，而且又刚进饭店，想必很疲惫，马上去拜访，是否合适？但大陆作家团访台事宜，必须尽快商定，于是只好硬着头皮去了。见面时，他西装革履，谈笑风生，脸上竟无一丝倦容，有关大陆作家团访台的人数、时间、日程等具体问题，当场一一拍板敲定。

我们团去台湾时，中途出了点麻烦。因为没有直航，必须在香港换乘飞机并办理入台手续，可是出关时少了一个人。我以为他在后面，等了二十分钟，没有人。我急了，找到中国国际航空公司的柜台，恳求广播找人，好说歹说，人家总算同意，我对着麦克连续说了三遍集合地点，整个机场大厅响着我焦急的呼喊。按理说，只要他在大厅，就应该听见，但等了一会儿，仍不见人影。他不办理入台手续，去不了台湾，而相关材料，在我手里。也不知他身上有钱没有，能否住店吃饭……我真成了热锅上的蚂蚁，团团转。

　　在中华旅行社柜台办理入台许可证时，我到下面的出入境大厅找了三次，但不见踪影。全团情绪低落，在近两个小时的等候中，无人说话，连两位女同胞，也没去近在咫尺的商店看一眼。登机的时间到了，再等全团都要误机，我只好把他的材料留在中华旅行社，万一他找来，可以自己办理。我沮丧之极，烦躁不安，心想他人生地不熟，倘若出点事，如何是好？

　　我一步三回头，入关登机，心想一到台北，马上往机关打电话，汇报情况，设法寻找。然而在登机口，却意外看到了他。我急忙扑上去说，老兄，你怎么进来的，急死我了。原来他是第一个出关，一看前面没有我们的人，慌了神，急忙随着人流往前跑，幸亏他身上带着机票，不知问了多少人，才算摸到了登机口。我悬着的心终于落地，但他没办入台许可，不能登机，只能出关补办手续等下一个航班赴台。

　　我们到达台北时，绿蒂来机场迎接。我说明情况，表示歉意。他只是微微一笑，什么也没说，当即拿起手机，与航空公司联系，确认那位团员乘坐的航班、到达时间，并留人在机场等候。看来这类事儿他见得多了，一点也不着急。他陪我们进城吃晚饭，送到富都大饭店休息。在我的房间，他不断打电话与机场联系，直到那位团员来到饭店，他才告辞回家。这时候，已经是夜里12点多了。

在台湾访问十天，乘汽车绕岛一周，他一直陪着我们。一路食宿交通，参观游览，会见座谈，都是他亲自安排、主持。常常是一项日程刚刚结束，他又开始打电话，落实下一个项目。他坐在车里，电话不断，很多人找他，商量各种事情。看来，他早已习惯在旅行中办公，在办公中旅行的生活。

从闲聊中知道，他自1991年参加艾青诗歌研讨会以来，已经来大陆四十多次，足迹遍布祖国的大地，也交了很多朋友。他不仅自己来，还组织文友来，先后带二十多个团，约四百余名台湾文艺家到大陆访问。邀请接待过多少大陆文艺团组到台湾，他已经记不清了，总人数大概不会少于三百人。目前，两岸尚未实现三通，办理访台手续极为繁杂，15年来，他为此所花费的精力心血可想而知，但他把促进两岸文艺界的交流，视为己任，全力以赴，无怨无悔。

他生于书香门第，曾祖父是清末秀才，父亲饱读诗书，在"尚修书房"私塾任教。日本占领台湾后，进行奴化教育，不许教汉语，他父亲成立"汾津吟社"，以讲诗为名教授汉语。中国古典诗词的巨大魅力，不仅吸引莘莘学子，连一些日本人也来学习。他从小生活在浓郁的中国传统文化的氛围中，背千字文、唐诗宋词，读四书五经。17岁时，发表抒情诗《蓝星》，并与诗结下不解之缘。他曾任《野风文艺》主编，创办《野火诗刊》、《中国新诗》、长歌出版社，主编《中国新诗选》、《中华新诗选》、《宝岛风采》、《中华新诗选粹》。出版诗集《绿色的塑像》、《风与城》、《云上之梯》、《泊岸》、《坐看风起时》、《沉淀的潮声》、《风的捕手》、《孤寂的星空》、《春天记事》、《夏日山城》等。

　　他说，我把写作，做人，生活，融合在一起。我用诗记录我的生活、思想、感情、生命历程。人生有许多美丽的瞬间，一闪而过，但毕竟存在过，于是我把它记下来，与读者分享。我问：你的国学底子很好，为什么不写格律诗？他说：现代诗发挥的空间更大，能把思想、哲学、对人生的感悟、对生活的希望溶入其中。在台湾，写传统诗词的多为老人、学者，写现代诗的多为年轻人。台湾的现代诗受西方影响很大，现代主义、超现实主义比大陆出现得早。台湾诗坛活跃，创新层出不穷，但也有不注重诗的意境、不讲究语言美的倾向。中华诗词的传统是追求真善美，讲究语言、意境、韵律，这与新诗的追求是一致的。台湾写诗的人多，但诗集出版很难，大都是自费出版，一般印500本，赠送朋友，或在授课讲演时卖一些。著名诗人，诗集也就印2000本而已。台湾有很多青年爱诗写诗，所以我对台湾现代诗的未来还是乐观的。他说，诗的好坏，作者、评论家说了不算，甚至读者也说了不算，惟有时间是最公正严格的，会把诗的杂质泡沫过滤掉，留下真正的精品。

　　谈及大陆的新诗，他说大陆百花齐放，表达方式多元化，作品很多，但良莠不齐。台湾诗人对大陆诗的题材、内容感到新奇。大陆诗人也受台湾表现手法的影响，两岸诗人坐在一起，各抒己见，见仁见智，采长补短，有利于诗的发展。

　　他送我一本新诗集《夏日山城》，在台湾旅行时，我多次拿起，又多次放下。说句老实话，我有一种似懂非懂、如坠云雾中的感觉。我读不懂他的诗，那么人呢，我读懂了吗？

夜宿佛光山

　　佛光山客舍，在大雄宝殿东北，底层是可容数千人同时进餐的膳房，上面是客房，接待从世界各国来访的高僧大德。我住648号，房间大小如普通饭店的标准间，现代化设施，应有尽有，但力求简洁朴素，没有任何多余的装潢修饰，连洗漱用品，也都放在柜子里，不露痕迹，给人一种清清爽爽、干干净净的印象。细心的法师们可能怕我们吃不惯斋饭，特意备了一袋糖果点心，放在茶几上。靠墙的桌子上，摆着一排星云大师的著作。

　　我住过大车店、澡堂子、山间别墅、温泉旅馆、五星级饭店……但夜宿寺庙，却是有生以来第一次。夜已深沉，在柔和的灯光下，躺在松软的床上，却毫无睡意，眼前浮现出古代高僧们，在古老苍凉幽暗的僧房里，暮鼓晨钟，青灯黄卷，皓首穷经，钩深致远的情景。

　　其实，今天很累，不仅长途跋涉，且饱受"煎熬"。早晨由台东出发去恒春，游鹅銮鼻公园。那里是台湾最南部，烈日炎炎，闷热如煮，但偏偏在来佛光山途中，大巴空调发生故障，车窗是密封的，无法打开，车厢霎时变烤箱，闷热难忍，汗流如注，几乎变成臭鱼干。路过市镇，修了几次，但仍然"打摆子"，时好时坏，时冷时热，因此耽误了时间，到达佛光山时，已是近黄昏。

佛光山丛林学院院长释满谦法师，佛光大藏经主编永进法师在暮色中陪我们参观，讲解佛光山的由来和历史沿革。她们光头，身着黄色僧衣，慈眉善眼，温文尔雅。听说她们已经修行多年，知识渊博，在佛光山有很高的地位，深受僧众尊敬。这次为接待中国作家团，她们亲自担任向导解说，可谓高规格礼遇。听她们柔声细语娓娓道来，如沐雨露春风，虽然天气酷热，但心境清凉。

这几位佛门弟子，与那些因生活困苦、命运多舛、走投无路而栖身寺院的僧人不同，她们是学者型法师，平易近人，宽厚仁慈，和颜悦色，有问必答，彬彬有礼。言谈举止中，渗透出很高的文化修养，且有一种为信仰而皈依佛门，终身侍佛的平和自信，大度安详。

用完斋饭，各自回房。我洗漱完华，翻阅星云大师的《佛光菜根谭》。这本书收录星云语录200则，涉及婆媳、父母、夫妻、兄弟、处世、为人、信仰、学习、立志等世俗人生的方方面面，既有人生经验，又有哲理，浅显易懂，朗朗上口。星云大师提倡"人间佛教""生活佛教"，把深奥的佛理，变成看得见摸得着，人人听得进做得到的道理，使佛教走进滚滚红尘，走进民众心中。

星云12岁在扬州出家，23岁到台湾，用50年心血，创立现代佛教，以佛光山为本山，发展成为庞大的现代化的佛教集团：在世界各地创建二百多个道场，五十多所中华学校，十六所佛学院，三所大学，八所社区大学；成立出版社，图书馆，美术馆，电台，卫视，报纸，医院；重编大藏经，将经典翻译为人人可懂的白话……听法师说，星云大师已去杭州参加首届世界佛教论坛，不在台湾，不能与大家见面，而此刻，我却在佛光山读他的书。

夜很安宁，没有市井喧嚣，也无虫鸣鸟叫，静得能听到自己的呼吸声。我手里捧着书，却心猿意马。细想起来，我对佛教，甚至对一切宗教，几乎都一无所知，但却曾经不知天高地厚地一言以蔽之：迷信。这样虽然简单省事，一了百了，但却无视宗教的实际存在，宗教对哲学、文学、艺术和民间风俗传统的深刻影响，宗教的博大精深，同样陷入了唯心主义的泥潭。近年来，大陆的寺庙，香火很盛，烧香拜佛者，络绎不绝。但真正的信徒似乎不多。一些人对佛有求，请佛办事，才来烧香，正所谓平时不烧香，临时抱佛脚。明显的功利性，我以为是不能谓之信仰的。

我是俗人，至今仍无宗教信仰，对佛学佛理一窍不通，但这并不影响我尊重那些真正有宗教信仰的人。我以为，宗教是人类为摆脱自身困境而寻找的精神力量，但又不时与人的自然欲望发生不可调和的矛盾、冲突，人性的复杂，人生的曲折，宗教的圣洁，又使这种寻找变成不断的追求，倘若把佛家的诸恶莫作，众善奉行，自净其意，做为人生的神圣目标，不断反省、完善、实现、超越自我，那么，对人对己对社会，不都是好事么？

2006年6月3日

2007年7月18日修改

图书在版编目（CIP）数据

屐痕碎影 / 陈喜儒著. —北京：民主与建设出版
社，2017. 10
　　（名家散文自选集）
　　ISBN 978-7-5139-1725-4

　　Ⅰ . ①屐… Ⅱ . ①陈… Ⅲ . ①散文集—中国—当代
Ⅳ . ① I267

中国版本图书馆 CIP 数据核字（2017）第 235866 号

屐痕碎影
JIHEN SUIYING

出 版 人　许久文
总 策 划　李继勇
责任编辑　刘树民
封面设计　宋双成
出版发行　民主与建设出版社有限责任公司
电　　话　（010）59417747　　59419778
社　　址　北京市海淀区西三环中路 10 号望海楼 E 座 7 层
邮　　编　100142
印　　刷　三河市腾飞印务有限公司
版　　次　2017 年 10 月第 1 版　2017 年 11 月第 2 次印刷
开　　本　787mm×960mm　　1/16
印　　张　25 印张
字　　数　246 千字
书　　号　ISBN 978-7-5139-1725-4
定　　价　39.80 元

注：如有印、装质量问题，请与出版社联系。